宁波工程学院学术专著出版基金赞助出版

Lun Yuwensuoan De
Tangdai shige Shi Yanjiu

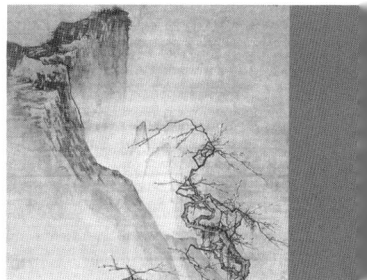

论宇文所安的
唐代诗歌史研究

陈小亮

著

中国社会科学出版社

图书在版编目(CIP)数据

论宇文所安的唐代诗歌史研究/陈小亮著 . —北京：
中国社会科学出版社,2010.8
ISBN 978-7-5004-9018-0

I.①论… Ⅱ.①陈… Ⅲ.①诗歌史－研究－中国－
唐代 Ⅳ.①I207.209

中国版本图书馆 CIP 数据核字(2010)第 162985 号

责任编辑　张　林　王　琪
责任校对　李　莉
封面设计　李尘工作室
技术编辑　戴　宽

出版发行　中国社会科学出版社
社　　址　北京鼓楼西大街甲 158 号　邮　编　100720
电　　话　010－84029450(邮购)
网　　址　http://www.csspw.cn
经　　销　新华书店
印　　刷　北京君升印刷有限公司　装　订　广增装订厂
版　　次　2010 年 8 月第 1 版　印　次　2010 年 8 月第 1 次印刷
开　　本　710×1000　1/16
印　　张　16.75　插　页　2
字　　数　240 千字
定　　价　30.00 元

序

　　陈小亮是我的博士生，2006 年春入学。她浙江大学美学硕士毕业，从她的导师潘一禾教授和其他老师那里受到过很好的训练。当初小亮和我说，要选宇文所安的唐诗及其诗学研究为论文题目，我并不完全赞同。宇文氏近若干年来在我国很热，关注的人很多，研究论文也颇不少了，搞得不好可能就是凑数。宇文氏的研究路向多变，甚至是不避自相矛盾的，这样的学术立场固然可以前后思想变化来作解，但变化的动机可能很复杂，我猜测和他偏好学术炫技有点关系。宇文氏的学术渊源也让我犯疑。

　　不过，我还是同意小亮的选题，因为她硕士期间搞的是西学，选一个有西方背景的汉学家来研究，有她的优势。更为重要的考虑在于，宇文氏是具有原创力的学者，有其值得研究之所在。宇文氏研究唐诗，确实有创获，让我钦服的是，他提出盛唐成熟的律诗是出于初唐的宫廷诗。搞文学史的人都知道，以往我们遵循群众史观，好像诗歌发展的活力都是来自民间下层，出于民间的诗歌就重视，出于宫廷的诗歌则评价不免负面，如对六朝的宫体诗往往否定居多。自然，宫廷诗不免被轻轻看过，但宇文氏却从此一以歌颂酬对为主的亚诗体发现了律诗的成长轨迹。此一看似纯技术的分析，却导致了诗学史研究的突破。律诗的研究汗牛充栋，怎么宇文氏就能说出些前人没有说过的话呢？看来，他之在我国学界受到尊重，并非出于西方的月亮比中国的圆之类的崇洋心理。

　　至于宇文氏的学术渊源，我之起疑是他究竟在西方思想之外，还有没有其他来源？这个他自己是从来不说的。有一次，我参加浙江大学国际文化学系本科生的学士论文答辩，答辩者中有一位来自日本的留学生，他的论文题目是日本著名史学家内藤湖南的中国历史宋代近世说。这让我立刻联想到宇文氏的大作《中国"中世纪"的终结：中唐文学文化论集》，其间会不会有某种联系呢？我把此一想法告诉了小亮，让她去摸一下宇文氏的学术传承，果不其然，他在20世纪70年代初曾经到日本留学一年，是清水茂（Shimizu Shigeru）的学生，并经常向唐诗专家吉川幸次郎求教。两人都属内藤湖南所在的京都学派。这样，他就极有可能吸收内藤湖南的宋代近世说。因为历史的分期关系到学术史的走向，极为重要，宇文氏正是运用此一观点来引入现代的意识。在我的建议下，小亮的论文对宇文氏中国"中世纪"说与内藤湖南的中世说之联系作了细致、持平的分析，读者诸君不妨细读。而宇文氏绝口不提内藤湖南，倒是让人颇为费解。

小亮论文的外审意见我觉得比较公允，大意如下：

其一，是注重大叙事，即看研究对象的大处，有没有较大的发明，譬如宇文氏所谓"非虚构诗学"、"中唐新变论"、"同时代诗歌语境视角"等，都是抓得很准、得其要义的。论辩往还的结果，可以推进对文学史的新理解。

其二，在思想史的体与文学史的用之间，贯彻体用不二的诗学思想。这体现在作者对宇文氏所忽略的道禅思想传统的纠偏，有力地透过比较而推进了对诗学传统的认识。

其三，是对中国学术传统立场的强调。这是近年来学术界由于文化自觉而有意识加强的一种新风气。作者透过有理有据的细心发掘，彰显宇文氏思想深处的西学背景，这有助于我们更客观冷静地读宇文氏的著作。

这三条，固然是肯定了小亮的研究所运用方法的得当，不过，也可以从中看出学者们对宇文氏学术作评价时的某些倾向，即肯定之中，不主张对他盲目作好评、无端助长其学术强势，而是要看到他的学术的西方来源，他对中国古代诗歌所作的研究和评价是有其学术倾向性和局限性的。我很赞同这种全面、慎重的学术态度。

　　小亮的论文之所以出新，有两个原因。她具有细密严谨的分析能力，把握全局的功夫突出，论文平衡感很强，娓娓道来，渐渐服人，从不发故作惊人的高论。还有，她的英文功底了得，可以流畅地阅读英文原典，宇文氏的晚唐诗研究专著《晚唐诗：九世纪中叶的中国诗歌（827—860）》（*The Late Tang：Chinese Poetry of the Mid-Ninth Century（827－860）*）还没有翻译成中文，小亮读了他的英文原著，无疑给她的论文注入了新鲜感。

　　小亮的论文颇有一些让我意外之事。其一，在论文写作最紧张的一段时间，有一天她和我说，最近被一起电话诈骗骗去万元。这是一个低级的骗术，小亮居然上当了。问她是怎么回事，她自己也说不清，只是稀里糊涂地汇了钱。我们当然难以想象，一位智商如此之高的博士，竟会犯这等低级错误，如果不把此事解释为写论文出神了，还有什么更为妥帖的理由呢！

　　其二，小亮的论文送匿名外审竟然得了全优，五个评委一致给了高分。这在我的博士生论文评审中是第一个。中国古代文学理论学会会长、华东师范大学的胡晓明教授给我发来电邮，说有一篇博士论文送到他那里了，写得很不错，估计是我的学生，吩咐我让小亮把论文整理一部分，送给他所主编的《古代文学理论研究》发表。

　　其三，小亮的论文很快发生了影响。她的论文答辩是在2009年6月末，同年11月在成都召开的中国古代文学理论学会第十六届年会上，就有人在大会发言中提到，张节末教授的学生已经做了宇文所安唐诗研究的题目，看来小亮的研究给了他深刻印象。会下亦有研究生来问我，你的学生做得不错，宇文所安是不是还能继续做？我回答是不必了。一则因为做的人多了，要有新意非常不容易的；二则因为小亮的论文一时难以超越。当然后面那句是没有说出口的。

　　这三件事，如果说第一件让我哑然失笑，那么第二件就给了我意外之喜，第三件则让我真切地感受到好的学生会给老师带来什么。

　　此书在她的博士论文基础上修改而成。这本书出版以后，我想宇文先生会认真一读。相应于小亮的艰苦付出，此书得到国内同行的首肯，也是可以乐观的。

　　小亮已经走出了可喜的一步，作为导师，愿她今后走得更远。谨作此序以为纪念。

张节末

2010 年 3 月 8 日于杭州西溪

目 录

引　言

如何对中国文学传统再创造，恢复对传统的惊喜而又不失其本来面目，用新的解读和新的阐释来激活传统是极为重要的。在这方面，海外唐代诗歌研究已经引起我们的关注。这一领域集中了我国台港澳地区、日韩、欧美不同地域的众多优秀学者。就欧美的唐代诗歌研究成果而言，有不少是华裔学者完成的。尤其是刘若愚（James J. Y. Liu）的《中国诗歌艺术》（1962）、《李商隐的诗》（1969），对美国的唐代文学研究有草创之功。梅祖麟（Tsu-lin Mei）、高友工（Yu-kung Kao）用结构主义和语言学方法研究唐诗的意象、语义、结构，并与西方诗歌相比较，提出了许多富于启发的结论，在欧美的唐诗研究中独树一帜，上海古籍出版社出版的《唐诗的魅力》（1989）集结了他们的成果。此外还有叶嘉莹的《杜甫秋兴八首集说》（1966）、程抱一（Francois Cheng，本名程纪贤）《唐代作家张若虚的诗歌作品之结构分析》（1970）和《中国诗的写作》（1977）、余宝琳（Pauline Yu）《王维诗歌》（1980）、李珍华《王昌龄》（1982）等。唐诗也是欧美学者对中国文学用功最勤的领域，集中了一批优秀学者，从老一辈学者傅汉思（Hans Frankel）到第二代学者斯蒂芬·欧文（Stephen Owen），都为唐代诗歌研究贡献了许多精彩的见解。他们的论著显示出丰富的文学史知识和良好的理论素养，其历史眼光的敏锐和观察问题角度的独特每每给人启发，这从上海古籍出版社出版的《美国学者论唐代文学》（1994）可以窥见一斑。①其中，以斯蒂芬·欧文的唐诗研究成就最大。本书即选取这一唐诗研究

---

① 参见蒋寅《20世纪海外唐代文学研究一瞥》，《求索》2001年第5期。

的中坚人物为研究对象。

斯蒂芬·欧文，中文名宇文所安，1946 年生于美国密苏里州的圣路易斯。1972 年在耶鲁大学东亚语言和文学系获得博士学位，旋即留校任教，历任讲师、副教授、教授。1982 年转至哈佛大学东亚语言与文明系任中国文学教授。1984 年起任哈佛大学东亚语言与文明系中国文学教授和哈佛大学比较文学系教授，1997 年起获任哈佛大学詹姆斯·布莱恩特·柯南德（James Bryant Conant）特级教授至今。① 从 1975 年出版博士论文《孟郊和韩愈的诗》② 以来，宇文所安的研究从作家研究推向诗歌史、诗学理论、文学史、文学理论的研究，其中以唐代诗歌史的整体研究最为卓著，《初唐诗》（1977）、《盛唐诗》（1980）、《中国"中世纪"的终结：中唐文学文化论集》（1996）、《晚唐诗》（2006）几乎将唐朝近三百年的诗歌史一网打尽。自 20 世纪 80 年代陆续译成中文（《晚唐诗》待出），在汉学界同时也在中国汉语学界产生重大反响。他以人文学科特有的文本细读方法、开阔的文学史视角及犀利的观察、幽默的行文，为沉闷的传统学术研究带来更多思维的乐趣，对中国文学传统再创造及诗学重建提供了许多有益的认识和启发。

宇文所安关于文学史有自己的独到之见。在《中国"中世纪"的终结：中唐文学文化论集》第一章《特性与独占》，谈到中唐诗人表现为否定性的特性、存在自觉与刻意的矛盾时，他认为，"文化史和文学史的历史分期最好是被当作一块块模板（matrices）来看待。这些模板不是由孤立的东西拼凑起来的，而是由相反或相对的概念与立场组成的套系（sets）。在模板当中，由另类概念与立场组成的亚套系（subsets）就构成所谓的'问题'（issues），而每一次解决问题的努力

---

① 参见张宏生《对传统加以再创造，同时又不让它失真——访哈佛大学东亚语言与文明系斯蒂芬·欧文教授》，《文学遗产》1998 年第 1 期。

② 即 *The Poetry of Meng Chiao and Han Yü*，New Haven and London：Yale University Press，1975. 孟欣欣中译本译为《韩愈和孟郊的诗歌》，本书取直译名《孟郊和韩愈的诗》，以下不再说明。

都似乎同时包含了相反或相对的概念与立场。但是这些问题并非孤立存在的；它们与其他问题相关联，有时是平行的，有时则在新的对立中化解成为某个单一概念。……这些相反相对的概念与立场，显示出一个时代的生机活力。它们最终会被忘却或得到解决，以新的常规话语或形象出现。这也许是界定一个时代的终结的方式之一"。于是"像'内在的冲动'和'刻意匠心'这两种对立的概念，当它们作为传统规范的对立面而存在时，它们之间的对立则化解了，形成了以不同形式表现出来的立异独行的特性。……'内在冲动'和'艺术匠心'之间的对立，最后在作为'艺术冲动的匠心'这一观念中得到合并。这一合并表现在'苦吟'一词的演变中。'苦吟'的原意是指出于痛苦而吟诗，然而到了九世纪的下半叶却转义为'刻苦吟诗'。原先由于外在于文学的困苦而作诗，现在蜕变成了作诗本身的煞费苦心"①。以此来理解中唐文学文化，"中唐以盛唐为基准和思想背景，来理解自己的知性文化。我们不能脱离中唐来孤立地看待盛唐"，"以往通过重复建立权威的文化，现在由一个通过发问建立权威的文化代替了"②。这也是"中世纪"终结这一特定角度的题中之义。中唐文化就是在传统与特性、整体与碎片、公众价值与个人化诠释、严肃原则与琐细事物、有机诗学与技巧诗学、道德价值与浪漫文化的二元对立结构中展开。

我们姑且用"模板理论"称说这一见解，它不仅可用来解说中唐文学现象，也可推广至宇文所安早期《初唐诗》、《盛唐诗》的文学史写作。据他自己说，撰写《初唐诗》的初衷是"为盛唐诗的研究铺设背景"③，我们不妨把初、盛唐诗放在一起来研究。

"盛唐的律诗源于初唐的宫廷诗；盛唐的古风直接出自初唐诗人

---

① ［美］宇文所安：《中国"中世纪"的终结：中唐文学文化论集》，陈引驰、陈磊译，生活·读书·新知三联书店2006年版，第20—21页。

② 同上书，第3页。

③ ［美］宇文所安：《初唐诗·序言》，贾晋华译，生活·读书·新知三联书店2004年版，第2页。

陈子昂和七世纪的对立诗论；盛唐的七言歌行保留了许多武后朝流行的七言歌行的主题、类型联系及修辞惯例；咏物主题的各种惯例，送别诗的习见忧伤，及山水旅行诗的形式结构，这一切都植根于初唐诗。"① 盛唐诗不仅以初唐诗为来源，而且可以看成是初唐诗的反动，盛唐诗歌之所以呈现出"直率"、"自然"这些特性，是"由于有七世纪诗歌作为比较的背景"②。"如果初唐诗人为规范所限制，盛唐诗人就向往突破规范——包括文体方面的惯例和主题方面的狂士风度。如果宫廷诗人投入于贵族社会及其环境，盛唐诗人就将兴趣转向较低的社会阶层及其生活，从他们身上发现真正的高贵精神。如果宫廷诗人沾沾自喜于矫饰和拘谨的形式，盛唐诗人就喜好朴素和直率。如果初唐诗人轻视新奇的隐喻表达和巧妙结撰的文体，盛唐诗人就爱好它们。如果初唐诗人将诗歌看成基本上是社交现象，盛唐诗人就被引向个人价值和隐逸主题。"③

不仅盛唐诗以初唐诗为背景和对立面，我们可以进一步发现初唐诗同样是由宫廷诗及其对立面构成。除却魏征、李百药的隋代对立诗论，王绩的诗歌也是对宫廷诗贵族的、世俗的荣耀的一种对立宣言："如果他们的诗歌规范化，他就寻求自然朴素，如果他们对春天到来无动于衷，他就报以热烈的反应；如果他们喜欢物质世界的美，他就坚决地反对启动创造过程。他对宫廷诗的对立宣言可以表现为饮酒、田园风格、道家虚无主义，但是所有这些反应都可以定义为与宫廷诗及产生宫廷诗的贵族社会的否定关系。"④ 尽管对立诗论在宫廷诗的发展中起了重要作用，但对宫廷诗的真正改造却是从宫廷诗内部生发

---

① ［美］宇文所安：《盛唐诗》，贾晋华译，生活·读书·新知三联书店 2004 年版，第 4 页。

② ［美］宇文所安：《初唐诗》，贾晋华译，生活·读书·新知三联书店 2004 年版，第 2 页。

③ ［美］宇文所安：《盛唐诗》，贾晋华译，生活·读书·新知三联书店 2004 年版，第 4 页。

④ ［美］宇文所安：《初唐诗》，贾晋华译，生活·读书·新知三联书店 2004 年版，第 53 页。

的。"初唐诗比绝大多数诗歌更适合从文学史角度研究"①，正在于"初唐诗的历史主要是这种诗歌旧世界被突破的历史"②。宇文所安借用结构主义先驱、语言学家索绪尔首倡的一对概念即"语言/言语"，来阐发宫廷诗惯例、标准及法则和个别诗篇的矛盾关系。"句法的（结构的、句式的）和典范的（主题的、词汇的）诗歌法则都服务于同一目标，即限制诗人可用的选择……诗歌内部的动态联系产生了新的美学，这种美学产生了多种多样的内在可能性，从而要求减少'语言'的可能性以进行平衡。一首诗的兴趣和中心主要在于'言语'，在于怎样把一部分与另一部分联系起来"，"结果导致七世纪后半叶、八世纪开头几十年'语言'的扩充，逐渐破坏限制法则，最终将其打破。到了八世纪中期，'语言'和个别诗篇的'言语'在所关注的目标上达到了平衡"③。由此我们迎来了一个新的时代——盛唐。

　　以上尽管在国内学者看来似乎过于绝对，但通过精心细读爬梳出的文学发展过程，较之我们文学史过于概略和笼统的说明，仍能给人以启发。尤为令人钦佩的是，宇文所安是一个对自己工作保持不断反省能力的学者。在后来的写作中，他常常拿自己早期的文学史写作进行批判性审察。他曾说："在文学论著中，如果我们自己的思维习惯已经变得太轻快自如，那就很有必要脱离它们。文学论著所传达的不仅是一种认识的结构（例如，文学史的一种模式），而且还包括个别学者完成这一结构的途径：发现的兴奋，思考解决问题的方式。在学术著作中，就像在文学作品本身一样，任何优秀的读者都能够辨别出作者从呆板的、学术的程式中获得的快乐。……但是，即使是最出色的认识结构，如果成了惯例和陈套，就会变得呆板乏味。脱离自己奠基获得的成果是十分可惜的，但又是必要的。"他强烈地感觉到诗歌

---

　　① ［美］宇文所安：《初唐诗》，贾晋华译，生活·读书·新知三联书店2004年版，第2页。

　　② ［美］宇文所安：《盛唐诗》，贾晋华译，生活·读书·新知三联书店2004年版，第3页。

　　③ ［美］宇文所安：《初唐诗》，贾晋华译，生活·读书·新知三联书店2004年版，第326页。

中那些无法为文学史所解释的方面，"从文学史的角度来看，诗歌的某些方面具有中心的意义，而其他方面却黯淡无光。但是这些其他方面往往正是诗歌的'诗歌'。文学史和我个人对它的描述也可能变成一种局限"。但他仍然相信文学史是基本的，"对于诗歌来说，文学史就像是'门厅'，人们只有通过它才能到达诗歌；但是，它本身并不理解诗歌"①。他一度将文学史的写作搁在一旁，继《初唐诗》、《盛唐诗》之后，他先后完成了《传统中国诗歌与诗学：世界的征兆》（1985）与《追忆》（1986）、《迷楼》（1989）的写作，由诗歌史转向诗歌理论，由文学史的系统处理转向非系统处理。正如宇文所安在《晚唐诗》中坦言，有数年时间，多次放弃又再次回到文学史写作。②继1996年的《中国"中世纪"的终结：中唐文学文化论集》，六年之后，在《他山的石头记：宇文所安自选集》中宇文所安对已有的包括他自己的文学史叙述框架重新进行了批判性审察。按照他的想法，原来一直觉得十分明确和稳定的时代、作品和作者都可能只是一些复杂的变化过程。文学史也"需要某种类似于从牛顿物理学到量子物理学的飞跃"③。

他建议从三个层次对文学史进行审察：

第一个层次，我们应该首先确认在当前的文学研究实践里有哪些研究方式和信仰是司空见惯的，然后问一问这些研究习惯是否都是有效的工具。

第二个层次，我们应该把物质、文化和社会历史的想象加诸我们习以为常、确信不疑的事物。

第三个层次，在中国文学史里，无论是文本还是阶段的划分在多

---

① ［美］宇文所安：《初唐诗·序言》，贾晋华译，生活·读书·新知三联书店2004年版，第2页。

② Stephen Owen, *The Late Tang：Chinese Poetry of the Mid-Ninth Century* (*827－860*)，Cambridge and London：the Harvard University Asia Center，2006，p.14.

③ ［美］宇文所安：《他山的石头记：宇文所安自选集》（*Borrowed Stone：Selected Essays of Stephen Owen*），田晓菲译，江苏人民出版社2006年版，第2页。

大程度上是被后来的历史过滤了的。而对前人进行过滤的后代文学史又应该在多大程度上成为我们自己写作的文学史的一部分。①

这种康德似的文学史批判将彻底改变本质主义的文学史书写。文学史不再是确定不疑的，而是变化的、不确定的、无规律可循的。这种对文学史的思考最终促成了《晚唐诗》的实践。

宇文所安的中国古典文学研究引起了国内外学界的广泛关注与研究热情，但国内学界对其中国文论研究的关注要远甚于其唐代诗歌史研究，而国外虽注重其诗歌史研究又局限于单部作品的评论，对于宇文所安的唐代诗歌史建构与诗学发明的整体研究尤显不足。基于此，我们首先对国内研究现状及国外研究作一综述，评析研究成果与不足，再联系本书的选题意图阐发本研究的对象、意义和方法。

第一节　国内研究现状

一　宇文所安的批评方法和批评特色

宇文所安的中国古典文学研究最早引起国内学界研究兴趣的是《追忆》。1993 年发表在《读书》第 7 期的文敏的《不同文化的眼睛》②，是国内第一篇关于宇文所安著作的评论，虽不足一页，却开了对宇文所安著作研究的先河，第一次对宇文所安在《追忆》中就李清照《金石录后序》的新颖解读给予了关注。1994 年第 6 期《中国图书评论》刊登的何向阳的《重现的时光——读斯蒂芬·欧文〈追忆〉》③又对《追忆》一书进行了总体评说。1996 年《汉学研究》发表了程铁妞的《试论斯

---

① ［美］宇文所安：《他山的石头记：宇文所安自选集》，田晓菲译，江苏人民出版社 2006 年版，第 3 页。

② 文敏：《不同文化的眼睛》，《读书》1993 年第 7 期。

③ 何向阳：《重现的时光——读斯蒂芬·欧文〈追忆〉》，《中国图书评论》1994 年第 6 期。

蒂芬·欧文之中国古典文学研究》①，这是国内对宇文所安中国古典文学研究作整体研究的开山之作，该文主要立足《追忆》、《传统中国诗歌与诗学：世界的征兆》两本著作中的批评文本，分析作者的研究特色及方法论溯源，指出宇文所安作为外在于中国文化传统的研究者给予相同文本不同意义的诠释的洞见与不见。其洞见主要体现于注重诗歌的内在结构、形式、互文性的分析，其不见主要体现为对文本之外的社会历史背景、文化内涵的忽略。程文第一次揭示了宇文所安中国古典文学研究新批评方法的应用，以及受新批评派影响视文本为批评出发点而带来的对历史、文化的不见，并总结出宇文所安受中国传统诗话影响，并糅合新批评与印象式批评，"随意性"的批评特色。这一批评特色在强调西方读者出于自身文化背景"读"的自由与中国文学传统考据式的阅读之间、诗话的随意性与西方文化主流的精心构设之间构成多重张力，并最终在两种文化碰撞中向其主体文化偏斜。以上种种无疑是宇文所安学术思想研究的精辟见解，对宇文所安的文学批评作出了全面总结并提出质疑，为进一步研究创造了良好基础。不足之处是，程文着眼于宇文所安的批评研究，着眼于"论"而非"史"的观念。这体现为程文所涉宇文所安论著主要为其批评论著，尤其是体现他研究特色的《追忆》与《传统中国诗歌与诗学：世界的征兆》，而不涉及《初唐诗》、《盛唐诗》诗歌史的著作。

二　宇文所安的唐代诗歌史研究

与对《追忆》较为浓厚的研究兴趣形成反差的是，国内学界对宇文所安唐代诗歌史研究的反应相对淡漠。《初唐诗》虽较《追忆》早三年即 1987 年出版中译本，并未引起国内学者应有的重视，除却《初唐诗·序言》中傅璇琮的褒奖："宇文先生作于 1977 年的这本《初唐诗》，在中国学者之先对初唐诗歌做了整体的研究，并且从唐诗

---

① 程铁妞：《试论斯蒂芬·欧文之中国古典文学研究》，载阎纯德主编《汉学研究》第一集，中国和平出版社 1996 年版，第 227—260 页。

产生、发育的自身环境来理解初唐诗特有的成就，这不但迥然不同于前此时期西方学者的学风，而且较中国学者早几年进行了初唐诗演进规律的研求。虽然近几年来中国学者的论著在不少方面已作了深入的挖掘，大大加快了初唐文学研究的进程，但宇文先生的贡献还是应该受到中国同行的赞许的。"① 时隔近十年，1996年第一期《中国比较文学》刊载了陈引驰的《诗史的构筑与方法论的自觉——宇文所安唐诗研究的启示》②，才第一次从文学史角度剖析了宇文所安《初唐诗》、《盛唐诗》两本著作的"宫廷诗——都城诗"的文化视角与研究理路。随后于《唐研究》1996年第二卷与1997年第三卷，相继刊出莫砺锋对《初唐诗》、《盛唐诗》的书评与刘健明对《中国"中世纪"的终结：中唐文学文化论集》的书评。这两篇文章均指出了宇文所安唐代诗歌史研究中存在的"硬伤"。如莫文指出的字句和诗意的误读、过度诠释、历史知识及典故知识的欠缺、文学史研究中归纳的以偏概全，③ 刘文指出的脱离历史文化背景从主体性角度分析文本的可靠性、以诗歌文本中的单字"有"、"属"推论作者占有话题可能存在的以偏概全、何谓中国"中世纪"及中古之后是近世还是近代未作说明等问题。④ 这两篇书评虽有引介之功，显然批评多于赞许，这可能也是宇文氏的诗史著作迟迟未引起国内学界重视的原因所在。国内学界对宇文所安唐代诗歌史著作的苛责大多集中于文学史外部研究的要求，同时也不恰当地夸大了这种训诂学、历史文化背景知识的要求，对宇文氏唐代诗歌史的文学史演进内核关注不够。

2005年发表在《读书》上的蒋寅的《在宇文所安之后，如何写

---

① ［美］宇文所安：《初唐诗》，贾晋华译，生活·读书·新知三联书店2004年版，第4页。

② 陈引驰：《诗史的构筑与方法论的自觉——宇文所安唐诗研究的启示》，《中国比较文学》1996年第1期。

③ 莫砺锋：《书评〈初唐诗〉和〈盛唐诗〉》，载《唐研究》第二卷，北京大学出版社1996年版，第488—505页。

④ 刘健明：《书评〈中国"中世纪的终结"：中唐文学文化论集〉》，载《唐研究》第三卷，北京大学出版社1997年版，第508—513页。

唐诗史》① 一文是继傅璇琮认为宇文所安唐代诗歌史研究对我国古典文学研究结构起到积极协调的作用的热情推荐之后的又一次较高评价。该文指出《初唐诗》、《盛唐诗》虽然对宫廷诗和京城诗的写作训练有过度强调之嫌，但"这是任何富于启发性的著作都难以避免的特性"。突出强调了宇文所安唐诗语言良好感觉与恪守人文学者行规的文本细读法。

2008 年发表的张志国的《诗歌史叙述：凸现与隐蔽——宇文所安的唐诗史写作及反思》② 与徐承的《结构主义读诗法及其技术问题：以宇文所安唐诗研究为个案的讨论》③ 两篇文章均试图揭示宇文所安诗歌史建构的方法论，虽未能概括出宇文所安唐代诗歌史建构方法的全貌，但仍不失为一种有益的尝试。张文指出，对于"文学传统与个人才能"二者之间互动关系的描述与辨析构成了宇文所安诗歌史叙述架构的主导逻辑。这一思路可以从《孟郊和韩愈的诗》导言中作者表露的一种观察、《初唐诗》与《盛唐诗》的编选原则及宫廷诗"文学惯例—文学自由"非直线型发展模式的文学史三方面见出。以王绩、上官仪、王勃等诗人为例，诗人的才能只有以传统为底色才能突显，由此张文结论，对宫廷诗构成威胁的并非是对立诗论而是诗人个性经验对文学传统惯例的不满。这一诗歌史的有效之处体现为其"文本"肌理，即文本家族观念与文本家族单元构造中惯用的对比阅读、文本细读方法。最后张文指出宇文所安诗歌史不做"批判"的评判方式，是立足美学的历史性而非意识形态的历史性，来自艾略特有机整体观与新批评的内部文学史观。

徐承一文揭示了宇文所安的诗歌解读尤其是对律诗这一文类的解读对结构主义方法的取用，及象征主义立场对持非透明观的结构主义

---

① 蒋寅：《在宇文所安之后，如何写唐诗史》，《读书》2005 年第 4 期。
② 张志国：《诗歌史叙述：凸现与隐蔽——宇文所安的唐诗史写作及反思》，《江汉大学学报》（人文科学版）2008 年第 2 期。
③ 徐承：《结构主义读诗法及其技术问题：以宇文所安唐诗研究为个案的讨论》，《浙江学刊》2008 年第 3 期。

诗学的背离。徐文认为宇文所安在律诗问题上的结构主义方法运用及象征主义立场的处理，还需回到中国语境中律诗读写生发的原初审美经验去检验其有效性。徐文虽是对宇文所安诗歌阐释方法的揭示，但因宇文氏结构主义方法并不仅仅运用于单篇作品分析而是历时地体现在整个初唐诗歌史中，因此客观上同样是对诗歌史架构方法的揭示。

三　宇文所安中国古代文论解读的研究

2003 年《中国文论：英译与评论》中译本的出版，引发了一次对宇文所安学术思想研究的高潮。《文汇报》刊登的胡晓明的《远行回家的中国经典》① 一文，称该书是"继理雅各（James Legge）、华滋生（Burton Watson）、康达维（David Knechtges）之后，中国经典又一次规模盛大的西方旅行"。《社会科学报》刊登《美国汉学：英译文论返销中国》② 一文，报道就此书的热销，宣传部、出版界、学界有关人士召开研讨会的情况，足见此书的影响力。陈引驰、赵颖之的《与"观念史"对峙："思想文本的本来面目"——宇文所安〈中国文论〉评》③ 对宇文所安放弃传统的观念史方法，不以批评文本为观念的容器，而展现文本在具体历史情境下的本来面目的方法的缘由、洞见进行了深入分析。以此书为研究对象的硕士论文有 2004 年华东师范大学黎亮的《西方视野下的中国文论》、2005 年四川大学史冬冬的《他山之石——论宇文所安对中国古代文论研究中的"非虚构传统"问题》与 2005 年汕头大学倪书华的《中国文论文本的跨文化阐释》，足见此书对中国文论研究的重要意义。

在国内学界几乎一片叫好声中，香港学者朱耀伟对此书的评论可

---

① 胡晓明：《远行回家的中国经典》，《文汇报》2003 年 3 月 14 日第 15 版。
② 《美国汉学：英译文论返销中国》，《社会科学报》2003 年 4 月 3 日第 4 版。
③ 陈引驰、赵颖之：《与"观念史"对峙："思想文本的本来面目"——宇文所安〈中国文论〉评》，《社会科学》2003 年第 4 期。

谓是一个不谐和音，朱文以言意问题为切入点，指出该书对中国文论的道家传统影响的边缘化和对儒家传统的简单化取向。在选本上，《中国文论英译与评论》中《早期文本》一章只选译了一段《庄子》来作为道家文学思想代表，道家思想被单纯地视为儒家思想的反证。道家思想被看成传统中国文论的个别流派，忽略了它对整个中国文论传统的深远影响。另外，儒家也有"书不尽言，言不尽意"之说，圣人也强调"立象以尽意"，因此儒家文学思想并非如宇文所安所言完全相信言可尽意。朱文还提出中西论述的不协调问题，即追求精确定义的西方论述对追求共鸣的中国论述的压抑（如将"意味"之"意"译为意义）。①

李清良的《一位西方学者的中西阐释学比较》② 一文认为，宇文所安从中西真理观和语言观出发，深入考察了中西阐释学最初的关注点与核心假定，并据此辨析了中西阐释传统关于作者—文本—读者之间关系的基本观念。即：西方阐释学基于西方真理概念直指 Being（存在），重"理念/本质"，故关注如何获得本质意义，又假定作者与文本内与外的分离与对立，规定了作者在其作品中不是要真实而是要充分地表现自我，以便让真理与真相呈现。作者与读者的关系基于一种知识欲。中国阐释学基于中国真理概念重视 Becoming（变化），重显现，故关注如何"知人"，并假定作者与文本内外一体相符，规定了作者特别注重表现真实的甚至是理想的自我形象。作者与读者的关系在于一种伦理欲。李文指出宇文所安从最初关注点和核心假定出发对中西阐释学观念进行系统辨析的基本思路富有启发意义的同时，亦指出他并未全面涉及中西阐释学的所有问题，他所论述的中国阐释传统也主要是儒家系统的阐释观念。

赵雪梅的《跨文化语境下解读的悖离——宇文所安对〈二十四诗

---

① 朱耀伟：《评》，文化研究网站赛伯文荟第二十四期 http：//www．clus-tudies．com/saibowenhui/diershisiqi/宇文所安专题文章 2005 年 11 月 20 日。

② 李清良：《一位西方学者的中西阐释学比较》，《北京大学学报》（哲学社会科学版）2006 年第 7 期。

品·自然〉的误读》① 一文可以说是对朱耀伟关于宇文所安对道家传统边缘化及忽略观点的佐证。该文以宇文所安对受道家传统影响的《二十四诗品》的解读为基础，从偏离道家自然观、误读"自然"文论、曲解"自然"文学三方面分别对宇文氏以下误读，即"以直白的语言拒绝有意识的努力"（俯拾即是，不取诸邻）、"像圣人一样，诗人与道'同'行，它给出的时候什么样，接受时还得是什么样。诗人提笔之时，把它传递到作品之中，不允许想得太多，也不能修改"（俱道适往，著手成春）、"为实现这个目标而创作的诗歌，不过验证了所谓'自然'诗的乏味、笨拙和难以卒读"——辨正。② 并总结出中西文化差异、中西文论背景影响和中西文化在人与自然关系上的不同观念这三方面的误读缘由。

四　非虚构传统：宇文所安中国传统诗学发明的研究

与对中国文论提出的特殊解释学相关的是，宇文所安在《传统中国诗歌与诗学：世界的征兆》中提出，在中国文学传统中，诗歌通常被假设为非虚构的文体，即诗是一种历史经验的真实记录，它和普通日记的不同之处在于它的张力（intensity）和即时性（immediacy），相同之处就是它也记录了真实的时间、地点和情境关系，所以"诗歌的伟大不在于它的创新，而在于它是诗人与此时此景的真实相遇"③。在西方汉学界持此类观点的还有弗朗索瓦·于连（Francois Jullien）、余宝琳（Pauline Yu）、叶奚密（Michelle Yeh）等学者。因此它在某种程度上代表了西方汉学界对中国古代文学的一种共识。张隆溪对这种文化相对主义观点提出了质疑。他将这种

---

① 赵雪梅：《跨文化语境下解读的悖离——宇文所安对〈二十四诗品·自然〉的误读》，《船山学刊》2007 年第 2 期。

② ［美］宇文所安：《中国文论：英译与评论》，王柏华、陶庆梅译，上海社会科学院出版社 2003 年版，第 357—358 页。

③ Stephen Owen, *Traditional Chinese Poetry and Poetics：Omen of the World*, Madison：University of Wisconsin Press，1985，p. 13.

对中西文化非虚构/虚构、自然/创造、具体/普遍差异的强调，追溯至17世纪传教士时代的宗教礼仪之争，即坚持教义纯洁的正统派认定中国人为异教徒，所以中国语言不可能表达西方启示宗教中上帝及神圣超越性的观念。张氏认为，两者的立论基础都是一系列的二元对立：自然对文明、具体对普遍、具象对抽象。他以宇文氏、于连均引以为据的刘勰《文心雕龙》为论辩对象，认为刘勰有宗教神秘主义的一面，不同意把刘勰视为自然主义的代表，并以《文心雕龙》中的《神思》、《夸饰》为例说明，"刘勰认识到诗是不能按字面直解的，它表现的是人间境况中感情的真实，而不同于纪实性的真实"①。对此质疑，史冬冬的《论宇文所安中国诗学研究中的"非虚构传统"》②从中西方诗歌传统抒情主体与诗人关系、中西哲学范式和读诗传统为宇文所安非虚构之说进行了辩护。程亚林的《入而能出疑而求新——简析宇文所安研究中国古诗的四篇论文》③简析宇文所安研究中国古诗的四篇论文，指出宇文所安在《透明度：解读唐代抒情诗》一文中以新批评派的文学理论为参照来看待中国传统的解读方式，从而将西方读者重视作为独立客体存在的诗歌文本的文学意蕴和内在结构与中国读者重视诗歌生成的渊源背景相对照。程文认为，中国传统诗歌解读方式是从诗中读出诗人和世界的观点符合实际，宇文氏指出义类原则和合理原则在中国古诗创作和解读中的重要作用更十分深刻。同时，程文亦指出宇文氏思想中的矛盾，即前三篇（除上一篇外，还有《自我的完整映象——自传诗》、《传统的叛逆》）是从诗中读人、读世界、读叛逆之情和分析诗人自我认知特征的解读立场，是表现论的。后一篇《情投字

---

① 张隆溪：《自然、文字与西方的中国诗研究》（代序），载王晓路《西方汉学界的中国文论研究》，巴蜀书社2003年版，第1—31页。

② 史冬冬：《论宇文所安中国诗学研究中的"非虚构传统"》，《中国文学研究》2007年第1期。

③ 程亚林：《入而能出疑而求新——简析宇文所安研究中国古诗的四篇论文》，载任继愈主编《国际汉学》第11辑，大象出版社2004年版，第289—301页。

合：词的传统里作为一种价值的真》则质疑诗中有真情，强调文本句法结构分析的解读立场，是客观论的，与前者立场相反。对此，程文解释为，"也许，做研究工作的目的不在于坚守、维护某一理论立场，而在于研究方式、方法和成果能启人以思，益人神智。或者，如宇文所安自己所说，一篇文章中最有趣味、最有价值的方面常常是它所体现的思维习惯：提出了什么问题，用什么方法解决了这些问题"。关于宇文氏非虚构之说争议的孰是孰非，本书将在第一章详细论述。

综上，国内对宇文所安中国古典文学研究特色的认识可总结为以下几点：一是比较视野下的文本细读法，及抗拒宏大叙事和西方学术主流、糅合新批评与中国古典诗话的"随意性"批评特色；二是与观念史对峙、回复思想文本的本来面目的中国文论研究方法；三是在诗歌史建构中对新批评派内部文学史观与结构主义方法的取用。相应的，其不足之处表现在：一是在不同的文化语境下解读中国古典文学存在的字句、诗意的误读与过度诠释；二是中国文论研究存在的对儒家传统取向的简单化与对道家传统的边缘化；三是诗歌史研究存在的对历史文化背景的知识欠缺或主观上的忽略。总的来说，国内研究现状体现为以下几组对立：一是对宇文所安中国文论解读的研究热与对其诗歌史著作的研究冷；二是对宇文所安文本细读法的过分关注与对其文学史观的较少涉及；三是对宇文所安诗歌史建构方法论揭示的热衷与对其诗歌史内在理路研究的不足。

第二节 国外研究综述

国外的研究集中于对宇文所安出版的著作的书评。从国外学术界的批评中我们可以发现，与国内学界热衷于对宇文所安中国文论解读的研究、汲汲于对宇文所安著作方法论的揭示相映成趣的是，他们更看重宇文所安唐代诗歌史著作中选入诗歌的翻译和解读，几乎每一篇书评都要用相当篇幅论述翻译问题。如《孟郊和韩愈的诗》和《盛唐诗》,刘若愚分别指出了十多处和四十多处翻译错误。① 尤其是《中国"中世纪"的终结:中唐文学文化论集》中对《孟东野失子》的解读,倪毫士(William H. Nienhauser)认为欧文忽略了这首诗中对《中庸》、《庄子》、《博物志》、《史记》的用典,从而怀疑其解读的有效性和"此诗代表了没有经典作为权威性依据的权威性修辞口吻"结论的正确性。② 可见国外学者十分注重对中国文学的翻译引介和文化传播,这些问题因与本研究关涉不大故只略为提及。此外,相对于国内学界的"宇文所安热",国外学界的反应则更显客观和冷静,毕竟,对学术研究来说,提出问题比虚夸的褒奖来得更实在、更富建设性。以下就学术规范和方法论矛盾等方面问题对国外研究作一综述。

一 学术规范问题

学术规范几乎是每一篇书评都要谈及的内容,尤其是宇文所安早期作品《孟郊和韩愈的诗》与《初唐诗》,存在的共同问题是:未提供参考文献、诗歌来源及版本、注释。就参考文献问题,《初唐诗》附录三中宇文所安首先致歉"本书缺少真正的文献目录",因为他觉得这一工作"最好留给更胜任的文献家"③。诗歌版本问题,刘若愚与保罗・W.

---

① James J. Y. Liu, Reviewed work (s):*The Poetry of Meng Chiao and Han Yü* by Stephen Owen, *Harvard Journal of Asiatic Studies*, Vol. 36, (1976), pp. 295—297. James J. Y. Liu, Reviewed work (s):*The Great Age of Chinese Poetry:The High T'ang* by Stephen Owen, *Chinese Literature:Essays, Articles, Reviews (CLEAR)*, Vol. 4, No. 1 (Jan., 1982), pp. 97—104.

② William H. Nienhauser, Jr., Reviewed work (s):*The End of the Chinese "Middle Ages":Essays in Mid-Tang Literary Culture* by Stephen Owen, *Harvard Journal of Asiatic Studies*, Vol. 58, No. 1 (Jun., 1998), pp. 291—297.

③ [美]宇文所安:《初唐诗》,贾晋华译,生活・读书・新知三联书店2004年版,第330页。

克罗（Paul W. Kroll）在评论中都提到《初唐诗·导言》中所交代的
"中国诗歌的文本往往是综合性的"①，说明宇文所安采用的诗歌文本综
合了两三个版本。刘若愚还指出，作者未说明《初唐诗》所引用的《文
心雕龙》香港商务印书馆 1960 年的版本即北京 1958 年的版本，是
1925 年第一次印刷的范文澜的修订本。"诗歌结尾"未提当代西方批评
家芭芭拉·史密斯（Barbara Herrnstein Smith）的研究。②

　　这些不足在《盛唐诗》中得到弥补，但与前两部作品一样，《盛
唐诗》未提供更多诗歌的社会历史背景，对中国同行的相关研究尤其
是最新研究不太涉及。如果将宇文所安的学术研究分为两个时期，前
期《孟郊和韩愈的诗》、《初唐诗》、《盛唐诗》相对来说是规范的诗歌
史著作；后期《传统中国诗歌与诗学：世界的征兆》、《追忆》、《迷
楼》、《中国"中世纪"的终结：中唐文学文化论集》则倾向于追求带
来思维乐趣的学术散文。后期著作对诗歌史的非系统处理引发出更多
学术规范问题。如《追忆》未提两本已有的汉学研究及说明已存在的
研究和翻译，这两本研究著作，一是傅汉斯（Hans Frankel）的《唐
诗中的怀古》（"The Contemplation of the Past in Tang Poetry"，收于
A. F. Wright D. Twitchett 所编《透视唐代》（*Perspectives on the
Tang*））；二是 Peter Lee 的《延续性的庆典：东亚古典诗歌的主题》
（*Celebration of Continuity*：*Themes in Classic East Asian Poetry*）。③
《中国"中世纪"的终结：中唐文学文化论集》对《李娃传》及"浪
漫叙事"的讨论、唐传奇的听众问题、"尤物"的考虑，以及唐代的
妓女，未提及对杜德桥（Glen Dudbridge）或戴何都（Robert des Ro-

　　① ［美］宇文所安：《初唐诗》，贾晋华译，生活·读书·新知三联书店 2004
年版，第 3 页。

　　② James J. Y. Liu, Reviewed work（s）：*The Poetry of the Early Tang* by
Stephen Owen, *The Journal of Asian Studies*，Vol. 38，No. 1（Nov.，1978），
pp. 168－169.

　　③ Richard John Lynn, Reviewed work（s）：*Remembrances*：*The Experience of
the Past in Classical Chinese Literature* by Stephen Owen，*The Journal of Asian Stud-
ies*，Vol. 46，No. 3（Aug.，1987），p. 650.

tours）研究的参考。韩愈文章的翻译未提及蔡涵墨（Charles Hart-
man）或冯赞克（Erwin von Zach），《莺莺传》的翻译未提及海陶玮
（James Robert Hightower）。对文本权威挑战及主体性的发现未提及蒲
立本（E. G. Pulleyblank）、麦大维（David L. Mcmullen）或包弼德
（Peter K. Bol）。关于"中唐是中国文学史的重要时刻和开端"的论
断未提及傅斯年。中唐文学对造物主的怀疑未提及川合康三。关于
792年的考试以及"德宗初朝临朝的幻灭感"和陆贽未提及崔瑞德
（Denis Twitchett）的研究。[①]《传统中国诗歌与诗学：世界的征兆》虽
大量引用当代西方文学理论家和批评家，如汉斯－格奥尔格·伽达默
尔（Hans-Georg Gadamer）、斯坦雷·费什（Stanley Fish）、沃尔夫
冈·伊瑟尔（Wolfgang Iser）、哈罗德·布鲁姆（Harold Bloom）、雅
克·德里达（Jacques Derrida）等的观念，却未提及一个理论家的名
字，对西方资源未提供参考文献。[②]

二　作为文学史家与批评家两种治史途径的矛盾

学术规范上的不足，除却《追忆》、《迷楼》等极富个人特色的著
作明确以糅合"英语散文与中国式感兴"的学术散文自况，笔者以
为，其主要缘于作者批评家的姿态。这在宇文所安《孟郊和韩愈的
诗》导言中的一段话可略一知晓："本书的阐释方式是选取一些诗歌，
按年代顺序排列然后对其进行广泛的分析和比较，以描述韩愈孟郊诗
歌的发展，采用这种方法有两个原因：第一，为用西方的阐释技巧解
释中国诗歌提供范本。第二，说明中国诗歌既不是铁板一块，也不像
许多中国文学史所讲的那样每半个世纪发生一次巨变，在一千多年前

---

① William H. Nienhauser, Jr., Reviewed work（s）：*The End of the Chinese
"Middle Ages"：Essays in Mid-Tang Literary Culture* by Stephen Owen, *Harvard
Journal of Asiatic Studies*, Vol. 58, No. 1（Jun., 1998），p. 288.

② James J. Y. Liu, Reviewed work（s）：*Traditional Chinese Poetry and Po-
etics：Omen of the World* by Stephen Owen, *The Journal of Asian Studies*, Vol. 45,
No. 3（May, 1986），p. 579.

创作的诗歌里，发展变化的过程甚至可以用年和月度量，这种渐进的意识就是我希望通过分析而得出的结论。"①

对用西方阐释方法解读中国诗歌，杜迈可（Michael S. Duke）在对《孟郊和韩愈的诗》的书评中持反对意见，认为"这种分析的结果不会丰富我们对诗的理解与热爱，而是令人麻木、厌倦和无聊"，"不管科学的批评如何写，诗歌绝不会沦为仅仅是威廉·燕卜荪（William Empson）的含混（ambiguities）与 I. A. 理查兹（I. A. Richards）的原则（principles）和比喻（tropes）之物"②。

刘若愚亦指出以西方阐释方法解读中国诗歌可能存在过度诠释，如他例举宇文氏对韩愈《石鼓歌》"少陵无人谪仙死"的解读："不是说杜甫死了，而是用了迂回的说法'少陵无人'（杜甫来自少陵，现在杜甫已经死了，因此没有人能够写作你要求的诗歌）。"③ 刘氏指出，"按惯例提及一个前期诗人的确不用名而是字，或号、官衔或地名。一如韩愈对杜甫的尊敬，韩愈从不直书杜甫，而只提工部或大多情况说子美。韩愈写'少陵无人'的原因的确是暗示没有人能够以此为题写出有价值的诗，但这一暗示不是来自代称杜甫的'少陵'而是'无人'"。另外书中说"谪仙死"的反讽，刘氏认为李白常被称作谪仙，怀疑此处并不存在反讽。"这种反讽之说更可能来自英语'不朽'（immoral）与'死'（dead）之间的对立，在汉语中'谪仙'与'死'之间的对立并不明显。"④

如果说这种西方阐释方法应用于个别作家研究如韩愈、孟郊的弊处

① ［美］宇文所安：《韩愈和孟郊的诗歌》，孟欣欣译，天津教育出版社2004年版，第7页。

② Michael S. Duke, Reviewed work（s）: *The Poetry of Meng Chiao and Han Yü* by Stephen Owen, *Chinese Literature*: *Essays*, *Articles*, *Reviews*（CLEAR），Vol. 1, No. 2（Jul., 1979），p. 284.

③ ［美］宇文所安：《韩愈和孟郊的诗歌》，孟欣欣译，天津教育出版社2004年版，第228页。

④ James J. Y. Liu, Reviewed work（s）: *The Poetry of Meng Chiao and Han Yü* by Stephen Owen, *Harvard Journal of Asiatic Studies*, Vol. 36,（1976），p. 295.

还不甚明显，用于诗歌史研究时，其内在的方法论矛盾的问题则凸显出来。正如刘若愚在《初唐诗》评论中指出的，宇文所安身上存在两种文学史研究路径的矛盾，即，传统文学史研究路径，此一路径涉及政治事件、自传材料、轶事；批评家式文学史研究路径，此一路径受当代批评家哈罗德·布鲁姆、杰弗里·哈特曼（Geoffrey Hartman）影响，接受互文性理论，视文学史为成功作家对早期文学的反应。刘若愚认为宇文所安虽欲综合两种治史路径，却并不成功，因为诗人受前人影响而写作，与历史传记材料之间的联系绝不是显然的。在文学史家与批评家两个角色之间，宇文所安未能给出自己的清楚定位。而这两种不同角色将决定对文学史的历时与共时的不同处理、文学史家客观综合与批评家主观选择的不同路径。① A. M. 比勒尔（A. M. Birrell）在《盛唐诗》的评论中亦指出，"文学传记与广阔的主题学讨论这两种方法在书中并未很好统一。诗人与诗人群按章节的时间顺序展开讨论，并穿插以文学主题的苦心经营"②。对宇文所安诗歌史建构方法论矛盾的揭示无疑是一深刻洞见，宇文氏诗歌史写作存在的一些问题都能于此得到解答。

（一）诗人与作品的选择

这种作为批评家的文学史写作方法首先体现在对诗人和诗歌的选择上。对同一个诗人，史家被迫去处理，批评家则可以忽略。《初唐诗》中王梵志和寒山诗集因离开诗歌传统的主流太远而被排除，虽然后者可能是译介最多的初唐诗人。③ 初唐四杰中对杨炯的谈论较少。

---

① James J. Y. Liu, Reviewed work (s): *The Poetry of the Early Tang* by Stephen Owen, *The Journal of Asian Studies*, Vol. 38, No. 1 (Nov., 1978), p. 168.

② A. M. Birrell, Reviewed work (s): *The Great Age of Chinese Poetry*: *The High Tang* by Stephen Owen, *Bulletin of the School of Oriental and African Studies*, *University of London*, Vol. 44, No. 3 (1981), p. 614.

③ Kenneth J. DeWoskin, Reviewed work (s): *The Poetry of the Early Tang* by Stephen Owen, *Journal of the American Oriental Society*, Vol. 103, No. 2 (Apr. -Jun., 1983), p. 457.

每一章似乎都很孤立，而且同一主题选择的是不同诗人的少量作品，这种呈现的方法导致书显得浮浅。①《中国"中世纪"的终结：中唐文学文化论集》同样"将重大问题的讨论建立在非常有限的例子上"②。

（二）综合上体现的主观性

综合或者说归纳方法是文学史研究的重要方法。以批评家的姿态来研究文学史必然会带来一定的主观性。对《孟郊和韩愈的诗》中"艺术家们正是通过这个过程（复古，笔者注）掌握了自己的创作方法"③ 的结论，"人们不禁要问，'屈原、阮籍、陶潜、王维和其他诗人难道未掌握创作方法？如果是，又是不是同一途径获得'？"④《初唐诗》中，"解释任何作品主要依赖读者的期待，特别是解释中国诗，人们理解一首诗，是通过了解诗人应该说的话，相应地解释词语的意义"⑤，"这是一个读中国诗危险的准则，句子不是作者随意处置，而是按读者期待应该说的话来解释"⑥。其将初唐诗出现看做南朝宫廷诗与对立诗论的对立过于简单化，将刘勰看做对立诗论的首倡者也过于

---

① Paul W. Kroll, Reviewed work (s)：*The Poetry of the Early Tang* by Stephen Owen, *Chinese Literature：Essays，Articles，Reviews*（*CLEAR*），Vol. 1,（Jan.，1979），p. 123.

② Joseph R. Allen, Reviewed work (s)：*The End of the Chinese "Middle Ages"：Essays in Mid-Tang Literary Culture* by Stephen Owen, *Chinese Literature：Essays，Articles，Reviews*（*CLEAR*），Vol. 19,（Dec.，1997），p. 142.

③ ［美］宇文所安：《韩愈和孟郊的诗歌》，孟欣欣译，天津教育出版社2004年版，第3页。

④ James J. Y. Liu, Reviewed work (s)：*The Poetry of Meng Chiao and Han Yü* by Stephen Owen, *Harvard Journal of Asiatic Studies*，Vol. 36,（1976），p. 295.

⑤ ［美］宇文所安：《初唐诗》，贾晋华译，生活·读书·新知三联书店2004年版，第303页。

⑥ Paul W. Kroll, Reviewed work (s)：*The Poetry of the Early Tang* by Stephen Owen, *Chinese Literature：Essays，Articles，Reviews*（*CLEAR*），Vol. 1,（Jan.，1979），p. 126.

简单化。①《盛唐诗》对李白《横江词》的评价，"组诗的整体背景表明，甚至连最后一种角色也是伪装，是诗人装扮出来的。这组诗并不是真的'关于'渡河，真正的兴趣中心在于创造的诗人。他对艺术的彻底掌握，及他的控制和变化力量。在最佳状态下，李白通常写的是他最喜爱的对象——李白"②，这样的评价体现的是当代西方批评所指出的所有诗某种意义上都是自传的观点。这一观点不如建立在统计学考察的基础上，即在所有唐代诗人中，李白是不反对使用第一人称的极少数人之一。欧文的批评可以接受但它不是关于李白诗艺的概括。③《追忆》中，"如果说，西方的诗人暗地里希望成为类似在错综复杂的主要情节中能控制局势发展那样的人，或是在世界播下种子的人（上帝，评者注），那么，中国的诗人则暗地里希望能成为圣人（孔子，评者注）"④。如此断言是对社会、政治、知识分子和文学史的压缩和简化，中国文学史比欧文所说要远为多元。⑤

相比较《初唐诗》、《盛唐诗》，论家主要针对个别推论有所保留的批评，对被视为"分析与写作模式与《追忆》、《迷楼》相近"⑥的

---

① James J. Y. Liu, Reviewed work (s): *The Poetry of the Early Tang* by Stephen Owen, *The Journal of Asian Studies*, Vol. 38, No. 1 (Nov. , 1978), p. 168.

② ［美］宇文所安：《盛唐诗》，贾晋华译，生活·读书·新知三联书店 2004 年版，第 156 页。

③ Anthony C. Yu, Reviewed work (s): *The Great Age of Chinese Poetry*: *The High Tang* by Stephen Owen, *The Journal of Asian Studies*, Vol. 42, No. 3 (May, 1983), p. 602.

④ ［美］宇文所安：《追忆：中国古典文学中的往事再现》，郑学勤译，生活·读书·新知三联书店 2004 年版，第 81 页。

⑤ Richard John Lynn, Reviewed work (s): *Remembrances*: *The Experience of the Past in Classical Chinese Literature* by Stephen Owen, *The Journal of Asian Studies*, Vol. 46, No. 3 (Aug. , 1987), p. 651.

⑥ Joseph R. Allen, Reviewed work (s): *The End of the Chinese "Middle Ages"*: *Essays in Mid-Tang Literary Culture* by Stephen Owen, *Chinese Literature*: *Essays*, *Articles*, *Reviews* (CLEAR), Vol. 19, (Dec. , 1997), p. 142.

《中国"中世纪"的终结：中唐文学文化论集》，论家则是针对全书整体理论框架的批评。如"写一部中唐诗史不可能"的误导，倪毫士认为，欧文未对这一时段的中日研究加以评论，特别是关于元和之变的论述。现有文学史的描述，以及欧文自己强调的中唐诗主题（技巧、景观、独占与私人天地、机智）都极有可能帮助他提出对这些诗人及诗歌的历史性描述。这种推论将同样引导他得出一个类似于为初唐诗设立的"宫廷诗"和为盛唐诗设立的"京城诗"那样的为中唐诗设立的性质描述词。尽管中唐在地方的文人令诗歌呈现多样化，这既导致了"意外收获"，也使欧文描画这一时期更困难。倪氏仍然坚持，写一部中唐诗史与写一部《初唐诗》、《盛唐诗》一样，并非不可能。[1]约瑟夫·R. 阿伦（Joseph R. Allen）则指出存在于《中国"中世纪"的终结：中唐文学文化论集》中的"古"（old）与"今"（modern）对立或互补模式，而且在大多情况下，"今"的意义倾向于"现代主义"（modernism）。[2]"这些文章虽提供不同文学篇章的解读，但不为作者意图或细读或读者反应，而毋宁说是文本后面的基本文化驱动——这不是既定的历史记载或欧文听到的韩愈的声音，而是完全的后中世纪意识形态。"[3]

（三）考证上的问题

这一问题最为集中体现在《中国"中世纪"的终结：中唐文学文化论集》一书，丘惠芬（Josephine Chiu-Duke）首先对欧文"传统的知识分子，尤其是在唐代，倾向于将政治、社会和经济危机视作文化

---

[1] William H. Nienhauser, Jr. , Reviewed work (s): *The End of the Chinese "Middle Ages"*: *Essays in Mid-Tang Literary Culture* by Stephen Owen, *Harvard Journal of Asiatic Studies*, Vol. 58, No. 1 (Jun. , 1998), pp. 289－291.

[2] Joseph R. Allen, Reviewed work (s): *The End of the Chinese "Middle Ages"*: *Essays in Mid-Tang Literary Culture* by Stephen Owen, *Chinese Literature*: *Essays*, *Articles*, *Reviews* (CLEAR), Vol. 19, (Dec. , 1997), p. 139.

[3] Ibid. , p. 142.

危机的症候，而文化危机通常被认为是语言和文章的危机"① 一说提出异议，他认为从历史背景看对社会的关注与语言危机毫无相关，没有任何迹象表明陆贽、柳宗元、白居易、韩愈会把经济问题看做文化危机的征候及语言和文章的危机，对他们而言，两税法给农民造成的经济苦难才是真实的，是需要去改变和减轻的。针对书中"帝王话语巧妙地被陆贽操纵使用，通过斡旋使王朝在 783 年得以苟延残喘"② 及相关陆贽的评说，丘惠芬指出这与历史事实不符。事实是，陆贽一再劝诫德宗，他的帝国政策是造成当时危机的主要原因，而且陆贽也不对履行出卖头衔政策负责，因为他极力反对这一政策。最后是对私人天地的考证。欧文创造的新词"私人天地"虽然可能始于中唐，但有意思的是，韩愈与许多其他唐代知识分子在同一时期对社会与政治的热情却达到了一个高潮。中唐诗人的私人天地的创造并未将他们从公共世界中分离，相反，它的创造不仅使隐逸的理想没必要与公开的政治相对抗，而且使中国公共领域与私人天地的概念更加模糊。③

三 《传统中国诗歌与诗学：世界的征兆》及非虚构传统

针对《传统中国诗歌与诗学：世界的征兆》一书的宣传："欧文提供了阅读中国诗歌的一个理论框架，源自当代西方和中国传统批评又超越两者"，刘若愚认为欧文的确聪明地运用了中国和西方的批评理论，但很难说它超越了两者，而且他并没有详细说明一种

---

① ［美］宇文所安：《中国"中世纪"的终结：中唐文学文化论集》，陈引驰、陈磊译，生活·读书·新知三联书店 2006 年版，第 9 页。

② 同上。

③ Josephine Chiu-Duke, Reviewed work（s）：*The End of the Chinese "Middle Ages"：Essays in Mid-Tang Literary Culture* by Stephen Owen, *The Journal of Asian Studies*，Vol. 56，No. 1（Feb.，1997），pp. 184－185.

新的方法论，而只是证明了中国诗歌可被有效阅读的途径。①刘若愚与余宝琳都指出了存在于《传统中国诗歌与诗学：世界的征兆》中的两处矛盾：一是作者虽然宣称没有在当代西方批评前沿弄潮的野心，但书中却大量应用当代西方文学理论家和批评家，如汉斯—格奥尔格·伽达默尔、斯坦雷·费什、沃尔夫冈·伊瑟尔、哈罗德·布鲁姆、雅克·德里达等人的观念，尤其是在对杜甫的《客至》、《春日忆李白》的文本解读中对解构主义理论的明显采用；二是作者一方面承认重建原始语境的困难，另一面又坚持考虑重构文本如何被阅读的条件，②即"如果我们想要成为这样一首诗的真正的读者，而不仅仅是文字的考古学家，我们不仅要恢复和再现早期诗歌和读者的沉默语境，而且我们必须以某种特别方式栖居其间"③。

除此之外，余宝琳还提出两处问题：一是在题目《传统中国诗歌与诗学：世界的征兆》中两种话语模式秩序的颠倒。标题第一个词语是传统的学院式话题，第二个词语是抽象的隐喻，即使饱读中国诗歌的读者第一眼看来也不是显然的。二是非虚构诗学与征兆的矛盾。将诗歌称作"征兆"或视中国诗歌为"取代预言者的职业"，看似极易得出欧文强烈否认的结论，即，中国抒情诗如一种征兆，或者就是一种符号，它真正的意义来自区别于日常生活经验的另一秩序，或者说诗歌的过程是宗教的和超越的。当欧文小心地指出"这些征兆不是预言"而是"现存统治结构的潜在标志"时，这种术语不可避免地在整个过程中投射了令人更加迷惑的神秘色彩。针对该书中第三章关于一个没有造物主的世界，事物由一系列相关物和相对物所定义，总体是两个重要部分的综合的论述，及由此得出的结论：对偶是中国诗歌的

---

① James J. Y. Liu, Reviewed work (s)：*Traditional Chinese Poetry and Poetics*：*Omen of the World* by Stephen Owen，*The Journal of Asian Studies*，Vol. 45，No. 3（May，1986），p. 579.

② Ibid.，pp. 579－580.

③ Stephen Owen，*Traditional Chinese Poetry and Poetics*：*Omen of the World*，Madison：University of Wisconsin Press，1985，p. 4.

"句子"，自然宇宙结构的形式的、语言上的显现，余宝琳指出，程抱一在其《中国诗的写作》一书中亦提出类似观点，但没有如欧文此处全部或十分确信地发展了它。①

至于刘若愚所说的"证明了中国诗歌可被有效阅读的途径"，应是与宇文所安提出的非虚构传统相关。对此说，余宝琳没有异议，并承认自己亦有相似观点的文章。② 刘若愚则认为欧文可能受中国历史传统、批评传统影响，但"中国诠释传统绝不是一个完整统一的整体，仍有许多论家将诗不读作历史文献或传记材料，而是宇宙的'道'的显现，或者某些美学范畴如'兴趣'、'神韵'的体现"③。

综上所述，国外研究最突出的贡献是揭示了宇文所安诗歌史研究存在的文学史家与批评家治史两种方法论的矛盾，以及批评家治史态度带来的在诗人、作品选择和文学史综合方法上的一定的主观性与考证问题。同时，国外研究因局限于对其个别著作的评论故而存在以下几个问题：一是未能从整体上把握宇文所安中国古典研究；二是过于注重学术规范及翻译，而对每本书体现的诗歌史与诗学观念评论不足。

第三节　本研究的对象、意义和方法

以上分析表明，国内学界对宇文所安唐代诗歌史研究较对其中国文论研究的关注略显不足，较国外研究又明显滞后，而对于涵盖《初唐诗》、《盛唐诗》、《中国"中世纪"的终结：中唐文学文化论集》、

---

① Pauline Yu，Reviewed work（s）：*Traditional Chinese Poetry and Poetics*：*Omen of The World* by Stephen Owen，*Harvard Journal of Asiatic Studies*，Vol. 47，No. 1（Jun.，1987），pp. 351－353.

② Ibid.，p. 352.

③ James J. Y. Liu，Reviewed work（s）：*Traditional Chinese Poetry and Poetics*：*Omen of the World* by Stephen Owen，*The Journal of Asian Studies*，Vol. 45，No. 3（May，1986），p. 580.

《晚唐诗》的宇文所安唐代诗歌史著作的整体研究及诗学发明研究更是付之阙如。因此，我们以诗学角度为切入口，对宇文所安的唐代诗歌史研究理路和对中国诗学的发明进行详尽梳理、描述、分析和评价，并在比较语境中，通过与国内学者及其他海外学者对中国传统的研究与发明比较，考察宇文所安唐代诗歌史建构及诗学发明的比较策略、有效度及损益得失，具有十分重要的意义。

第一，以诗学角度为切入口，对宇文所安唐代诗歌史建构和诗学发明进行整体研究表现为诗学研究的需要。中国文学研究主流模式存在两个对立的团体：一边是历史主义研究和考证；另一边是文学理论领域的新发展。托多罗夫定义的"诗学"，即"不同于对个别作品的阐释，它不是要揭示个别作品的涵义，而是要认识制约作品产生的那些规律性"，又"不同于心理学、社会学等科学，它在文学本身内部寻找这些规律"，"体现着对文学的'抽象'研究方法和'内部'研究方法"① 的诗学，几乎处于缺席状态。虽然托多罗夫所谓的"诗学"几乎完全围绕散文作品进行，"诗学"一词却是适用于整个文学，既包括散文，又包括诗歌。② 笔者以为，宇文所安唐代诗歌史研究，就其解读方式而言，是内部的；就其对唐代诗歌诗学观念的系统理解而言，是抽象的，从其唐代诗歌史建构的抽象和内部的研究方法而言，体现的正是托多罗夫意义上的诗学。张卫东的《宇文所安：从中国文论到汉语诗学》③ 虽然第一次提出宇文所安的中国诗歌与文论研究是一种诗学研究，但其更倾向于将宇文所安对中国文论的文本解读看做一种诗学，而忽略了宇文所安从诗歌史角度建立的系统的诗学。对于宇文所安重要的诗学理论著作——《传统中国诗歌与诗学：世界的征兆》，论家多从批评方法予以揭示或结合中国文论对"非虚构"等主

---

① ［法］托多罗夫：《诗学》，载［俄］波利亚科夫《结构——符号学文艺学：方法论体系和论争》，佟景韩译，文化艺术出版社 1994 年版，第 36 页。

② 同上书，第 37 页。

③ 张卫东：《宇文所安：从中国文论到汉语诗学》，《华文文学》2005 年第 3 期。

要观点进行分析与辩驳，未能联系宇文所安的《初唐诗》、《盛唐诗》诗歌史研究理路相互发明。而对宇文所安在《中国"中世纪"的终结：中唐文学文化论集》与《晚唐诗》中体现出的一致的中晚唐诗学内在理路更少人谈及。

第二，与诗学研究需要相联系，从诗学角度清理宇文所安唐代诗歌史研究理路更表现为对文学史人文性书写追求的需要。文学史作为人文科学，具有科学性与人文性二重属性。作为一门科学，文学史必须以求真为其研究目的，因此考证史料、明辨史实，归纳综合同一时代文学共性和不同时代文学发展规律是文学史的必要职责。但就人文科学而言，它不仅要探寻知识，解答"是什么"的问题；它更要探寻价值，解答"应如何"的问题。因此，文学史作为人文科学，就其本性来说更主要是价值和意义的科学。对文学史，提出任何完全排除价值的判断和要求纯粹实证的企图都是荒谬可笑的。因此文学史研究就不能完全凭借实证或逻辑的方法，还应通过评价性的认识，如解释学所提出的"理解"与"解释"才能掌握。我国文学史研究在新中国成立后至"文化大革命"时期，很大程度上成为时代政治的需要，繁富的审美经验分析取而代之为简单的社会学的判断，文学史写作形成一时代背景、二作家生平、三思想内容、四艺术特色的一套简单化的方法与模式。即使有单独的章节安排对艺术特征的探讨，也形成公式化的不良倾向，选入的作家与作品别无二致，对作家作品的评价也千篇一律。进入 20 世纪 80 年代，思想的解放带来了文学史研究的新方向。"重写文学史"与"文学史观与方法论"的讨论产生了深远影响。文学史研究者力求在其文学史著作中表现出对文学史人文性的追求，这尤其表现在对唐代诗歌史的书写上。鉴于唐诗学界长期处于史官文化传统与政教观念支配之下，唐代诗歌史形态实际上为政治史特征所规范，唐代诗歌史书写对史本位文学观的超越、对人文性的追求显得更加迫切。宇文所安唐代诗歌史研究无疑将为我们的文学史书写特别是唐代诗歌史书写提供有益的经验和借鉴。

第三，我们对宇文所安唐代诗歌史的研究，其意义还体现在对经典的发现和重建上为国内学界提供有益的启示和借鉴。宇文所安对文学史的批判性思考，诸如对文本的不确定性、后代如何决定我们对前代的理解、历史主义对文学史的简化、文本的流动性等因素的考察，无疑将转变我们对文学史由系列主要作家与名篇构成的标准、稳定的叙事型文学史的理解。历史的不确定性要求我们重新审视文学史，并对古典文本的标准阐释和现行理解提出问题，新的价值观念带来的对经典的发现与重建，必然丰富我们对传统文化的理解和有益于我们传统文化的建设。

第四，也是本研究不可忽视的意义所在，即描述宇文所安唐代诗歌史与诗学研究，并回到中国本土语境中，揭示和判断其对中国文学传统建构与发明的有效度和损益得失。在跨文化对话的语境中，我们既要对外在于本土传统的研究者的中国传统研究持一种开放和借鉴的态度，又要警惕中国传统研究的西方文化角度可能带来的文化误读及欧洲中心主义倾向。

在此基础上，我们从诗学角度对宇文所安的唐代诗歌史的整体研究采取的方法主要有三种：一为描述。本研究将从诗学角度呈现宇文所安唐代诗歌史建构的内在理路，总结宇文所安对不同阶段唐代诗歌与诗学的理解，对其唐代诗歌史和诗学研究总体思路进行梳理和引介。二为揭示。在描述的过程中揭示宇文所安唐代诗歌史建构的方法论背景。宇文所安唐代诗歌史研究中取用的西学方法因其非主流的论述方式往往并不在书中提供来源，限于笔者学力，只能加以猜测和初步判断，荒谬错漏之处在所难免，谨以对学术的诚恳态度，努力做到接近真实。三为判断。对宇文所安的唐代诗歌史建构与诗学发明，通过与国内学者及海外学者的比较，并考之以历史语境，对照、判断其有效性及损益得失。总之，还是那句老话，"它山之石，可以攻玉"。无论宇文所安唐代诗歌史建构与诗学发明的成与败，他对中国传统文化的建设与发扬之功绩都是不可抹杀的。

第一章　初盛唐诗与非虚构传统

正如宇文所安所言，《初唐诗》的写作只是为盛唐诗研究铺设背景。这一后设的历史主义解释模式，突破了国内中国文学史书写由源至流、由过去至未来的单一思路，虽然宇文所安对《初唐诗》的写作有过反省，"因为里面把初唐一切都视为盛唐的先驱"①，但他"相信书中的一些基本论点和对文学史采取的视角仍然不无其有效之处"②。由此作者对代表了中国古典诗歌的诗美理想——盛唐诗的理解就显得十分关键，它不仅可以说明作者对中国诗学的理解，而且可以由此衍生出初唐诗歌至盛唐气象的百年诗歌历程。不同的诗歌理想定位给出的是不同的演进规律。

第一节　初唐诗至盛唐诗的演进规律

一　陈子昂的历史地位

陈子昂的历史作用成了争论的焦点。国内学者更多以文质并重、声律与风骨兼备来概括"盛唐气象"，并突出陈子昂在风骨演进中不

① ［美］宇文所安：《他山的石头记：宇文所安自选集》，田晓菲译，江苏人民出版社 2006 年版，第 15 页。

② ［美］宇文所安：《初唐诗·序言》，贾晋华译，生活·读书·新知三联书店 2004 年版，第 1 页。

可替代的作用。宇文所安则认为"唐诗的前途并不在于陈子昂开创的抽象观念的动人诗歌，而在于物质世界与精神世界的一致"①。下面我们从对陈子昂的不同见解为切入口来审视这一情景交融方案的具体指向及其理论背景。

国内学者在论及陈子昂的历史地位时，无不肯认陈子昂提倡"兴寄"、"风骨"诗歌理论的历史意义。葛晓音在《论初盛唐诗歌的革新特征》②一文中指出，初唐四杰理论上未区分建安与齐梁、楚辞与汉赋，造成理论与创作的矛盾。陈子昂提倡风骨兴寄而特别强调"汉魏风骨"、"建安作者"。这就第一次从精神上将建安气骨和齐梁文风区别开来，把风雅比兴和建安精神统一起来，解决了四杰理论和创作之间的矛盾。葛文认为陈子昂的成功之处，恰恰就在没有把诗歌的作用仅仅归结为美刺讽喻，而是提倡恢复建安文人的远大抱负和慷慨意气，这种兴寄内容已大大突破了批判现实的范围。但是，陈子昂虽然在诗歌内容方面实现了复古中的革新，但在艺术上尚不能提倡复中有变。他在《感遇》中模仿阮籍《咏怀》寓理于喻的比兴象征手法，实际是要求在艺术上也退回到汉魏时代去。陈子昂的《感遇》多是以形象说明他那些玄理性的思辨。要使形象本身自然体现出风骨兴寄，尚有待于李白和盛唐诸家。尚定的《走向盛唐》③一文同样基于形式、内容二分法研究初盛唐诗歌的艺术革新，与葛文不同的是，它将这一研究放在当时特定的南北文化整合这一大环境中考虑，显得视野更为宽广和宏观。初唐近百年的诗歌创作，呈现出审美内涵深化以及审美内涵与美感形式结合的趋势。在初唐诗美实践风骨与声律演进中，陈子昂着眼于前一方面，提出"兴寄"与"风骨"，即用健康高远的诗美品质取代南朝诗风的柔媚格调。沈佺期、宋之问着眼于后一个方面，即完善诗的美感形式主要在于完善诗的韵律，完成由古体诗向近

---

① ［美］宇文所安：《初唐诗》，贾晋华译，生活·读书·新知三联书店 2004年版，第 173 页。

② 葛晓音：《论初盛唐诗歌的革新特征》，《中国社会科学》1985 年第 2 期。

③ 尚定：《走向盛唐》，《中国社会科学》1994 年第 7 期。

体诗的转变。作为新的诗美理想的两个方面，前者促进了诗的审美内涵的深化，后者是诗歌走向完美形态——律诗的关键。

反观宇文所安在《初唐诗》中的描述，可以发现国内学者多汲取古人留下的诗评诗论及相关史实来论证，而宇文所安多从具体的诗歌文本出发，用文本来叙说文学演变的故事。相对于国内学者对形式、内容不偏不倚的面面俱到，宇文所安的研究虽看上去似乎有点片面，泥于形式分析，却显得扎实有力。与国内学者笼而统之、泛泛而谈初唐诗不同，宇文所安设立了宫廷诗作为标准和惯例的背景、作为诗人突破的对象，使初唐诗缓慢过渡到盛唐有一个坚实的参照物。而国内许多学者对初唐宫廷诗的评价普遍偏低，其原因主要在于混淆了宫体诗与宫廷诗的概念。如闻一多明确认定"宫体诗就是宫廷的，或以宫廷为中心的艳情诗"①。以唐太宗为中心的贞观宫廷诗坛，与梁简文帝为太子时的东宫、陈后主和隋炀帝的宫廷一样，都是所谓的艳情诗的中心。王瑶更认为"宫体诗在唐初还兴盛了五十年光景"②。对初唐诗主要由宫体诗组成这一流行的误解，宇文所安认为，"的确，大多数初唐诗人都写有几首宫体诗，但这些宫体诗在他们的作品中所占的百分比，比南朝诗人甚至比许多盛唐、中唐诗人要小得多"③，"宫廷诗"不仅必须明确地与"宫体诗"相区分，而且"宫廷诗"这一"贴切地说明了诗歌写作场合"的术语，是用来"松散地指一种时代风格，即五世纪后期、六世纪及七世纪宫廷成为中国诗歌活动中心的时代风格"④。

宫廷诗作为一种时代风格之不可忽视在宇文氏所总结的宫廷诗的历史贡献中得到诠解。以下值得全文引出：

---

① 闻一多：《唐诗杂论·宫体诗的自赎》，上海古籍出版社 1998 年版，第 9 页。

② 王瑶：《中古文学史论》，北京大学出版社 1986 年版，第 282 页。

③ ［美］宇文所安：《初唐诗》，贾晋华译，生活·读书·新知三联书店 2004 年版，第 36 页。

④ 同上书，第 5 页。

　　尽管有不少局限，宫廷诗对技巧的热切关注仍然对中国诗歌的发展做出了很大的贡献。在这一时期里，诗歌语言被改造得精炼而灵巧，成为八九世纪伟大诗人所用的工具。从宫廷诗人对新奇表现的追求中，产生了后来中国诗歌的句法自由和词类转换的能力。从他们对结构和声律的认识中，产生出律诗和绝句。从他们对语词在诗句中突出作用的注意，发展到对风格和措词的特别关注，使得后来从杜甫到王士禛的诗人各具个性。不过，宫廷诗人的贡献与其说是个人的，不如说是集体的。除了庾信外，要指出一位诗人超出于其他诗人是困难的。

　　正因为宫廷诗具有如此大的力量和影响，所以能够经受住两百年的猛烈攻击。虽然有一定数量的诗篇创作于其范围之外，宫廷诗的美学吸引力仍然十分巨大，即使那些在理论上尖锐攻击它的人，也无法在实践上避开它。到了八世纪，文学中心积极地从宫廷转移开去，但是在宫廷里，旧的风格仍然占据主导地位。宫廷诗在应试诗中被制度化，而终唐一世它一直是干谒诗的合适体式。①

　　以宫廷诗这一时代风格为参照，初唐诗至盛唐诗演进的历史于是就是初唐诗人如何突破宫廷诗的标准化惯例、如何学会利用它们为自己的目标服务，由文学惯例迈向文学自由的过程。

　　如许多论者指出的那样，宇文氏对初唐诗的研究应用了新批评派的内部文学研究方法，他对初唐诗宫廷诗时代风格的分析体现的正是新批评派的文学史观念。"文学上的某一个时期的历史就在于探索从一个规范体系到另一个规范体系的变化"，"一个时期就是一个由文学的规范、标准和惯例的体系所支配的时间的横断面，这些规范、标准和惯例的被采用、传播、变化、综合以及消失是能够加以探索的"②。

---

　　① ［美］宇文所安：《初唐诗》，贾晋华译，生活·读书·新知三联书店2004年版，第10页。

　　② ［美］韦勒克、沃伦：《文学理论》，刘象愚等译，江苏教育出版社2005年版，第318—319页。

这种对文学史的形式分析方法，亦可在绘画史的风格分析法中找到旁证。风格分析法是西方艺术史研究的一种传统方法。在一幅画能够模拟自然或者表达含义、反映特定社会片断或具体物质之前，画家们必须先理解绘画形式的视觉结构、技法和惯例，而这些成法皆有自己的发展历史。今天，多数艺术史家尽管不再将风格视作总体一律的东西，然而还在进行风格的分析，因为他们认为创作技术的发展对于了解一件艺术作品仍是十分重要的。[①] 但正如刘若愚指出的存在于宇文所安初唐诗研究中的历史与艺术双重标准的矛盾一样，绘画的风格史研究试图在艺术自律之内建立一种叙事或者因果之链，亦存在着非常明显的美学与历史、形式与内容这些艺术史研究所包含的深刻的矛盾。

　　回到宇文氏的初唐诗研究。如果说宇文氏确有泥于形式分析之嫌，那就充分体现在他对陈子昂的历史评价上。宇文氏认为，初唐时代风格向盛唐时代风格的演变，不像中唐诗风的形成那样几年的过程就改变了文风，而是经过了几十年仍无法画出清楚的分界线，"许多基本的变化要素可以追溯至七世纪九十年代至八世纪二十年代的三十年间"[②]。"这一时期宫廷风格发生的变异，对于唐诗的发展具有持久的重要意义，可能超过了陈子昂的彻底否定宫廷诗。"[③] 在对陈子昂历史地位的评述中，宇文所安辩解说，"人们经常把盛唐诗风的发展与陈子昂和复古联系在一起，在某些方面复古确实促进了盛唐风格的发展，而复古诗也是其中的重要组成部分"[④]，但"复古诗歌与盛唐其他题材保持着相当明确的区别，那些题材大部分与宫廷诗有着较密切联系"[⑤]。在复古寓言和盛唐的咏物处理之间可以看出，盛唐的咏物诗源

---

　　① 参方闻：《为什么中国绘画是历史》，《清华大学学报》（哲学社会科学版）2005 年第 4 期。

　　② ［美］宇文所安：《初唐诗》，贾晋华译，生活·读书·新知三联书店 2004 年版，第 293 页。

　　③ 同上书，第 121 页。

　　④ 同上书，第 317 页。

　　⑤ 同上书，第 316 页。

自宫廷咏物诗而非陈子昂的复古诗。宇文氏选用张九龄的《感遇》之四与《咏燕》作一比较：

感遇之四①

孤鸿海上来，池潢不敢顾。

侧见双翠鸟，巢在三珠树。

矫矫珍木颠，得无金丸惧。

美服患人指，高明逼神恶。

今我游冥冥，弋者何所慕。

咏燕

海燕何微眇，乘春亦暂来。

岂知泥滓贱，只见玉堂开。

绣户时双入，华轩日几回。

无心与物竞，鹰隼莫相猜。

宇文氏指出，张九龄的《感遇》之四中双翠鸟由于美丽的外表而招来祸患，这一写法直接采自陈子昂的《感遇》之二十三②，故此诗不一定如传统的处理解释为时事寓意，而更像一般的寓意诗，将去官的自由与官场的危险相对照。这种略带夸张的、古朴的处理是对立诗论的遗物。③在复古寓言与盛唐的咏物诗之间存在几个重要区别：

第一，《咏燕》基本上遵循三部式（即宫廷诗结构惯例的基本模

---

① 本书所引用诗歌版本如未作说明，均以宇文所安的原书或原文引用版本为据，以下不再一一说明。

② 该诗为："翡翠巢南海，雄雌珠树林。何知美人意，娇爱比黄金。杀身炎州里，委羽玉堂阴。旖旎光首饰，葳蕤烂锦衾。岂不在远远，虞罗忽见寻。多材固为累，嗟息此珍禽。"

③ ［美］宇文所安：《初唐诗》，贾晋华译，生活·读书·新知三联书店2004年版，第316—317页。

式，由主题、描写式的展开和反应三部分构成）。① 尾联是"开放性"结尾，用来引起读者方面的反应，而不是陈述诗人方面的反应。《感遇》之四的结构则更接近铺叙，结尾突然转向鸿雁这一对立榜样。

第二，咏物处理中的燕子被处理成真实的鸟，处于真实的景象中，而孤鸿和翠鸟则是处于象征背景中的象征物。

第三，盛唐风格的咏物表现了宫廷诗对含蓄的偏爱，道德说教基本上寓于诗篇的表层之外（除了第三句），预言式的尾联产生了戏剧性的悬念。与之相反，《感遇》第四联诗明白地陈述道德，诗人在提出孤鸿自由的对立榜样时，没忘记指出它的含义：猎人将无法追逐它。

《咏燕》的三部式结构、纯感觉世界（真实的燕子）、节制与控制力或者说含蓄，以上种种均是宫廷诗的特点，故而以典型的盛唐手法处理的咏物诗《咏燕》，"是从宫廷咏物发展而来，它的起源是宫廷咏物诗，而不是陈子昂的复古诗"②。

对于陈子昂在文学史上的声望与地位，即他被看做唐代诗歌史上的第一个重要人物及盛唐的开路先锋，这一随着杜甫、韩愈及其他人的评价而沿袭已久的传统看法，宇文氏的解释是："在陈子昂自己的时代他仅是一个次要的有才能的诗人，被李峤、杜审言、宋之问、沈佺期等人掩盖住了。""然而，仍然是陈子昂的名字被记住，而不是沈、宋的名字。这是因为对于后来的诗人来说，陈子昂代表了一种彻底脱离近代文学传统的必要幻想。"③

葛晓音在其文章中虽也指出陈子昂在诗歌艺术上的复多变少及重蹈汉魏覆辙，中国抒情诗由偏重寓意转向从客观形象和情感本身寻求

---

① 莫砺锋在其《初唐诗》书评中指出，《咏燕》"纯以叙事次序为结构层次，岂得谓之'三部式'？"笔者以为此评是中肯的，以三部式诠解此诗结构颇为牵强。参见莫砺锋书评《初唐诗》和《盛唐诗》，载《唐研究》第二卷，北京大学出版社 1996 年版，第 502 页。

② [美] 宇文所安：《初唐诗》，贾晋华译，生活·读书·新知三联书店 2004 年版，第 317 页。

③ 同上书，第 121 页。

美感的时代自晋、宋始，兴的内涵也由环譬取喻渐渐演变为由形象生发的兴味，但其并没有深入分析唐诗的前途为什么不在陈子昂提倡恢复的以喻论理寄慨的诗思方式。宇文所安作为处于文化传统之外的西方学者，则从不同角度对这一旧问题给出了新的解答。他认为，"后期中国诗歌（即盛唐诗，笔者注）的重要特点是一种非虚构的设想，坚持诗人只关注眼前的世界，不是从想象中而是从实际世界中寻求'奇'，这种非虚构的设想正产生于宫廷诗的实践"①。而陈子昂的才能在《感遇》中的一个表现，"在于他往往不用人们在中国诗歌中所期待的对于实际世界的复杂描写，就能创造出有效的诗篇。但是大部分中国短诗都通过感官向头脑呈现直观景象，很少出现纯属想象的景象，只有咏史诗和高度程式化的主题如边塞乐府诗是例外"②。但陈子昂和7世纪对立诗论促成的盛唐的古风并不占据盛唐诗的中心。盛唐诗的完美形态——律诗源自初唐宫廷诗。这种对盛唐诗（律诗）"非虚构的设想"源自宇文所安对中国诗学的非虚构传统的预设。

如前所述，宇文所安在其诗学理论著作《传统中国诗歌与诗学：世界的征兆》中提出了中国诗歌的非虚构传统。以《文心雕龙》《原道》篇为据，宇文氏指出："不仅一部特定的文学作品是从世界某一面与某种特定的人类意识连结中自然产生，而且连结借助呈现的书写之文本身也是自然的。……书写并非是由任意的符号构成，由历史演进或神圣权威所创造；书写是从观察世界而得来。""如果文学之文就是对先前未加认识的模式的圆满实现，如果书写之文不是一种符号而是图式，那么，就不存在（西方传统的文学与原型，笔者注）对支配的竞争。文的每一层次，世界与诗歌的层次均只是在其自身相关的领域中才有效；而诗歌，这一最终外在的形式则是圆满的阶段。显示的过程必须从外部世界开始，它有着无需首要地位的优先。鉴于潜在的模式是追随其固有的安排得以显示，

① ［美］宇文所安：《初唐诗》，贾晋华译，生活·读书·新知三联书店2004年版，第154页。

② 同上书，第150页。

通过世界到心灵，到文学，一种'同情的共鸣'（sympathetic reso-nance）由此产生。"① 世界—心灵—文学，不存在超越也就不需要虚构和隐喻，一切都是自然的，它们之间通过"类"而相应和。这里所指的"类"不同于西方的类比，它是自然的类（natural category）：它们的交互作用不是一种类比的意志行为，而是自行发生的，因为它们的基本属性在本质上属于同一类。②

比较华兹华斯的《西敏寺桥》与杜甫的《旅夜书怀》，可以知道，"对于华兹华斯的读者来说，所有一切都是隐喻和虚构"；而"对于杜甫的读者来说，诗歌不是虚构：它是一个特定的、现实的某一历史时刻的经验场合，诗人遭遇、感发、回应世界。轮到读者，在某个后来的历史时刻，遭遇、感发、回应这首诗"③。

这种非虚构设想如前文所述代表了西方汉学界对中国传统诗学的一种普遍看法。宇文所安的非虚构之说，可能也受到其在日本求学的老师吉川幸次郎④的影响。吉川幸次郎在 1966 年发表于《中国文学论集》中的《中国文学史一瞥》一文中指出，"被相沿认为文学之中心的，并不是如同其他文明所往往早就从事的那种虚构之作。纯以实在的经验为素材的作品则被认为理所当然。诗歌净是抒情诗，以诗人自身的个人性质的经验（特别是日常生活里的经验，或许也包括围绕在人们日常生活四周的自然界中的经验）为素材的抒情诗为其主流。以特异人物的特异生活为素材，从而必须从事虚构的叙事诗的传统在这个国家里是缺乏的"⑤。不过，吉川幸次郎对中国诗歌非虚构的见解主要基于抒情诗与叙事诗文类的区分，而且

---

① Stephen Owen, *Traditional Chinese Poetry and Poetics：Omen of the World*, Madison：University of Wisconsin Press，1985，pp. 20－21.

② Ibid. ，p. 18.

③ Ibid. ，p. 15.

④ 张宏生：《"对传统加以再创造，同时又不让它失真"——访哈佛大学东亚语言与文明系斯蒂芬·欧文教授》，《文学遗产》1998 年第 1 期。

⑤ ［日］吉川幸次郎：《中国诗史》，章培恒等译，安徽文艺出版社 1986年版，第 1 页。

笼统地指代文学革命前的文学传统，没有作阶段的细分。而在宇文所安看来，这种非虚构的设想主要是盛唐诗的特点，初唐诗至盛唐诗的演进因而是宫廷诗创作的基本结构惯例"三部式"中的描写对句"景象"（景）与结尾情感"反应"（情）的"情境化"或"非虚构化"历程。

二　情感的复杂化

正如宇文所安所言，"对于宫廷诗人来说……他们往往纯为练习而写诗，对于所写的题材却一无所知"①。闻一多也曾把唐初形容为一个"大规模征集词藻的时期"，不但指类书"那种太像文学的学术，和太像学术的文学"的纂辑，也包括诗的制造。② 因此对表现技巧和惯例固定的宫廷诗来说，相对于个人经验而言，文学传统即"文学经验"是主要的。宫廷诗通常也不自称表现"真实"的个人经验。③ 如果说非虚构的设想是盛唐诗的重要特点的话，那么如何改造宫廷诗其实是一个间接经验向直接经验的转变过程。

闻一多在《宫体诗的自赎》一文中在宫体诗的情感返璞归真上为我们提供了一个铿锵有力的经典方案。卢照邻的《长安古意》中"得成比目何辞死，愿做鸳鸯不羡仙"，"颠狂中有战栗，堕落中有灵性"，是"以更有力的宫体诗救宫体诗，他们争的是有力没有力，不是宫体不宫体"。到刘希夷的《白头吟》中感情回返常态。"烦躁与紧张消失了，只剩下一片晶莹的宁静。就在此刻，恋人才变成诗人。""彻悟的一刹那间，恋人也就是变成哲人了"，"从蜣螂转丸式的宫体诗一跃而到庄严的宇宙意识"。至张若虚的《春江花月夜》

---

① ［美］宇文所安：《初唐诗》，贾晋华译，生活·读书·新知三联书店2004年版，第40页。

② 闻一多：《类书与诗》，载其《唐诗杂论》，上海古籍出版社1998年版，第7页。

③ ［美］宇文所安：《初唐诗》，贾晋华译，生活·读书·新知三联书店2004年版，第40页。

的宇宙意识则是"一个更深沉，更寥廓，更宁静的境界"①。与闻一多从创作角度来谈宫体诗的情趣如何由亵渎走向净化相比较，宇文所安则是更多地从接受角度提供了一个宫廷诗情感净化的方案。两者对象虽有不同，情感的改造可谓殊途同归。要使情感在读者看来返璞归真，就要突破惯例的反应，令读者与作者感同身受。达到令人感同身受的很重要的一个技巧就在结尾：三部式的情感反应位置。

作为对前面部分的反应或评论，结尾部分对于诗意的延伸是其重要的成分。《初唐诗》为我们概括了两类宫廷诗的惯例反应：

一是那些情感反应的旧形式：感叹，如泉的泪水，设问如"谁知……"，以及谢灵运的缺少朋友分享感受的遗憾式结尾。它们还出现在某些题材如送别诗和旅行诗中。

二是在正规应景诗中，结尾更经常的是从景象得出巧妙推论，并伴随着"惊"、"惜"一类表示惊奇或遗憾的词语。为了引出从中间对句得出的结论，还设立了一些现成套语，如"乃知"、"方知"等。为了在结尾造成曲折的感觉，也经常运用排除异议和陈词滥调的现成设问语，如"谁谓……?"②

在高雅的妙语与笨拙的叹息之间产生了第三种结尾方式：以单独的意象或描写句结束全诗。如王勃的下引两首绝句：

江亭夜月送别其二

乱烟笼碧砌，飞月向南端。

寂寂离亭掩，江山此夜寒。

山中

长江悲已滞，万里念将归。

----

① 闻一多：《宫体诗的自赎》，载其《唐诗杂论》，上海古籍出版社 1998 年版，第 9—19 页。

② ［美］宇文所安：《初唐诗》，贾晋华译，生活·读书·新知三联书店 2004 年版，第 9 页。

　　况属高风晚，山山黄叶飞。

　　宇文所安认为，王勃最早运用了这种出色的含蓄表达手法，这一手法使得绝句结尾呈开放性和暗示性。在其后的中国诗歌史上，警句般的绝句与含蓄蕴藉的绝句并存发展，但中国绝句是在后一种形式上获得了真正的高度成就。[①]

　　这种不动声色的结尾方式好处在于："通过将结尾开放，把情感反应从诗人转移到读者，运用场景和意象，产生复杂的情绪和激情，就像古老的'兴'一样。读者被邀请将结尾的意象与前面已经建立的场景和情绪联系起来。"[②] 这种诗歌结尾的技巧在王勃之前已经出现，如卢照邻的《长安古意》（"独有南山桂花发，飞来飞去袭人裾"），但王勃最早将它运用在绝句中以及一些律诗中，如：

易阳早发

　　饬装侵晓月，奔策候残星。
　　危阁寻丹障，回梁属翠屏。
　　云间迷树影，雾里失峰形。
　　复此凉飙至，空山飞夜萤。

　　此诗中，"夜空中的凉飙和流萤，与白日艰苦的旅程的联系是复杂的，从各个方面消除了诗人受到限制、浓雾弥漫、压力沉重的感觉。这就十分微妙地表达了诗人旅途上的愁闷，效果远远超过直接陈述。在无人的面罩下，尾联竭力指向深刻的人情"。[③]

　　以王维的《渡河到清河作》为例可以指明这种盛唐化处理方向。

---

　　① ［美］宇文所安：《初唐诗》，贾晋华译，生活·读书·新知三联书店 2004 年版，第 98 页。
　　② 同上书，第 102 页。
　　③ 同上书，第 103 页。

泛舟大河里，积水穷天涯。

天波忽开拆，郡邑千万家。

行复见城市，宛然有桑麻。

回瞻旧乡国，淼漫连云霞。

在这里，"王维力求某种真实性——不是从类型惯例中获得的普遍反应的真实性，而是直接感觉的真实性。通过在诗中描写所见而不是诗人的观察活动，诗人将使得读者的眼睛重复诗人的眼睛的体验，从而直接分享其内在反应。客观的结尾成为避免直接陈述感情的手法，促使读者体验诗人的感受：当他回头瞻望家乡，看到的仅是浩淼河水时，所产生的情绪"①。

宇文所安认为，除了这种开放式结尾能给读者带来感同身受的体验，表现复杂微妙的心理的结尾同样情真意切、耐人寻味。唐诗正在发展的微妙心理描写虽然超出了巧妙结尾的传统，却仍然袭用了妙语的传统，将期待颠倒，熟练掌握各种惯例，从而表现更全面的情感反应范围。② 这主要体现在 680—710 年武后至中宗朝杜审言、沈佺期、宋之问的宫廷诗实践中。

如杜审言的《和晋陵陆丞早春游望》尾联"忽闻歌古调，归思欲沾巾"，"标准的'流泪反应'由于用了'欲'字，发生了微妙的变化，与当时正在形成的结尾的复杂形式一样，'欲'避免了结尾的终止性，把读者引向超越诗篇本文的时间"③。宋之问的《渡汉江》尾联"近乡情更怯，不敢问来人"，与宫廷妙语一样，将期待倒置，以不问代替急切地询问。这首诗的风格和内容与 8 世纪中期的诗已无法区别。八九世纪一些最著名的绝句正属于这种简洁优美的心理描写短诗。如贺知章的

---

① ［美］宇文所安：《盛唐诗》，贾晋华译，生活·读书·新知三联书店 2004 年版，第 37 页。

② ［美］宇文所安：《初唐诗》，贾晋华译，生活·读书·新知三联书店 2004 年版，第 304 页。

③ 同上书，第 252 页。

《回乡偶书》中"儿童相见不相识，笑问客从何处来"，以及岑参的《逢
入京使》中"马上相逢无纸笔，凭君传语报平安"。①

而沈佺期贬逐诗中有其日益增长的怨气和讽刺，在他那里，诗歌
的范例第一次被用来进行抨击，其《早发昌平岛》：

> 解缆春风后，鸣榔晓涨前。
> 阳乌出海树，云雁下江烟。
> 积气冲长岛，浮光溢大川。
> 不能怀魏阙，心赏独泠然。

可以看出，"诗篇的结尾，诗人摒弃了所有的适当反应——流泪，
不流泪，或风景的安慰"。②

三　一时一意的写景方案

伴随结尾情感"反应"（情）的复杂化的是中间描写对句"景象"
（景）的情意化历程。"在宫廷诗中，如果反应纯是赞美，中间对句也
要求纯写美景，有着较复杂反应的诗歌则趋向于要求景象'指向'某
种意义，由此激起诗人所给予的反应。到了七世纪后半叶，诗歌主题
多样化，律诗及其他严格运用三部式的诗自然地在结尾对句创造了更
复杂的反应，这各种反应转过来又迫使中间部分形成严谨统一的
诗意。"③

一致的描写要表现得自然莫过于对一特定时刻景物的描写。对旅
行诗的景物描写的历时性比较可以见证这一发展。宇文所安指出，王
勃的绝句结尾技巧运用得虽然很成功，但在他的其他大部分诗中，

---

① ［美］宇文所安：《初唐诗》，贾晋华译，生活·读书·新知三联书店2004
年版，第281页。
② 同上书，第271页。
③ 同上书，第287页。

"王勃与宫廷诗人一样，无法将各种景物要素结合成动人的整体"①。
如王勃的旅行诗：

泥溪

弭棹凌奔壑，低鞭蹑峻歧。

江涛出岸险，峰礴入云危。

溜急船文乱，岩斜骑影移。

水烟笼翠渚，山照落丹崖。

风生萍浦叶，露泫竹潭枝。

泛水虽云美，劳歌谁复知。

在上诗中，"王勃安排了一连串出色的描写对句，将水行的危险
与陆行的危险相对，但是，这些对句并没有引出任何意义，结果诗人
在结尾无话可说，只好说这些景象使他烦恼"。"这些景象奇异、美
丽，但不是出自对自然界的奇特景象及细节的观察，而是通过句法曲
折获得新鲜的感受，这正是宫廷诗的旧习。"②

杜审言的《南海乱石山作》"与较早的王勃的山水诗一样，描写
的是细碎的景物。这些诗篇将白天与黑夜、雨天与晴天混合起来描
写，却不能描绘出连贯的景物画面"③。

南海乱石山作

涨海积稽天，群山高業地。

相传称乱石，图典失其事。

悬危悉可惊，大小都不类。

乍将云岛极，还与星河次。

---

① ［美］宇文所安：《初唐诗》，贾晋华译，生活・读书・新知三联书店2004
年版，第103页。

② 同上书，第104页。

③ 同上书，第284页。

上耸忽如飞，下临仍欲坠。

朝暾艳丹紫，夜魄炯青翠。

穹崇雾雨蓄，幽隐灵仙閟。

万寻挂鹤巢，千丈垂猿臂。

昔去景风涉，今来姑洗至。

观此得咏歌，长时想精异。

与这些写法相比较，宋之问诗《初至崖口》中"视觉形象相对地统一，他描绘出了某一时刻的景物画面——夜色渐浓的崖口"①。

崖口众山断，嵚崟耸天壁。

气冲落日红，影入春潭碧。

锦缋织苔藓，丹青画松石。

水禽泛容与，岩花飞的砾。

微路从此深，我来限于役。②

惆怅情未已，群峰暗将夕。

盛唐诗人孟浩然的诗《彭蠡湖中望庐山》表现了盛唐的风景处理，"与宋之问相似，但更复杂。宋之问诗的第十句与孟浩然诗的第十三句都模仿了《诗经》。两位诗人都观察了移动阳光下的景物变化，赞美了所见的情景，但都不得不继续行路。""孟浩然的诗比宋之问的更浑成，他描写了太阳升起的过程，并寓以'照亮'的象征意义。"③

太虚生月晕，舟子知天风。

① ［美］宇文所安：《初唐诗》，贾晋华译，生活·读书·新知三联书店2004年版，第284页。
② 凡引文中的着重号均为笔者所加，以下不再一一说明。
③ ［美］宇文所安：《初唐诗》，贾晋华译，生活·读书·新知三联书店2004年版，第284页。

挂席候明发，眇漫平湖中。

中流见匡阜，势压九江雄。

黤黕容霁色，峥嵘当晓空。

香炉初上日，瀑布喷成虹。

久欲追尚子，况兹怀远公。

我来限于役，未暇息微躯。

淮海途将半，星霜岁欲穷。

寄言岩栖者，毕趣当来同。

由此可见，要使景物描写由零碎走向浑融，不仅要描写特定时刻的景物，更要赋予景物以一致与普遍的意义。

宇文所安认为，"大多数宫廷诗表现的是纯感觉的世界，只要设法使感觉的世界具有意义，就可以改造宫廷诗"①。诗人们正开始学会将这些对句融合成统一的描写，并用来表现人的状况。随着诗歌日益摆脱修辞练习，一致的与普遍的意义日益重要。景句的情意化贯穿了初唐诗向盛唐诗缓慢过渡的全过程。② 以下引述可简略追述从太宗朝至武后及中宗朝宫廷诗的变化历程：

宫廷诗的描写对句之间通常缺乏必要的联系，诗中即使含有旨意，也是微弱无力的。

（李百药写于太宗朝的《奉和初春出游应令》）诗中把外界的零碎景物东拼西凑变成一幅相互联系的景象。这正是宫廷诗的特点。

（虞世南的景句"陇麦沾欲翠，山花湿更然"）杜甫对这一隐

---

① ［美］宇文所安：《初唐诗》，贾晋华译，生活·读书·新知三联书店2004年版，第173页。

② 徐承的《结构主义读诗法及其技术问题》（见《浙江学刊》2008年第3期）一文亦有类似观点，但其在处理上强调的是宇文所安对律诗这一文类律化进程中象征主义的抒情立场，而本书则认为宇文所安的用意更倾向用宇宙的自然之理来统一宫廷诗景物描写。

喻的改进（"江碧鸟逾白，山青花欲然"）不仅显示了与任何宫廷诗人同等出色的技巧，而且还将它的复杂象征含意融入诗歌整体之中。这是宫廷诗人所做不到的，它把伟大诗人杜甫与诗歌巧匠虞世南区别开来。

上官仪的诗有时显示出对自然小景及直观景象各种要素间的微妙联系的敏感。这位诗歌巧匠能够观察和描绘它们，但他无法如同盛唐最伟大的诗人那样在全诗的浑融境界中深化它们。

贬逐生活不仅使诗人（沈佺期）从陈规旧套的束缚下解放出来，而且给予他的创作以更多的帮助。他试图在诗中进行浑融完整的陈述，以一种宫廷诗从未有的方式，将景物与情感交融在一起。①

盛唐杜甫的律诗被当做这种美学理想的典范之作。

《对雪》在形式、风格和关注点上，都是杜甫的"经典"律诗的早期范例，在此类律诗中，诗人面对的是一个充满神秘对应的世界。

在所有中国诗人中，杜甫或许是最不愿意让自然界以本色呈露的一位，在他的笔下，自然现象极少看来是随意的或偶然的，也极少仅因其存在而引起注意……物质世界充满了意义，有时是明显的对应，有时是逗人的隐藏。

夔州律诗……被处理成宇宙力量交互作用的体现，融合了杜甫对阴阳象征、宇宙要素及代表造化的大江的兴趣。

杜甫努力于创造一种重要的诗歌，将世界各种事物奇特地统一在一起，这些事物充满象征价值，与未确定的指示对象形成未

---

① ［美］宇文所安：《初唐诗》，贾晋华译，生活·读书·新知三联书店 2004 年版，第 9、30、41、59、276 页。

充分阐明的联系。①

从引文对神秘对应、阴阳象征、宇宙要素的强调，我们可以发现，宇文所安所谓使感观世界充满意义，其最高境界实是用宇宙意义来统一描写，在这一世界中，各种事物都成为世界的征兆，奇特地统一在一起。上文言及的"象征"不同于象征主义，虽是用同一个词语。这里的"象征"，由"言"至"意"的推广，不存在超越，而是"借助于《系辞传》的'类'来实现，'其称名也小，其取类也大'。这里的'类'和西方所谓的'喻'都是建立在'类似'的基础上的。然而，'喻'是虚构的，包括真正的替代者；而'类'则是联想，一种以世界之秩序为基础的绝对真实"②。

从宇文所安对杜甫的诗《旅夜书怀》的细读，我们可以看到这种以世界之秩序为基础的绝对真实。

> 细草微风岸，危樯独夜舟。
> 星垂平野阔，月涌大江流。
> 名岂文章著，官应老病休。
> 飘飘何所似，天地一沙鸥。

细草柔软、弯曲、细小，但众多、稳固。危樯坚硬、直立、高大，但孤立、岌岌可危。③ 繁星众多、安全、完整，月涌于江，孤立、危险、细碎。④ 无论是细草、危樯，还是繁星、月亮都呈现出一种对立的结构。宇文所安认为，"在一个没有造物主的世界，实体是由相

---

① ［美］宇文所安：《盛唐诗》，贾晋华译，生活·读书·新知三联书店2004年版，第230、232、241、251页。

② ［美］宇文所安：《透明度：解读唐代抒情诗》，载倪豪士编《美国学者论唐代文学》，上海古籍出版社1994年版，第222页。

③ Stephen Owen, *Traditional Chinese Poetry and Poetics：Omen of the World*, Madison：University of Wisconsin Press，1985，p. 17.

④ Ibid.，p. 24.

连或相对的对立面加以定义；同样，整体由两个重要的部分构成"。这种对立的结构源自《周易》的两个基本概念——"乾与坤"，以此构成了中国人认识世界的方式，我们用乾、坤去理解宇宙或世界，"植物有草木，兄弟分长幼，政府有文武，动物分鸟兽；在这前面可加的修饰语也是飞（禽）走（兽）"。"与物质世界相同，观念世界亦由成对的概念组成。这些成对的概念之间从互补到对立不等，但两者相互依存。高与低相成；直与弯相形；任何事物都由内质与外文组成。"① 诗歌成为世界的图式。诗歌中的景象不再仅仅止于景象本身，而是体现了宇宙意义，成为世界的征兆。

第二节　非虚构诗学与"类"

一　"类"的儒家道德主义取向及解释学证明

如上文所揭示的，非虚构诗学的理论预设是宇文所安演绎初盛唐诗歌史的主要线索和思路，因此我们有必要对这一理论前提及其重要范畴——"类"进行全面考察。宇文所安在其重要的诗学理论著作《传统中国诗歌与诗学：世界的征兆》第一章《世界的征兆：中国抒情诗的意义》中提出了五条非虚构诗学建议：

1. 在中国文学传统，诗歌通常被假设为非虚构；它的表述被当作完全真实。诗的意义不通过隐喻表达，即文本的语言不指向超越字面义的其他对象（Something Else）。相反，经验世界对诗人来说具有重要性，诗使诗人的经验显明。

2. 通过一个相关的宇宙结构的假定，意义以一个理性的世界形式（the forms of the sensible world）出现。这一假定不单属于

---

① Stephen Owen，*Traditional Chinese Poetry and Poetics*：*Omen of the World*，Madison：University of Wisconsin Press，1985，p. 84.

文学，它更是包括国家的整个知识传统的中心。

3．意义和模式潜伏于世界之中。诗人的意识和诗是潜在意义和模式藉此得以显现的手段。

4．类的联结基于同情的共鸣和连类。这些被感知为一个过程，一种在其最佳状态延长文本阅读的过程。

5．虽然诗人有时明白地传达景的意义，但更多的情况是他仅排列出他经验的模式并对此作出反应，留给读者绝大部分的联想过程。①

从这五条建议我们已能基本了解其为非虚构诗学立论的理论基础：一是相关宇宙结构的假定；一是中国传统诗思方式——"类"，与西方隐喻思维相对。在一个相关宇宙体系中，借以诗歌的"类"，意义和模式由隐而显。鉴于四川大学史冬冬的硕士论文《他山之石——论宇文所安对中国古代文论研究中的"非虚构传统"问题》已从中西方的哲学范式、孔孟的显现理论、宇宙生成论、中国之"文"几方面对宇文氏"非虚构传统"作了全面而详尽的分析和描述，本书不再赘述。但其对宇文氏作为非虚构诗学重要证据的诗思方式"类"却未作深入考察，这也是本书要重点论述的地方。我们的讨论以宇文氏重要的诗歌理论著作《传统中国诗歌与诗学：世界的征兆》为基础文本。

《传统中国诗歌与诗学：世界的征兆》的写法与体例不同于讲究知识性和系统性的诗学研究著作，而追求一种中国诗话式的点悟和随意性。这种非系统化处理虽然可以带来更多对可能性的思考和触及一般诗学理论无法深入的文学内里，但却容易失去学术著作的严密与逻辑性。其中，提出五条非虚构建议并沿用书名副标题的《世界的征兆：中国抒情诗的意义》一文无疑是重要篇章，我们将集中讨论它对"类"的引出、描述和分析。

---

① Stephen Owen, *Traditional Chinese Poetry and Poetics*：*Omen of the World*，Madison：University of Wisconsin Press，1985，p. 34.

在以杜甫和华兹华斯两首诗的比较开篇引入两种不同的读诗传统之后，作者指出潜伏于《旅夜书怀》"细草微风岸，危樯独夜舟"首联的对立结构模式和意义联想：

> 远处，众多；此处，一个。那，稳定的岸边；这，水和流动的世界。那，柔软、弯曲但坚固地扎根；这，僵硬、危险地摇摆。那，细小而无意义；这，真正的重要。对立是不吉的；它们在相关结构中互相投射：流动和无止境的运动，与稳定和坚固相对；一个人单独旅行，与安全的其他生物相对；危险的直立、巨大的身高、高贵，与弯曲、微小、普通相对。未下任何决断；没有矛盾被排除；一个模式出现了。
>
> 这是在一个好的读者脑中片刻的运动。他抓住了对立的全部，感觉到对杜甫的重要性，并察觉这种意义可以引申出去。在这一简单图景的模式中相应地可投射到诗人的生活、宇宙的秩序、道德秩序、社会秩序、文学秩序。在文学中"风"亦是诗歌《风》，一个人的伦理力量，他的影响，风，能使"众多"向它弯折。①

由此出发，作者开始引出对中国传统思维方式——"类"的表述：

> 自然宇宙——历史性的王国是它的制度反映——是一个过程、事物和关系的系统。在系统之间，相互关系由一个原则制定，可称为类比，如果类比不假定一些基本区别。在汉语中最贴切的词是"类"，"自然的类"：它们的交互作用不是一种类比的意志行为，而不如说是自行发生的，因为它们的基本属性本质上属于同一类。②

---

① Stephen Owen, *Traditional Chinese Poetry and Poetics*: *Omen of the World*, Madison: University of Wisconsin Press, 1985, p. 17.

② Ibid., p. 18.

　　李约瑟在其《中国科学技术史》中提出了中国"协调的思想"（coordinative thinking）或联想的思维（associative thinking）与西方传统的"从属的思维"（subordinative thinking）的对比。上段话所提及的自然的"类"正是中国协调的思想，即"感应"（induction）。事物之间不以从属的因果关系相联系，"它们是有赖于整个世界有机体而存在的一部分。它们相互反应倒不是由于机械的推动或作用，而毋宁说是由于一种神秘的共鸣"。而所谓"类比的意志行为"则即西方传统的"从属的思维"。在中国联想的思维主导下，"中国思想中的关键词是'秩序'，尤其是'模式'以及'有机主义'"①。宇文氏显然受到李约瑟的影响，不仅其第二条非虚构建议即相关的宇宙结构假定可以证明，其对《旅夜书怀》的分析亦成为这种中国思想的诗学证明。在首联中发现和突出的"模式"和"秩序"在后文中得到进一步发展。颔联"星垂平野阔，月涌大江流"的分析，我们又一次"遇见了与地上观察所得的模式的重复"，这种物理景观中的对立在诗人生活领域产生回响："名岂文章著，官应老病休"，由此得出结论："文学是一个潜在之物和无以表达之物澄明的路径。诗不仅是世界内在秩序的显明状态；它的运动就是那种秩序变得显明的过程。"②简而言之即第三条建议中所说：诗是隐蔽秩序和模式得以显现的手段。这种秩序显明的过程，与最后指向诗人的生活领域有关。

　　"类"或者说"联想的思维"也是诗思方式。宇文氏援引刘勰《文心雕龙》之《原道》篇说明文学"文"作为宇宙显示过程的最圆满形式与书写"文"作为图式而非符号的自然或非虚构之后，又以《物色》篇说明文学创造的类比联想。"显示的过程必须从外部世界开始，它有着无需首要地位的优先。鉴于潜在的模式是追随其固有的安

---

　　① ［英］李约瑟：《中国科学技术史第二卷：科学思想史》，何兆武等译，科学出版社1990年版，第305页。

　　② Stephen Owen, *Traditional Chinese Poetry and Poetics：Omen of the World*, Madison：University of Wisconsin Press，1985，pp. 24—25.

排得以显示，通过世界到心灵，到文学，一种'同情的共鸣'（sympathetic resonance）理论由此产生"[①]：

> 春秋代序，阴阳惨舒，物色之动，心亦摇焉。盖阳气萌而玄驹步，阴律凝而丹鸟羞；微虫犹或入感，四时之动物深矣。若夫珪璋挺其惠心，英华秀其清色，物色相召，人谁获安。
>
> 是以献岁发春，悦愉之情畅；滔滔孟夏，郁陶之心凝；天高气清，阴沉之志远；霰雪无垠，矜肃之虑深。岁有其物，物有其容；情以物迁，辞以情发。一叶且或迎意，虫声有足引心，况清风与明月同夜，白日与春林同朝哉！
>
> 是以诗人感物，连类不穷；流连万象之际，沉吟视听之区。写气图貌，既随物以宛转；属采附声，亦与心而徘徊。

宇文氏对"类"或者说"同情的共鸣"有着非常结构化的分析和描述：

> 虽然人具备世界的理性和意识，人依然是自然世界的一部分，通过将所有生物推入循环的那些相同类的共鸣与世界相连。刘勰首先提及共鸣的周期性维度和季节变化的粗略模式，但同样共鸣亦产生在珪璋的更细更弱的方面——细草与微风之间的相互作用，江河的涌动与岸的稳固之间的对立。诗人随物以宛转：他既处于物理世界同时意识到陷入其中。
>
> 作为世界的物质，我们不仅享有世界的波动起伏，我们也知道它的序列和重复。刘勰也提到不同类的联系能力：每一样事物和事件都是有机整体的一部分，而整体的知识又由部分揭示。一叶落而知秋；知道秋天就知道它的相连物，在人类生活的循环中，在朝代的更替中，在所有可涉及的领域。看到细草弯曲就知

---

① Stephen Owen, *Traditional Chinese Poetry and Poetics: Omen of the World*, Madison: University of Wisconsin Press, 1985, p. 21.

道微风，感知微风就知道细草一定弯曲。联系无止境：它可横向，在身边的景物之间填充联系（filling in the relations）；也可纵向共鸣，通过所涉的相关结构（correlative frames of reference）。①

在人与自然横向与纵向的类比联系中，宇文氏显然偏向了纵向人类社会生活世界这一端意义的联想。这可以从秩序与模式显现过程的生活领域方向得知，也可以从对杜甫诗中二元对立结构模式的意义联想得到印证：

> 这一简单图景的模式中相应地投射到诗人的生活、宇宙的秩序、道德秩序、社会秩序、文学秩序。文学中的"风"是诗歌《风》，一个人的伦理力量，他的影响，风，能使"众多"向它弯折。②

我们可以大致判断宇文氏对类的理解可能偏向于比兴经验或儒家道德主义。

不过刘勰此论应放入"诗至于宋，性情渐隐，声色大开，诗运转关"的大背景中讨论，其诗学主张无疑应归于物感说范畴。就类比的性质而言，物感与比兴尤其是兴并无二致，不过，物与感的组合明确地把类比的两端突出了，使得类比更为贴近真实的自然与个体的遭际。从陆机《文赋》对四时万物的观瞻而发惜春悲秋之感，及孙绰"情因所习而迁移，物触所遇而兴感"，内蕴于心的情感有赖于自然对其的触发，诗思的重心就不免会移向对自然的感知。由此可以理解诗人讲究对自然万象的流连视听，乐于"写气图貌"和"属采附声"。从比兴到物感，类比的结构开始倾斜，于是出现如下转机：感知优先于抒情。③

---

① Stephen Owen，*Traditional Chinese Poetry and Poetics*：*Omen of the World*，Madison：University of Wisconsin Press，1985，pp. 22—23.

② Ibid.，p. 17.

③ 张节末：《中国诗学中的大传统与小传统——以中古诗歌运动中比兴的历史命运为例》，《文艺研究》2006年第6期。

　　张节末指出，中国诗歌传统中人与自然的类比联想存在道德主义与自然主义之分。道德主义比较、联想的重心在人的德性，主客仍然厘别为两物，这主要集中于诗歌比兴经验、孔门"比德"和屈原赋；自然主义往往消弭主客两者的紧张，使人无条件地与自然亲和，经由庄子齐物经验回归"浑沌"或"天籁"以获"逍遥"的自由。前者只要求人与自然之间发生某种交感呼应，做得好的时候就是所谓情景交融，不过它已然认可人与自然的差异，而只能成其为相对类比。后者以回归混沌即原初经验为最终目的，要求达到真正的天人合一，物我不分、主客不分，而成为绝对类比。庄子的审美经验奠定了中国古人纯粹的审美经验。[①] 刘勰的物感经验正是从汉末古诗十九首至盛唐王维山水绝句的中古诗歌运动中由比兴至刹那直观的桥梁，[②] 在物感经验感知优先于抒情的引领下出现了比兴传统向庄子自然主义经验的回归，田园诗和山水诗的出现即是明证。由此可见，宇文氏对类的理解不仅偏于儒家道德主义，或者说只拘泥于相对类比，而且对刘勰《物色篇》中传达的物感经验与诗歌比兴经验亦未加以区分。

　　宇文氏对"类"的儒家道德主义取向与其关于中国世界模式的理解和结构主义方法息息相关。如前所述，在一个没有造物主的世界，中国人用《周易》两个基本概念"乾与坤"去认识和理解世界，无论物质世界还是观念世界均由相连或相对的概念组成。这种观世界的模式主导了批评模式，从而发掘出杜甫诗中二元对立的结构模式，作为诗歌中联结物象和事象的"类"也就成了"一种以世界秩序为基础的绝对真实"[③]。诗歌成为世界的图式。诗歌中的景象不再仅仅止于景象本身，而是体现了宇宙意义，成为世界的征兆。如果说《世界的征

---

　　① 张节末：《中国诗学中的大传统与小传统——以中古诗歌运动中比兴的历史命运为例》，《文艺研究》2006 年第 6 期。

　　② 关于比兴、物感与刹那直观，即先秦至唐诗思方式演变的分析，可参看张节末《比兴、物感与刹那直观——先秦至唐诗思方式的演变》，《社会科学战线》2002 年第 4 期。

　　③ ［美］宇文所安：《透明度：解读唐代抒情诗》，载倪豪士编《美国学者论唐代文学》，上海古籍出版社 1994 年版，第 222 页。

兆：中国抒情诗的意义》前半部分作者关于中国传统诗歌意识形态性的观点还比较含蓄的话，那么在后半部分的虚拟对话中这一观点则得到了较为直露的表达："在诗的宇宙中与政府的共谋走得更深。……作为效忠于政府的象征行为，诗歌强化了这种秩序原则并使之彰显。平行的对偶，景物的结构化描写，宇宙意义的假定——所有这些模式和惯例都携带着这一隐秘信息，我相信宇宙—帝国体系的普遍性和永久有效性。"可见，宇文氏这种体现绝对真实的"类"还应与体现"平行的对偶"、"景物的结构化描写"、"宇宙意义"的盛唐诗联系在一起。"盛唐诗歌的诗联，以其根植于宇宙法则的修辞基础，似乎强化了自然秩序。对仗及其他诗歌语言的传统规范乃是二元论的宇宙观和自然科学的文学呈示。"①

　　将类比方法局限于近体诗却并不符合诗歌史实际，可见，宇文氏不仅取用了儒家道德本质主义对"类"的理解而且对"类"缩小了使用范围。它造成两个后果：其一，忽略了自南朝刘勰以来的联类思想中的形式意味，从而陷入情景交融的老套。作为相关系统论哲学中的联类，它是指人之节奏旋律亦同时为天乐之节奏旋律，在此节奏旋律的意义之上，艺术才重义地体认了天道。②"类"显然具有某种形式的意味。其二，忽略了类比中的道家自然主义传统。最为典型地表现在，宇文氏将陶潜的田园诗解读为"诗人之决定隐逸山林使他有必要作更多的自我解释和自我肯定"③，把本属于道家回归混沌的理想仍纳入儒家社会价值体系中进行分析。对道家自然主义传统的忽略导致了对陶潜田园诗的误读，此节本书将在第三章详细论述。

　　类比联想，不仅是作者从世界—心灵—文学的构思创作过程，而且也是读者遭遇、感发、回应诗，解读诗人和诗境的过程。在接下来

---

　　① ［美］宇文所安：《中国"中世纪"的终结：中唐文学文化论集》，陈引驰、陈磊译，生活·读书·新知三联书店2006年版，第40页。

　　② 萧驰：《普遍主义，还是历史主义？——对时下中国传统诗学研究四观念的再思考》，《文艺研究》2006年第6期。

　　③ ［美］宇文所安：《中国传统中的诗歌》，载罗溥洛主编《美国学者论中国文化》，中国广播电视出版社1994年版，第286页。

讨论的《中国文论：英译与评论》中，宇文所安为"类"的儒家道德主义找到了儒家解释学证明。宇文所安认为，《论语·为政》中"子曰：视其所以，观其所由，察其所安，人焉瘦哉？人焉瘦哉？"，"直接引发了中国传统文学思想的关注中心"。"中国文学思想正是围绕着这个'知'（knowing）的问题发展起来的，它是一种关于知人或知世的知。这个知的问题取决于多种层面的隐藏，它引发了一种特殊的解释学——意在提示人的言行的种种复杂前提的解释学。中国文学思想就建基于这种解释学。正如西方文学思想建基于 poetics（'诗学'，就诗的制作来讨论'诗'是什么）。中国传统诗学产生于中国人对这种解释学的关注，而西方文学解释学则产生于它的诗学。在这两种不同的传统中，都是最初的关注点决定了后来的变化。"①

所谓的"特殊解释学"，即通过外在现象至内在真实的观察，由所以—所由—所安，就可以看出它为何是这个样子、是在什么条件下诞生的，还可以看到人将"安"于何种状态，推断出不受纷纭现世干扰的、稳定而一贯的人性诸维度。内在真实就在外在现象之中，宇文氏据此判定"从这种关于内外的构想中，我们可以发现一个丰富的非虚构文学传统的起源"②。这种非虚构文学传统与日常生活世界密切相关。而西方诗学因其对原型的"摹仿的摹仿"，西方文学总是被解释为虚构和隐喻。"艺术所提供的体验类型独立于或摆脱了日常世界的嗜欲和道德律令。"③

《论语·为政》所代表的特殊解释学预设了言可尽意从而知人论世。《系辞传》"书不尽言，言不尽意"的质疑及《庄子》轮扁斫轮的故事被视为传统的分野与反证。在《传统中国诗歌与诗学：世界的征兆》的另一篇重要论文《透明度：解读唐代抒情诗》中，作者指出，《诗大序》"诗者，志之所之也，在心为志，发言为诗"假

---

①　［美］宇文所安：《中国文论：英译与评论》，王柏华、陶庆梅译，上海社会科学院出版社 2003 年版，第 18 页。

②　同上书，第 20 页。

③　同上书，第 22 页。

设了一种诗语的充分化模式。"言不尽意"的问题对于"片言可以折狱"的子路及"知言"的孟子这样的知音来说，这种减损了的文本是不会成为理解字面背后的完满意义的障碍的。文本是意义世界的举隅，解读成为重建完满意义的一个过程。① 无论通过"类"的联想还是解释三级论都能达到一种透明的解读。道家思想被单纯地视作传统中国文学思想的个别流派，而忽略了它对整个中国诗学传统的深远影响。

这种儒家解释学发展到后来即是汉儒的注经传统。依宇文氏所言"中国传统诗学产生于中国人对这种解释学的关注"，则其"相比于《诗经》本身，中国诗歌的成熟倒更多地得益于应用并诠释这些古诗的悠久复杂的历史"② 的观点也就不难理解。在这种儒家解释学引导下的诗学传统，自然是"《诗经》成为中国诗歌的开端"③ 的经传传统。无怪乎宇文氏将严羽的《沧浪诗话》解读为"反儒家的诗学"④ 和产生了"严重后果"⑤ 的诗歌史叙述。因为严羽改变了"正"的概念，把《楚辞》而不是《诗经》作为了正统的源头，确立了楚辞到盛唐的诗歌史。盛唐诗从此成为诗歌的永恒标准、文学之正统。盛唐之后由"正"开始滑向"变"。⑥ 宇文氏认为严羽有把诗歌或文学从经传传统中分离出来的意图，这种意图导致严羽建构了一种支配明清以来一直到今天的文学史叙述。严羽确立"别材"、"别趣"为诗的本性，以禅喻诗，认为诗道亦在妙悟。虽然宇文氏肯定地说，"中国传统终

① ［美］宇文所安：《透明度：解读唐代抒情诗》，载倪豪士编《美国学者论唐代文学》，上海古籍出版社1994年版，第222页。

② ［美］宇文所安：《中国传统中的诗歌》，载罗溥洛主编《美国学者论中国文化》，中国广播电视出版社1994年版，第283页。

③ 同上。

④ ［美］宇文所安：《中国文论：英译与评论》，王柏华、陶庆梅译，上海社会科学院出版社2003年版，第435页。

⑤ 同上书，第430页。

⑥ 同上书，第437页。

于产生出自己的美学，即本质上独立于日常体验的诗歌体验"①，但他显然并不认同。在宇文氏看来，这一自足的美学应该并不是产生于盛唐，而是产生于中唐，文学史上的盛唐并没有从经传传统中分离出来。

二　儒道之争：宇文所安与叶维廉的中国诗学研究比较

在比较语境中发明中国诗学的学者中，叶维廉的观点与宇文所安的观点形成了有趣的对照。作为海外华人学者，叶维廉以诗人学者的身份侧重从创作角度分析诗思方式，用道家美学来诠释中国诗学。而宇文所安的非虚构诗学更多的是从读者接受角度、解释学层面对中国诗学传统进行概括。

宇文所安用以说明非虚构诗学的杜甫的诗——《旅夜书怀》，同样出现在叶维廉的视野中。为比较分析之便，原文引用如下：

> 细草微风岸，危樯独夜舟。
> 星垂平野阔，月涌大江流。
> 名岂文章著，官应老病休。
> 飘飘何所似，天地一沙鸥。

这首诗，像其他的中国古典诗一样，是依从一种近似电影镜头活动的方式向我们呈示，在我们接触之初，危樯独夜舟是一种气氛，有许多可能意义的暗示。独，在我们初触之际，只是一种状态的直描，是独一，但不马上就提供孤零零的含义。到"星垂平野阔""月涌大江流"，使到原是狭窄的夜，和夜中的一点（独舟），突然开放与光明起来，使原来较凝滞的状态，突然活跃起来。而在这空间活泼的展开里，我们仿佛被镜头引带着朝向开阔明亮的夜之际，一个声音响起："名岂文章著，官应老病休，飘

① ［美］宇文所安：《中国文论：英译与评论》，王柏华、陶庆梅译，上海社会科学院出版社2003年版，第36页。

飘何所似",一个带感情,活泼泼的戏剧的声音(不是一个人平白的向你说教),而此际,镜头一转"天地一沙鸥",由于前面有开阔的空间和自然活泼的活动,这只沙鸥,一面承着"飘飘何所似",有了"孤零飘泊"的暗示,但也兼含了广阔空间自然活动的状态——休官后的自由。由此可见,景物演出可以把枯燥的说理提升为戏剧性的声音。①

再来看宇文氏对同首诗的分析:

> 距离变化,观者的维度随位移增加而收缩;眼睛从看不见的细草上升至危樯,随后跃出往上,到达至宽至高的夜景。在那儿遇见了与地上观察所得的模式的重复:草坚固地扎根大地和星星安全地悬挂,星星朝下犹如细草的弯折。许多星星安全地维系天空;月亮坠落,影子投射在江中,它的光四散,被波浪摇碎。细小的扎根于大地的细草和悬挂天空的星星,相对于在水中不稳定地摇摆的桅杆,和坠落水中的月亮。月光随江河表面的流动而改变,细碎;而更微弱的光却能维持安全和完整。
>
> ……在夜行江上的孤独诗人的脑中产生了共鸣,世界的对立物得以呈现;它们强化了他的注意力和不安全感,他的不断的运动,他的隔离感,他对自己独特和高傲的自豪。同时他感到与伟大的、岌岌可危的河景中物体的共鸣,他自己的维度在阔大的视野中收缩,成为一个越来越小的在无垠夜空中的小点。
>
> 我们从一些并置相互作用的物体开始;对立的特定模式的重复使那些模式趋于明显,对诗人和读者都变得可见。我们可以将这一过程解读为一种由外部世界提供的征兆;我们可将它理解为诗人注意的冲动,他个人创伤的疤痕。两者都是,伊兹文之为用,固众理之所因。

---

① 叶维廉:《中国诗学》,生活·读书·新知三联书店 1992 年版,第 34—35 页。

文学是一个潜在之物和无以表达之物澄明的路径。诗不仅仅
是世界内在秩序的显明状态；它的运动就是那种秩序变得显明的
过程。

在物理景观中的对立可以在诗人生活领域产生回响。

名岂文章著，官应老病休

……

飘飘何所似，天地一沙鸥

……

诗人不再向外眺望世界而是停下来阅读这些征兆：脱离多中
的一；多消失，留下的所有只为诗人与他的客观对应物（parallel
identity）面对。①

相同的对象在两位学者笔下呈现了不同的景象，区别主要体现在
以下几个方面：

一是无"我"与有"我"及未定向与定向。对前四句叶氏的解读
是如同电影镜头的播放，没有画外音、没有人的空景呈示，是一种
"气氛"、一种"状态的直描"及一种"原是狭窄的夜和夜中的一点
（独舟），突然开放与光明起来，使原来较凝滞的状态，突然活跃起
来"的由凝滞到开放与光明的过程。针对不少读者"由后面四句的
'命题'出发去解释前面的景，而集中在'危樯独夜舟'一句，作为
作者'沙鸥飘飘'的自况"，叶氏指出"这样的解读过程虽不能说错，
但有显著的不足"②。宇文氏的分析设定了抒情主体与作者的同一身
份，不同于华兹华斯诗中"我"的虚构，杜甫诗中所描绘的即是杜甫
本人的所见所感。于是前四句始终是诗人眼中的景物，紧随诗人的视
线移动，"从看不见的细草上升至危樯，随后跃出往上，到达至宽至
高的夜景"。叶氏不加人称代词的解读与宇文氏固定视点的分析放在

---

① Stephen Owen，*Traditional Chinese Poetry and Poetics*：*Omen of the World*，
Madison：University of Wisconsin Press，1985，pp. 23—27.

② 叶维廉：《中国诗学》，生活·读书·新知三联书店 1992 年版，第 34 页。

绘画上就是散点透视与定点透视的区别。虽然杜甫的诗名是非常具有说明性的"书怀",仍然可以"安排好景物以后,站在一旁,让读者(观者)进入遨游,感受"①。

二是未定时与定时。叶氏将文言与西方语言相比较,认为文言超脱了时态的变化,"如同文字中所用的过去、现在、将来的标志在电影语言里是不存在的;我们只有一连串不断继起的'现在'"②。这首诗的分析同样在时态上表现为电影时间。宇文氏却认为这首诗"可以作为一种特殊的日记,不同于一般日记的地方在于其张力与即时性,在于对发生在特定时刻经验的表达。像日记,诗歌许诺了历史性经验的记录:特定时间,特定地点,特定场合,可能不能完全还原,但读者相信历史真实并依赖于它"③。

三是未定义与定义。尽管文言的语法有高度的灵活性,叶氏仍然承认,作为一种语言,文言亦无法完全超脱理路。一首诗仍脱离不了"演出"与"说明"(情与理)两面。高友工与梅祖麟在《唐诗的魅力》中,提出意象与命题两极,叶氏认为在中国诗中这两极中的意象部分(或景物、事件演出的部分)占我们感受网的主位,而属于命题的部分一般来说只占据次要的位置,有时甚至被景物演出所吸收。④ 即使杜甫这首说明性很显著的诗,景物演出也"可以把枯燥的说理提升为戏剧性的声音"。前面的景物描写不过是为人物的最后出场烘托气氛与制造场景。未必是"诗人注意的冲动"与"个人创伤的疤痕"。叶氏作为纯粹现象的景物在宇文氏精细的结构分析下却是外部世界的征兆,一种宇宙隐蔽秩序与模式的显现过程,充满了象征意义。

这虽然只是一个语言印认层面的比较,但已涉及儒、道两种不

---

① 叶维廉:《中国诗学》,生活·读书·新知三联书店 1992 年版,第 29 页。

② 同上书,第 30 页。

③ Stephen Owen, *Traditional Chinese Poetry and Poetics*: *Omen of the World*, Madison: University of Wisconsin Press, 1985, p. 15.

④ 叶维廉:《中国诗学》,生活·读书·新知三联书店 1992 年版,第 31 页。

同的解释学。叶氏强调他的解读并非只为一种传释活动而设，这与宇文氏通过中西比较得出的中国非虚构传统五条建议的口径如出一辙，也就是说，儒、道两种诠释传统分别代表了两位学者心目中古人读诗的传统。叶氏所要极力挽回的，正是"所谓引申的架构篡夺了物象事象的初识印象"。他的道家传释学针锋相对的是"儒家解读民歌体的诗经时所外加的道德、政治的解释"。"这些解释反宾为主地支配了后来诗人取义于诗经形象的传义范围。这种情况也发生在易经上，譬如乾坤的关系原是互相平等的，引申到君臣父子夫妻的关系时便篡改了原意。所以，意义架构的形成还牵涉到权力，为了其巩固与垄断要作专横的歪曲与质变。"① 这些"歪曲"与"质变"正是叶氏所谓中西传释学中"预解"（或译"先见"，笔者注）的来源及其成形的历史、哲学因素。而这在宇文氏看来却"自然而然"，并且视之为读诗传统的正宗，无视"道家为了从这些结构中解放出来而力求回归物之原体自然而然的本样"② 的努力。

对叶氏的中国古典诗的道家美学解读，宇文氏并非未予以重视。在《盛唐诗》中，宇文氏对王维的《栾家濑》"跳波自相溅，白鹭惊复下"中"白鹭"形象的不同解读的说明就可以证明。在脚注中，宇文所安说明"本章所说明的阅读方式，将白鹭的意象看成是一个谜，一个无法阐释的预兆，其行动似乎体现了自然秩序的某种较大模式。这一意象不能被减少至单一的意义，而是超出其本身，指向某些更丰富的意义"③。此外，关于这种结尾意象还有一种极不相同的阅读方式：

　　问题在于最后一句是否暗示了比它本身更多的意义。以《栾

---

　　① 叶维廉：《中国诗学》，生活·读书·新知三联书店1992年版，第36页。

　　② 同上。

　　③ ［美］宇文所安：《盛唐诗》，贾晋华译，生活·读书·新知三联书店2004年版，第46页。

家濑》为例，这种不同的读法将把白鹭看成是自然事物的显现，其重要性只在显现本身，没有什么超出其自我包容的存在的意义。这种阅读方式植根于喜好"偶然性"的宋代诗论。这一理论的阐述（不是作为阅读方式，而是作为中国诗的普遍原则）见叶维廉的《隐藏宇宙：王维的诗》，后来又加以扩充，见其《中国诗：重要类型和诗体》。①

这里，对叶氏将白鹭形象解作"单纯现象"，宇文氏指出了两点破绽：一是这种阅读方式深受宋代诗论影响；二是这种理论的阐述是作为中国诗的普遍原则，而不仅仅是阅读方式。

先看第一条，如果没猜错的话，宇文氏所指的宋代诗论应是《沧浪诗话》。叶氏的诗学主张，即诗人利用文言"'若定向定时定义而犹未定向定时定义'的高度的语法灵活性，提供一个开放的领域，使物象事象作'不涉理路'、'玲珑透彻'、'如在目前'近似电影水银灯的活动与演出"②，虽未言明受到严羽影响，与《沧浪诗话》的"不涉理路"、"不落言筌"、"透彻玲珑"在诗人传释达致的目标和个别词句上都十分接近。叶氏虽用道家美学来概括中国诗学法则，但同样"以禅喻诗"，在他的诗学著述中频繁地引用了禅宗公案。在《言无言：道家知识论》一文中，叶氏单列一节《庄子至禅宗的异常论》来说明禅宗与道家美学的亲缘关系，在他看来，"禅宗公案中所用的'异常'策略——包括特异的逻辑，用攻人未防的字句、故事与特技，以戏谑来突破知限，以越常理而使我们跳离字义，以惑作解——都与庄子有一定的血缘"③。如照宇文氏所说，严羽这本书是产生了"严重后果"的文学史叙述，叶氏自然是"深受其害"。

第二条可能切中了叶氏理论以偏概全的要害。正如宇文氏在对叶

---

① ［美］宇文所安：《盛唐诗》，贾晋华译，生活·读书·新知三联书店 2004年版，第 46 页。

② 叶维廉：《中国诗学》，生活·读书·新知三联书店 1992 年版，第 35 页。

③ 同上书，第 62 页。

氏《中国诗：重要类型和诗体》的书评中所说，将一类诗歌的诗学理
论"扩散至如此不同类的中国诗歌，以至于使这一多元化的诗歌总体
扭曲变形，缩减为一元的同质物"。这种处理实则"基于隐蔽的西方
意象派主张，回应了二十世纪西方读者接近中国诗歌的深切向往：在
这里他们找到了一种不受语法、逻辑和意义羁绊的诗歌，一种不再
'意指'（mean）而只是'呈现'（be）的诗歌"①。以后人（宋以后）
的理解来支配古典诗的基本准则无疑是要冒风险的，不如宇文氏对同
时代诗歌语境中读者角度的恪守更为妥当。

　　宇文氏认为，单纯现象"这种解释虽然不能完全排除，但绝句警
策结尾的有力传统（通常是通过某一事物或景象提出巧妙的、隐喻的
意旨）说明唐代读者将会从中寻找较多的含义。而'其他含义'的问
题一旦出现在读者的脑海中，这一意象就不再是一种'单纯现象'，
它只能是无法阐释的，成为一种预兆和一个谜"②。

　　宇文氏的问题是，他的这种读诗传统在多大程度上代表了中国古
人的读诗传统，而不是代表了西方人有效阅读中国诗歌的途径。正如
刘若愚在《传统中国诗歌与诗学：世界的征兆》书评中所言，"虽然
他（宇文所安）承认不可能成为更早世纪的中国读者，但仍坚持我们
必须考虑重构文本如何被阅读的条件"③。刘氏在评《盛唐诗》时指
出，"欧文没有公开拥护历史主义，但他在《盛唐诗》与《透明度：
解读唐代抒情诗》中试图以某位假定的唐代读者视角阅读唐诗的努力
有着强烈的历史主义弦外之音"。刘氏认为"所有书写的文学史都是
一种重释（reinterpretation）而非对过去的复原（resurrection）"。因为

　　① Stephen Owen, Reviewed work（s）：*Chinese Poetry：Major Modes and Genres* by Wai-lim Yip, *The Journal of Asian Studies*, Vol. 37, No. 1（Nov.，1977）, pp. 100－101.

　　② ［美］宇文所安：《盛唐诗》，贾晋华译，生活·读书·新知三联书店 2004年版，第 46 页。

　　③ James J. Y. Liu, Reviewed work（s）：*Traditional Chinese Poetry and Poetics：Omen of the World* by Stephen Owen, *The Journal of Asian Studies*, Vol. 45, No. 3（May，1986）, p. 580.

"理解一首诗，我们必须尽量知道当时的文学传统及当时的读者从一首诗中读到什么，但我们不可能证明读一首诗的特殊方式是作者同时代人所读的方式"①。姚斯从哲学解释学的立场指出，历史"这个重构的问题已经被包容在现在的视界之内，理解始终是我们假定为独立存在的这些视界的融合过程。历史的问题不能孤立存在，它必须与'传统给我们提出的'问题相融合"②。解释者只能在与历史的问答或视界融合中构成对文本的经验和理解。

除去历史客观主义与相对主义的问题，宇文氏以唐代读者阅读视角自况还涉及评价标准的问题。刘氏以伊瑟尔（Iser）《阅读行为》（*The Act of Reading*）序言中将此书界定为"美学反应的理论而不是接受的美学理论"为据，认为"我们不能单纯接受作者同时代人的判断"，有时"为同时代误解和低估的作者却能为后代人更好的理解和赞赏"，我们不应"混淆一个作者作品的公众接受与有洞察力读者已经引发的并至今仍能引发的美学反应"③。

这真是个有趣的现象。海外华人学者如叶维廉、刘若愚④，以及徐复观⑤这样中国思想史研究出身的学者，都非常强调道家或庄子的审美经验，并视之为中国美学、诗学的大本营，叶维廉甚至以为后来

---

① James J. Y. Liu, Reviewed work（s）: *The Great Age of Chinese Poetry*: *The High T'ang* by Stephen Owen, *Chinese Literature*: *Essays*, *Articles*, *Reviews* (*CLEAR*), Vol. 4, No. 1 (Jan., 1982), p. 96.

② ［英］姚斯：《走向接受美学》，载拉曼·塞尔登《文学批评理论：从柏拉图到现在》，刘象愚等译，北京大学出版社 2000 年版，第 208 页。

③ James J. Y. Liu, Reviewed work（s）: *The Great Age of Chinese Poetry*: *The High Tang* by Stephen Owen, *Chinese Literature*: *Essays*, *Articles*, *Reviews* (*CLEAR*), Vol. 4, No. 1 (Jan., 1982), p. 96.

④ 具体论述可参见刘若愚《中国文学理论》第二章《形上理论》，杜国清译，江苏教育出版社 2005 年版。

⑤ 具体论述可参见李维武编《徐复观文集》第四卷《中国艺术精神》第二章《中国艺术精神主体之呈现——庄子的再发现》，湖北人民出版社 2002 年版。

的诗学均出自庄子，造成以庄释禅的局面。① 而西方学者从中西文化差异角度建构的中国诗学总是强调儒家诗学的道德伦理关注。抛开对具体诗作的不同诠解，如果就中国诗与中国画的文艺批评传统而言，西方学者的持论亦不无道理。如钱锺书所说，"相当于南宗画风的诗不是诗中高品或正宗，而相当于神韵派诗风的画却是画中高品或正宗"②。相同之处在于，叶维廉和宇文所安都是基于一种比较策略。但无论是非虚构传统与虚构传统，还是道家美学与西方文化或者说散点透视与定点透视，都可能将中西文化及诗学置于一种异质对立互补的关系之中。对于中国诗学的发明与重建可能都是某种积极的错误。

如果说对初盛唐诗研究，宇文所安采取的策略更多的是在中西比较中寻求对立互补，那么在接下来将要讨论的中晚唐诗歌史建构与诗学发明中，则更多的是寻求中西的对应关系。

---

① 张节末：《中国诗学的大传统与小传统——以中古诗歌运动中比兴的历史命运为例》，《文艺研究》2006 年第 6 期。

② 钱锺书：《中国诗与中国画》，载其《七缀集》，生活·读书·新知三联书店 2002 年版，第 28 页。

第二章　现代性视阈下的中唐诗歌与诗学

第一节　古今之争①:中唐诗对盛唐诗的反动

宇文所安 1996 年出版的《中国"中世纪"的终结:中唐文学文化论集》,由几篇相互独立又彼此联系的论文结集而成,不同于他十多年前《初唐诗》、《盛唐诗》的诗史写作。如果说他的前两部文学史是一种形式(或风格)分析作方法论的基础,那后一部的写作显然抛开了对这一时段大量文本的细密爬梳,而成为"文学史研究中的一种尝试:不仅要摆脱历史框架的限制,而且要摆脱不同文体分野的限制;一方面在横切面上注意了各种倾向、各种文体的相互联系,一方面在纵断面上表现出不同时代文学发展的不同特色和生成关系"②。

---

①　哈贝马斯在《现代性的哲学话语》中对"现代"这一概念史进行梳理时指出,18 世纪初著名的古代与现代之争("古今之争")是"现代"首先在审美批判领域力求明确自己的例证。在这场"古今之争"中,主张现代的一派反对法国古典派的自我理解,为此,他们把亚里士多德的至善概念和处于现代自然科学影响之下的进步概念等同起来。他们从历史批判论的角度对模仿古代东西的意义加以质疑,从而突出一种有时代局限的相对美的标准,用以反对那种超越时代的绝对美的规范,并因此把法国启蒙运动的自我理解说成是一个划时代的新开端。参见 [德] 哈贝马斯《现代性的哲学话语》,曹卫东等译,译林出版社 2004 年版,第 9—10 页。

②　张宏生:《对传统加以再创造,同时又不让它失真》,《文学遗产》1998 年第 1 期。

　　尽管"称它作一部'中唐诗史'是不恰当的，因为从791年到
825年，这期间的诗歌较之于初唐和盛唐诗，更难以体裁分类。在风
格上，在主题上，以及在处理的范式上，中唐诗远比盛唐诗纷繁复
杂，而且其诗歌范围扩大与变化的方式与其他话语形式中发生的变化
紧密相关"①。通观全书，除了最后两章涉及中唐传奇，前面五章《特
性与独占》、《自然景观的解读》、《诠释》、《机智与私人生活》、《九世
纪初期诗歌与写作之观念》都与诗歌有关，虽然也涉及散文。它们
"本身不能构成一部文学史"，却"具有文学史性质"②。基于此，本
章仍将集中于此书中唐诗歌经验的描述，并放在宇文所安唐代诗歌史
书写系列中考察，由此发现它仍然延续了初盛唐诗歌史描述的"模
板"理论框架。"中唐以盛唐为基准和思想背景，来理解自己的知性
文化。我们不能脱离中唐来孤立地看待盛唐。"③ 如宇文所安坦言，
"这本书意在说明中唐作为一个新时代的开始所具有的意义，所以不
仅通过比较、尤其是和初盛唐比较来凸显新的因素，更联系后世、尤
其是宋代说明它的开创作用"④。

一　中唐枢纽论的历史源流

　　从诗歌史发展角度将中唐诗歌置于唐宋转型的枢纽地位，前人于
此已有论述。如叶燮《百家唐诗序》曰：

　　　　吾尝上下百代，至唐贞元、元和之间，窃以为古今文运诗
　　运，至此时为一大关键也。是何也？三代以来，文运如百谷之川
　　流，异趣争鸣，莫可纪极。迨贞元、元和之间，有韩愈氏出，一

---

　　①　［美］宇文所安：《中国"中世纪"的终结：中唐文学文化论集》，陈引
驰、陈磊译，生活·读书·新知三联书店2006年版，第2页。

　　②　同上书，第1页。

　　③　同上书，第3页。

　　④　张宏生：《对传统加以再创造，同时又不让它失真》，《文学遗产》1998
年第1期。

人独力而起八代之衰，自是而文之格之法之体之用，分条共贯，无不以是为前后之键矣。三代以来，诗运如登高之日上，莫不复逾。迨至贞元、元和之间，有韩愈、柳宗元、刘长卿、钱起、白居易、元稹辈出，群才竞起，而变八代之盛。自是而诗之调之格之声之情，凿险出奇，无不以是为前后之关键。起衰者，一人之专，独立砥柱而文之统有归；变盛者，群才之力肆，各途深造，而诗之尚极于化。今天下于文之起衰，人人能知而言之，于诗之变盛，而未有能知而言之者。此其故，皆因后之称诗者胸无成识，不能有所发明，遂各因其时以差别，号之曰中唐，又曰晚唐。不知此"中"也者，乃古今百代之中，而非有唐之所独得而称中者也。"中"既不知，更何知诗乎？①

叶燮以文学史家的通识指出中唐非独文运并且诗运为古今百代之中，充分肯定了韩愈及贞元、元和诗歌的地位。

清人陈衍、沈曾植的"三元说"（开元、元和、元祐）与"三关说"（元嘉、元和、元祐），是中唐枢纽论的直接理论来源。所谓"三元"就是指唐玄宗开元（714—741）、唐宪宗元和（806—819）、宋哲宗元祐（1086—1094）三朝。

陈衍在《石遗室诗话》卷一中云：

盖余谓诗莫盛于三元：上元开元，中元元和，下元元祐也。②

"三元说"将这三个时期作为古代诗歌发展的三个重要阶段。作为宋诗派的代表人物，陈衍提出"三元"的目的，在于反对专主盛唐，把所主的范围扩大到元和、元祐，其落脚点实在元祐。所谓"三关说"则是将"三元说"的开元时期换成了南朝宋文帝元嘉时期

---

① （清）叶燮：《百家唐诗序》，《己畦文集》卷八，《丛书集成续编》第124册，上海书店1994年版，第179页。

② （清）陈衍：《石遗室诗话（一）》，辽宁教育出版社1998年版，第4页。

（424—453），视此三个时期的诗歌风格为诗家之"三关"，意谓学诗，先从元祐入手，再经元和直至元嘉，连通三关。尽管两人对诗史的阐释不尽相同，两说都以中唐诗为古代诗歌发展的一个中枢，都以"元和"居中，上推下连，构成一部诗歌发展史。

以中唐为中枢，主要是基于唐宋诗之间的关系。中唐诗歌之所以成为古今诗风转变的一个中枢，在于其将诗歌由类型化推进到个性化时代，开启了宋诗新风。如陈衍在《石遗室诗话》卷十八中言："大历十子笔意略同，元和以降，又各人各具一种笔意，昌黎则兼有清妙雄伟磊砢三种笔意。"[①] 书中所引沈曾植《寒雨秋闷杂书遗怀譬襞积成篇为石遗居士笑》云：

> 开天启疆域，元和判州部。奇出日恢今，高攀不输古。韩白刘柳骞，郊岛贺籍件。四河道昆极，万派播溟渚。唐余逮宋兴，师说一香烂。勃兴元祐贤，夺嫡西江祖。寻眹薪火传，晢如斜上谱。中州苏黄余，江湖张贾绪。譬彼鄱阳孙，七世肖王父。[②]

元和诗歌的意义在于能于盛唐之后再判州部，开拓个性化发展道路。中唐诗人以奇为诗、以文为诗、以学为诗、以俗为诗，正是对前人诗境的发展，并为宋诗开启了个性化道路。

> 余言今人强分唐诗宋诗，宋人皆推本唐人诗法，力破余地耳。庐陵、宛陵、东坡、临川、山谷、后山、放翁、诚斋，岑、高、李、杜、韩、孟、刘、白之变化也。简斋、止斋（陈傅良）、沧浪、四灵，王、孟、韦、柳、贾岛、姚合之变化也。故开元、元和者，世所分唐、宋人之枢幹也。若墨守旧说，唐以后之书不

---

① （清）陈衍：《石遗室诗话（二）》，辽宁教育出版社1998年版，第254页。

② （清）陈衍：《石遗室诗话（一）》，辽宁教育出版社1998年版，第3页。

读，有日蹙国百里而已。①

沈氏认为开元诗风是对前期诗歌成就的总结，而以元和为代表的中唐诗则是对前期的发展与变化。宋诗风是从元和诗人开拓出的个性化道路发展而来。

中唐诗歌之所以成为古今诗风转变的中枢，还具有学术史与政治史上的意义。沈曾植三关之分基本上与晋宋玄学、中唐儒学、宋儒理学的发展是同步的。元嘉诗风中的玄学、元和诗中的儒学、元祐诗中的理学，都分别体现于各时期的诗风中，这也是三个时期诗风的精神个性。在沈氏看来，支遁、谢灵运诗中的玄言意味正与元和时韩愈的好议论及元祐时苏东坡、黄山谷的重理趣是相通的，都体现了诗人的引理入诗、化理为情的用心。在学术史上，继汉代经学之后，由六朝玄学到宋儒理学是中国古典学术的演变期与定型期，儒、道、释三家在这一过程中形成了互有联系而又相对独立的学术体系。从元嘉到元祐，既是佛学不断中国化的过程，也是传统儒学对佛学吸收改造的过程。元嘉时期玄佛合流，也是佛学与儒学相碰撞初期。元和时期儒佛合融，也是汉儒经学初变的时期。元祐时期儒学完成对佛学的消化，也是理学成型的时代。中唐儒学的重振不是对汉儒经学的回归，而是由具体礼教规范转向对形而上的儒家道德本体的思考。这一思维方式与研究对象的变化应是受佛学影响的结果。②

陈寅恪先生亦从儒佛关系上指出禅宗的直指人心见性成佛对扫除章句之繁琐的影响，并从韩愈所代表的中唐学风中把握到中唐文化的历史地位。如其言：

> 唐太宗崇尚儒学，以统治华夏，然其所谓儒学，亦不过承继南北朝以来正义义疏繁琐之章句学耳。又高宗武则天以后，偏重

---

① （清）陈衍：《石遗室诗话（一）》，辽宁教育出版社 1998 年版，第 4 页。

② 参见查屏球《"三元说"与中唐枢纽论的学术因缘》，《复旦学报》（社会科学版）2000 年第 2 期。

进士词科之选，明经一目仅为中材以下进取之途径，盖其所谓明经者，止限于记诵章句，绝无意义之发明，故明经之科在退之时代，已全失去政治社会上之地位矣。……新禅宗特提出直指人心见性成佛之旨，一扫僧徒繁琐章句之学，摧陷廓清，发聋振聩，固吾国佛教史上一大事也。退之生值其时，又居其地，睹儒家之积弊，效禅侣之先河，直指华夏之特性，扫除贾孔之繁文……

退之首先发现《小戴记》中《大学》一篇，阐明其说，抽象之心性与具体之政治社会组织可以融会无碍，即尽量谈心说性，兼能济世安民，虽相反而实相成，天竺为体，华夏为用，退之于此以奠定后来宋代新儒学之基础，退之固是不世出之人杰，若不受新禅宗之影响，恐亦不克臻此。又观退之《寄卢仝》①诗，则知此种研究经学之方法亦由退之所称奖之同辈中人发其端，与前此经诗著述大意，而开启宋代新儒学家治经之途径者也。

唐代之史可分为前后两期，前期结束南北朝相承之旧局面，后期开启赵宋以降之新局面，关于政治社会经济者如此，关于文化学术者亦莫不如此。退之者，唐代文化学术史上承先启后转旧为新关捩点之人物也。②

以上是国内研究的情况，考察国外研究，我们发现，日本学者内藤湖南1910年提出的"宋代近世说"，将中世结束于9世纪初期，在历史分期上首次将中唐置于唐宋枢纽地位。谈论唐宋之际中国社会的变迁时，在学术文化上，亦提出唐代中叶后学者开始对疏不破注传统的怀疑。关于此说的具体内容及学术上对宇文所安的影响本章第二节再叙。

可能是受内藤湖南的启发③，包弼德④1992年出版的《斯文：唐

---

①　诗中有句："春秋三传束高阁，独抱遗经究终始。"

②　陈寅恪：《论韩愈》，《历史研究》1954年第2期。

③　美国学者包弼德的《斯文：唐宋思想转型》第五页注明，"本书对中世的界定主要采用内藤湖南等人的意见，指东汉到五代这一历史时期"。可见内藤湖南对包弼德的影响。

④　包弼德，美国哈佛大学中国历史教授、东亚语言与文明系主任。

宋思想的转型》从"斯文"① 这一独特视角，运用学术史和文学史探寻思想史的轨迹，来阐发唐宋思想转型。"斯文"，或者说"文"，是全书的核心概念。包弼德认为，"斯文"在唐宋士人的价值观思想中扮演重要的角色。在唐代以前形成的"斯文"概念，包含两方面的含义：从狭义上讲，它指古代圣人传授下来的典籍传统；从广义上讲，则是指孔子在六经中保存的古人在写作、从政和修身方面的行为规范。在初唐时期，士人认为"斯文"本身就是价值观的基础和来源，而北宋道学文化兴起以后，价值观的基础转向了伦理原则。中唐时期，"斯文"作为价值观基础的信念受到挑战，而从中唐到北宋，士人一方面主张要对价值观作独立的探求，一方面又希望坚持"斯文"在确立价值观方面的权威意义，以期获得统一的价值标准和思考模式。这两者之间的张力，构成了唐宋之际思想演变的内在动因。因此，唐宋士人的价值观思考，就大量保存在了阐释、整理传统典籍的学术活动和从事个人创作的文学活动中。②

宇文所安四年后出版的《中国"中世纪"的终结：中唐文学文化论集》可以说直接受到包弼德的影响，③ 原因有以下几点：

第一，宇文所安运用文学史、学术史来谈论思想史及时代的转变，角度与包弼德的如出一辙。包弼德指出，"唐代的思想文化仍然是一种'文学'文化，在这种文化中，学术是以在文学广阔领域中的著作的形式出现"④。宇文所安也认为，"传统的知识分子，尤其是在

---

① "斯文"语出《论语·子罕第九》："子畏于匡，曰：'文王既没，文不在兹乎？天之将丧斯文也，后死者不得与于斯文也；天之未丧斯文也，匡人其如予何？'"

② ［美］包弼德：《斯文：唐宋思想的转型》，刘宁译，江苏人民出版社2000年版，第598页。

③ 宇文所安的《中国"中世纪"的终结：中唐文学文化论集》一书中与包弼德的书中都参引了对方的观点，并且都从文本权威的角度谈论唐宋思想的转型，基于此得出两位学者关于中唐文学的看法一致应该不为过。

④ ［美］包弼德：《斯文：唐宋思想的转型》，刘宁译，江苏人民出版社2000年版，第29页。

唐代，倾向于将政治、社会和经济危机视作文化危机的症候，而文化危机通常被认为是语言和文章的危机。中唐的嬗变是在感受到语言和文章危机这样的背景下发生的"①。两位学者都将研究对象圈定于作为文学家的思想家，借此阐发思想史及时代变化的大问题，可谓不谋而合。不同的是，宇文所安更侧重文学文本尤其是诗歌文本的细读，包弼德侧重文学家的思想文本的描述并引入社会史、政治史的分析，涵盖面更广、视野更开阔。

第二，宇文所安从对文本权威怀疑为中唐转型立说与包弼德指出"斯文"在中唐作为价值观基础的信仰动摇，角度和观点都颇为类同。宇文所安认为，在9世纪之前的唐代文学作品中，可以对某一个具体问题持不同见解，但那些争论基本上只是对传统知识进行重述和扩充，"立论上的翻新可以是将不同的说法糅合起来，或重加改装"。七八世纪正"是一个讲求权威尤其是文本权威的时代，而这样的权威又有社会体制结构作为支柱"。宇文所安由此推论，在这个意义上称初盛唐为"中世纪"的话，中唐则为"中世纪"的终结，因为"在中唐之前，当然也有许多新鲜而激动人心的东西，不过，往往要把它们放在一个可以追溯到东汉的传统中进行理解……中唐的主要文人就宇宙万物、社会、文化等提出问题的频繁度和激切的程度，可以说是前所未见的。同时，他们也总是游离和游戏于常规的反应和答案。……人们和过去的关系改变了；以往通过重复建立权威的文化，现在由一个通过发问建立权威的文化代替了"②。"世界的不透明性，它对于稳定诠释的抗拒……这种反复出现的怀疑，使中唐成为中国文明史上也许是独一无二的时期。"③

可见，宇文所安所谓"文本权威"与"斯文"应是一个意思，其中唐的转型说同样是基于对学术传统的分析。

---

① ［美］宇文所安：《中国"中世纪"的终结：中唐文学文化论集》，陈引驰、陈磊译，生活·读书·新知三联书店2006年版，第9页。

② 同上书，第3页。

③ 同上书，第61页。

第三，他们对中世或者说初盛唐的描述几乎一致，"斯文"综合了"天道"与"人文"两种规范的价值观。就天道与人文两者关系而言，包弼德认为理解中世文化至关重要的观点是："文化建立在这样的假定之上，即人的领域与天地领域之间没有必然的分离；因此人类文化创造的文与天文是一致的。"不同于西方的虚构文学传统，唐代（以及更早）的"文"属"实录"或非虚构传统。[①] 这与前述宇文所安对刘勰《文心雕龙》中《原道》篇"文"的分析及其中国非虚构诗学传统的理解趋于一致，这里不再赘述。

第四，宇文所安亦将唐宋思想转型立足于价值观基础的转变，不同的是宇文所安的立足点在诗歌史，包弼德的立足点在学术史。后者明确说明，唐宋思想的转型主要指"价值观基础的转变"。初唐的学者们认为，写作、统治和行为方面的规范包含在代代积累的文化传统之中。关于价值观的争论不过是在讨论何种文化形式比较适宜。在公元8世纪后半期，唐朝面临着帝国分裂和藩镇叛乱，那些为了挽救"斯文"的文士，开始谈论"圣人之道"与"古人之道"。圣人在这里不再师法宇宙，目光转向了"人事"，他们体察并顺应人情之常。[②] 在这个转型时期，著名的学者们坚持认为，个人可以通过古人的著作与成就，以他们自己的内心去体会一种潜在的"道"。[③] 宇文所安则突出写作由类型化到个性化体现的价值观转变。"中唐以前，写作基本上是一种公众性表述"，"有限的几套不同样式的类型范畴便足以描述作家的个体身份。一个诗人可以才能非凡或者卓尔不群，不过这种差异并没有和某一独特风格联系在一起，并进而牵涉到某一独特的天性，如孟郊和李贺那样。李白和杜甫的经典化基本上是中唐的现象。在中唐，具有特性对许多作家来说是极其重要的"[④]。宇文所安承认，在更

---

① ［美］包弼德：《斯文：唐宋思想的转型》，刘宁译，江苏人民出版社2000年版，第100页。

② 同上书，第2页。

③ 同上书，第2—3页。

④ ［美］宇文所安：《中国"中世纪"的终结：中唐文学文化论集》，陈引驰、陈磊译，生活·读书·新知三联书店2006年版，第16页。

早的中国传统中，如"三世纪至四世纪的名士狂人也显示出他们对社会规范的反动，然而他们自己却未能建立起个性化人格的系统。到了中唐时代，先前的任诞已经成为固定下来的风格类型"。也就是说，"中唐的不同之处在于，在一个特定的时期，众多文人士大夫共同分享同一种价值观"。"道德和文学上的优越，现在不是表现为在社会所认可的规范内的完美，而是表现为远离那些规范。"①

采取文学与学术、文化的综合视角来谈论中唐唐宋思想的转型，可以说是以上诸家的共识。不同之处在于，沈曾植、陈寅恪将中唐的转型与佛教相连，包弼德承认没能认真地处理佛教问题而将文学作为核心的讨论角度，②宇文所安则把中唐出现的对儒家各种规范或者说文本权威的怀疑归结到主体性觉醒，与现代性相连，显然脱离了中唐社会文化的语境，而这或多或少与他"中世纪终结"比较视角的引入有关。

二 "中世纪终结"的思想来源③

1996 年与《中国"中世纪"的终结：中唐文学文化论集》同年出版的还有宇文所安向美国宣介的《诺顿中国文学选集：初始至1911 年》（*An Anthology of Chinese Literature*：*Beginnings to 1911*），这本书被列入了著名的诺顿（Norton）系列。这本长达一千多页的大作横跨上古至 1911 年，分上古（Early China）、中古（the Chinese "Middle Ages"）、唐代、宋代、元明、清代六章。其中同样用到的加引号的中世纪（Middle Ages）指的是东汉魏晋南北朝，书中

---

① ［美］宇文所安：《中国"中世纪"的终结：中唐文学文化论集》，陈引驰、陈磊译，生活·读书·新知三联书店 2006 年版，第 14—15 页。

② ［美］包弼德：《斯文：唐宋思想的转型》，刘宁译，江苏人民出版社 2000 年版，第 6 页。

③ 此节可参见拙文《论宇文所安中国"中世纪"终结说的思想来源》，载徐中玉、郭豫适主编《中国文论的两轮》，华东师范大学出版社 2009 年版，第 161—172 页。

对"中世纪"一词的引用未加说明，并不含有比较的意味。《中国"中世纪"的终结：中唐文学文化论集》中，中国的"中世纪"终结于中唐。① 宇文所安同一年对中国"中世纪"作出了不同界定，究其原因，据笔者看来：一是用法不同。《诺顿中国文学选集：初始至1911年》基本是按朝代分期，"中世纪"一词只是一般意义上的"中古"，并无深义；《中国"中世纪"的终结：中唐文学文化论集》对"中世纪"一词的使用却是根本的、方法论意义上的。二是对象不同。《诺顿中国文学选集：初始至1911年》作为得到权威机构认可的标准教材，针对的是学习中国文学的在校大学生；② 而《中国"中世纪"的终结：中唐文学文化论集》显然是继《初唐诗》、《盛唐诗》之后有关中唐诗史的学术著作。三是在《中国"中世纪"的终结：中唐文学文化论集》中，"中世纪"的使用更多的是中西比较的实验，可能并非作者对中国文学史历史分期的严肃思考。

与初版对"中世纪"不置一词相对照，事隔十年后宇文所安在三联版前言中为"中世纪"这一参照却作了很好的解释。"中世纪这一称谓是加了引号的。引号的作用是提醒读者：中国的'中世纪'和欧洲意义上的中世纪（the Middle Ages）不同"，但"欧洲从中世纪进入文艺复兴时期，和中国从唐到宋的转型，其转化有很多相似之处，也存在深刻的差别"，"'中世纪'则要求读者以一种不同的方式思考这一历史阶段。当我们改变文学史分期的语境，熟悉的文本也会带上新的重要性，我们也会注意到我们原本忽视了的东西"。宇文所安形象地把按朝代分期的传统文学史比作文学史的博物馆形式，它是"博物馆的工作人员所设计和期待的"、我们已经看习惯了的雕像。假设我们换一个角度——这一角度可能很不舒服，但"从这一角度我们却会看

---

① ［美］宇文所安：《中国"中世纪"的终结：中唐文学文化论集》，陈引驰、陈磊译，生活·读书·新知三联书店2006年版，第47页。

② 张宏生：《对传统加以再创造，同时又不让它失真》，《文学遗产》1998年第1期。

到我们以前从未注意到的因素"①。

为此作一说明，潜台词似乎是《中国"中世纪"的终结：中唐文学文化论集》最初设想的西方读者对中世纪熟稔，故无须赘述。因为中世纪本是西方历史常见的分期法。

而中国文学史书写的主流则以朝代更迭分期为多见。无论是新中国成立前刘大杰撰写的《中国文学发展史》，还是新中国成立后游国恩等人编写的《中国文学史》，甚至于被许多学者认为在观念上极富创新性的章培恒主编的《中国文学史》，都无一例外地采用了这种模式。

钱锺书有言："夫断代分期，皆为著书之便；而星霜改换，乃天时运行之故，不关人事，无裨文风，与其分为上古、中古或十七世纪、十八世纪，何如汉魏唐宋，断从朝代乎？"②

游国恩在《中国文学史》中写道："我国封建社会漫长的发展中，封建王朝的更替，往往是长期阶级斗争的自然段落，它或多或少为社会经济和文化的发展带来了若干新的特点，它也对文学的发展起制约的作用，影响着一个时代的文学风貌。因此，尽管以主要封建王朝作为分期标志，不是严格的科学划分，但它也有助于我们掌握我国文学的发展，我们还是采用了这种办法。"③

胡云翼说："有许多人很反对用政治史上的分期来讲文学。他们所持的最大理由，就是说文学的变迁往往并不依政治的变迁而变迁。此说固未尝全无理由，但我觉得中国文学与政治实至密切而不可分离。各种文体因得到政治的后援而发达，那是很明显的，如汉赋、唐诗、宋词、元曲皆然。我们又看到，每一个比较长期的时代，其文学都形成一条与政治相呼应的初、盛、变、衰的起伏线。又每一个时代

---

① ［美］宇文所安：《中国"中世纪"的终结——中唐文学文化论集·三联版前言》，陈引驰、陈磊译，生活·读书·新知三联书店2006年版，第1—2页。

② 钱锺书：《中国文学小史序论》，《写在人生边上　人生边上的边上　石语》，生活·读书·新知三联书店2002年版，第98页。

③ 游国恩等编：《中国文学史（一）·说明》，人民文学出版社1963年版，第2—3页。

的初期的文学，都不免仍袭前代的旧作风（至秦、隋、五代等短促的时代，则完全浸没在前代的作风里）；每一时代的中期，都能确立一种新的文学作风；每一个时代的末期，则不免形成文派分歧的变格，或向后开倒车。各种文学盛衰变迁的关系，都可以从政治的时代背景里去求解释。处处都可以看出文学受各不同的政治时代的推移而进化的痕迹。所以我认定中国文学史的分期，最好还是以依据政治时代的分期较为妥当。"①

宇文所安中唐诗史采取不同视角书写，可能主要源于中唐诗歌经验的特殊性。如章培恒、陈思和所言："以中国古代文学来说，在一个相当长的时期里我们习惯以朝代分期，如唐代文学、宋代文学，但朝代的更迭并不必然带来文学上的重大变化，而在朝代并未更迭的情况下文学却发生了影响深远的剧变的事却并不少见，中唐就是一个突出的例子。"②

从方法上看，中世纪视角的引入，其实是基于上古、中世纪、近代的历史分期。这种对人类文明发展的划分最早是从意大利诗人、人文主义先驱之一彼特拉克开始，这以后也就被西方的历史研究者所沿用——用来作为西洋史的历史分期。到了日本的明治维新时期，这一历史分期法也就被日本学者用于日本史乃至中国史的分期。不过日本学者在近代以前又另辟了一个"近世期"（在日本学者中，"近世"有广义、狭义两种含义，广义的近世即近代——中世纪以后的时期之意；狭义的近世则指近代以前的一个时期。）关于中国文学史的分期所使用的名称，就源自日本学者的创造。现在被研究中国文学史的中国学者所使用的古代（又称上古）、中世（又称中古）、近世（又称现代）的分期法，其实是20世纪初叶就引进的。③

---

① 刘永翔、李露蕾编：《胡云翼重写文学史》，华东师范大学出版社2004年版，第6页。

② 章培恒、陈思和：《中国文学史分期讨论·主持人的话》，《复旦学报》（社会科学版）2001年第1期。

③ 参见章培恒《中国中世文学研究论集·前言》，上海古籍出版社2006年版，第2—3页。

　　章培恒在其主编的《中国中世文学研究论集》前言中谈道："文学史上的这种分期法在被引入中国以后，虽曾长期使用于中国文学史的研究中，但在中国的中世文学从何时开始、何时结束的问题上，一直存在不同的看法。从上世纪 50 年代起，我国的中国文学史研究界普遍使用王朝分期法，关于中世文学起讫问题的分歧也就自然而然地消失了。现在这种分期法重新被使用，这个分歧也就重新显现了出来。由我与骆玉明教授主编的《中国文学史》（上海文艺出版社 1998）以秦汉为中世文学的开始，南宋末为中世文学的终结；袁行霈教授主编的《中国文学史》（高教出版社 1999）把中世文学的起讫定为魏晋至明朝中叶；近来也有学者把宋代作为近世文学的开始的，那么中世文学的结束当在五代时期。"①

　　由此可见，中国学者将文学史用朝代分期的习惯乃是无奈之举，根本的问题在于对中世文学的起讫的分歧上，因为这就涉及上古何时结束以及近古何时开始。宇文所安将中世终结于唐宋之际，并非首创。《现代汉语词典》解释"上古"、"中古"、"近古"分别是："在我国历史分期上多指商周秦汉这个时期"、"在我国历史分期上多指魏晋南北朝隋唐这个时期"、"在我国历史分期上多指宋元明清（到十九世纪中叶）这个时期"②。以宋为界划分中世、近世可能是因为在 20 世纪初期，一些有影响的学者认为宋代是中国近代化的开端。这以1910 年日本学者内藤湖南提出的"宋代近世说"最为典型。

　　据钱婉约考证，内藤湖南的"宋代近世说"是受到包括夏曾佑在内的史学家的启发提出的。中国新史学的先锋之一夏曾佑于 1903 年商务印书馆初版的《中学中国历史教科书》（后改名为《中国古代史》再版）就将中国历史分成三期："上古世"包括草昧的传疑时代至周末、"中古世"秦至唐、"近古世"宋至今。不过夏曾佑的书写到中古

---

　　①　章培恒：《中国中世文学研究论集·前言》，上海古籍出版社 2006 年版，第 3 页。

　　②　中国社会科学院语言研究所编辑室编：《现代汉语词典》，商务印书馆 1983 年版，第 1004、1495、592 页。

世的隋代就结束了，对于唐宋之际以及宋代历史未能展开具体的论述。所以夏氏的历史分期只能是一种"划分法"，而不能算是有具体内容的历史分期学说。

内藤湖南在《支那上古史》一书的绪言中，提出以文化发展的波动大势来作为对中国历史进行时代划分的标准。在绪言一开头，他就特别说明："我所谓的东洋史是支那文化发展的历史。"接着，他指出：以中国文化为中心的东洋历史，经历了十分悠久的时代。传统的做法是"依中国的朝代更替来区分时代"，这虽然"最为方便"，但并无历史意义；近来的做法是"仿效西洋，将历史分为上古、中世、近世等等……把开辟到三代为上古，中古为两汉六朝，唐宋为下一个时代，元明清为又下一个时代"。但这对于"东洋全体的中国文化发展来说"，同样是"毫无意义的"。他认为：

> 真正有意义的时代区分，应观中国文化发展的波动大势，作内外两方面的考察。一是由内部向外部发展的路径，即上古某时代中国某一地发生的文化，渐渐发展并向四方扩散的路径。宛如投石池中，水波向四方扩散的情形。其次是反过来看，中国文化向四方扩散，由近及远，促进了其附近野蛮民族的觉醒，这些民族觉醒的结果，则时时出现强大的力量，向中国的内部产生反作用的势力。这就像水波受到池子四周堤岸的阻挡，又反作用于池中心一样。……第三，作为第一、第二的副作用，其水波还会时时越过堤岸，流向附近地方。在陆上则越过中央亚细亚，开辟与印度、西域的交通，使印度、西域的文化也受到中国文化的影响；后来，在海上，又越过印度洋，与西方诸国有了关系，造成历史上具有世界性波动的伟大交流。

根据以上理论，内藤把中国史分成三个时期，每个时期之间又存在一个过渡期：

第一期：上古。从开辟到东汉中期，这是中国文化独立形成、发展，并向外部扩展的时代。

第一过渡期：东汉中期到西晋（2 世纪后期—4 世纪初期）。这是中国文化向外扩展的停止时期。

第二期：中世。五胡十六国到唐中期（4 世纪初期—9 世纪初期）。这一时期是外部异民族觉醒，其势力侵入中国，反作用于中国内部的时期。

第二过渡期：唐末到五代（9 世纪中期—10 世纪 60 年代）。这是外来势力极盛的时期。

第三期：近世。宋代以后到清代。这是中国固有文化复兴和进步的时代。①

可见，内藤湖南虽然以宋为近世的开始，并未将中世终结于五代而是把第二期中世明确地终结于 9 世纪初期，与宇文所安将中唐（791—825 年）确立为中国中世纪终结，提法上和时间上都十分接近。

与强调以文化发展的波动大势为划分标准不同，在谈论唐宋之际中国社会的变迁时，内藤湖南则是以政治、经济、文化各方面因素为标准来做综合分析。在对政治经济变革的描述之后，他指出"学术文艺的性质亦有明显变化。如果从经学、文学方面来说，经学的变化在唐已出现先兆。汉魏六朝之风一直传至唐代初期，经学重家法和师法，倡导古代传下来的学说，但不允许改变师承，另立新说。……当时的著述大多以义疏为主。义疏是对经书中注的详细解说，原则是疏不破注。然而到了唐代中叶，开始有人怀疑旧有注疏要建立一家之言。最早的是有关《春秋》的新说。到了宋代，这个倾向极度发达，学者自称从遗经发现千古不传的遗义，全部用本身的见解去作新解释，成为一时风尚。文学方面亦一样。从文章来说，六朝至唐流行四六文，到了唐代中叶，韩柳诸家兴起，复兴所谓古文，文章成为散文体。换句话说，文章由重形式改为重自由表达。从诗来说，直至六朝是五言诗，盛行选体亦即《文选》之风。到了盛唐，文风一变，李、杜等大家出现，在打破以往的形式方面起了很大作用。唐末除了诗之外，诗余亦即词又发达起来，打破五言、七言的格局，变为更加自由

---

① 钱婉约：《内藤湖南研究》，中华书局 2004 年版，第 101—103 页。

的形式，特别在音乐性方面得到了全面发展。其结果导致宋元之间曲的发达，并由抒情的短小形式，变为复杂的剧种。其中的词等不再以包含典故的古语为主，而变为以俗语自由地表现。文学曾经属于贵族，自此一变成为庶民之物"①。

与内藤认为唐中叶以后对"疏不破注"传统的怀疑的看法极为相仿，如前所述，宇文所安亦从中唐对文本权威的怀疑为中唐中世纪终结立论。

不同的是，在内藤那里局限于学术注经传统的怀疑被宇文所安泛化为对文本权威的怀疑进而扩大为整个时代的特色，并以此作为中世纪终结的证据。而内藤对于文学上的描述只局限为，为自由表达思想对形式的突破，更多的立论建立在政治经济变革的基础上。

据宇文所安自述，他在耶鲁大学攻读中国古代文学博士学位时，"适逢中国的文化大革命，没法到中国来进修，因此就像当时的许多美国学生一样，转道日本学了一年中国古代文学。这一年，我收获很大，读了大量的书，接触了不同的学者，尤其是经常向当时已经退休了的唐诗专家吉川幸次郎教授请教，更是受益匪浅"②。他所提及的吉川幸次郎以及他在日本求学师从的导师清水茂（Shimizu Shigeru）③ 正是内藤湖南所在的京都学派。基于以上分析，笔者认为，可能就在这一年，宇文所安接触到了内藤湖南的"宋代近世说"并感触颇深，以至二十多年后他写作《中国"中世纪"的终结：中唐文学文化论集》时这种影响尚在。这种说法应该不是无稽之谈。④

---

① ［日］内藤湖南：《概括的唐宋时代观》，载刘俊文主编《日本学者研究中国史论著选译》，黄约瑟译，中华书局1992年版，第16页。

② 张宏生：《对传统加以再创造，同时又不让它失真》，《文学遗产》1998年第1期。

③ Stephen Owen，*The Poetry of Meng Chiao and Han Yü · Acknowledgments*，New Haven and London：Yale University Press，1975.

④ 与宇文所安对"中世纪终结"的提法不加说明形成鲜明对照的是，他的同事包弼德在其专著《斯文：唐宋思想转型》第五页注明："本书对中世的界定主要采用内藤湖南等人的意见，指东汉到五代这一历史时期。"

尽管在时期的划分及对文本权威的怀疑上观点基本一致，宇文所安与内藤湖南对"中世纪"一词的使用却是完全不同意义上的。内藤湖南对中国中世的划分并非是西方理论的套用，他认为，"像中国文明这样的，才应该看作是标准的历史发展形态，欧洲与日本的发展模式倒是非标准的特殊形态。因此，内藤对中国历史上上古、中世、近世的划分，并不追求与欧洲、日本所用的上古、中世、近世的概念相一致的标准，从而避免了像当时有些学者那样陷入西方理论的教条，进行硬性套用的做法，而是坚持了从中国历史发展的内在依据出发的立场。由此，他发现，中国历史上存在过两次文化性、历史性的重大转变，即汉末、魏晋南北朝之际及唐宋之际。……以这两个过渡期为分水岭，就将中国历史分成了三个阶段"①。内藤的"中世"立足点在中国，而宇文所安显然是有意以西方为借镜，明确告诉读者他使用的是"一个欧洲的词语"，而且叙述的口吻也是从西方立场出发的，是"欧洲从中世纪进入文艺复兴时期，和中国从唐到宋的转型，其转化有很多相似之处，也存在深刻的差别"②，而非唐宋转型与欧洲文艺复兴时期相似。

关于对"近世"或者说"近代"一词的理解，内藤与宇文所安也是不完全相同的。我们现在所运用的"近代"一词，源于欧美语境中的"Modern"，"早期的英文意涵接近 cotemporary，其意为现在所存在的事物或此时此刻。古代与现代的传统对比，在文艺复兴之前就已确立；从 15 世纪以来，一个中间的或中世纪的时期开始被定义。从16 世纪末期以来，Modern 所具有的相对历史意涵变得普遍"③。在内藤所处在的时代，日语中用近世一词对应 Modern 所含有的这些意义，有时也用"近代"一语代替"近世"。而在当今的日本学术界，则似

---

① 钱婉约：《内藤湖南研究》，中华书局 2004 年版，第 116 页。

② ［美］宇文所安：《中国"中世纪"的终结——中唐文学文化论集·三联版前言》，陈引驰、陈磊译，生活·读书·新知三联书店 2006 年版，第 1 页。

③ ［英］雷蒙·威廉斯：《关键词：文化与社会的词汇》，刘建基译，生活·读书·新知三联书店 2005 年版，第 308 页。

乎把 Modern 又分为两个时期，前期是"近世"，后期是"近代"，而"近代"一词更对应于 Modern 的原本的意义。在中国学术界，也多用"近代"一词来对应 Modern 而几乎不用"近世"。内藤的近世（有时也用近代）正是借用了那个时代普遍使用的"近世"这一概念，但又不完全等同于欧美语境中的 Modern，或今天日语中的"近代"。他所指陈的"近世"的意义，是说宋代开始定型的政治、经济和社会组织的基本类型，以及当时所达到的文化、艺术生活的水准，在中国直到清代结束以前一直延续着。中国进入近代社会有两个标志：其一是平民发展的时代，中国在平民时代之前，是贵族时代、六朝到唐的贵族兴盛的时代，君主与平民都受到贵族的压制，没有应有的实际权力。到唐宋之际贵族衰颓，君主和平民才同时从贵族手上获得解放。其二是政治的重要性减退。从政只是保障生活、著述留名的手段。①

宇文所安既然在"中世纪"的本初意义上使用这一词汇，那么他所谓的"中世纪"的终结就意味着"现代"的开始。

宇文所安对内藤湖南学说不经意的立场转换将内藤湖南潜在的问题暴露无遗：

一是以文化为标准来进行时代划分的问题。内藤湖南学说内部存在的吊诡是，在历史分期上以"文化发展的波动大势"为划分标准；在论唐宋之际的变迁时，又以政治、经济、文化等各方面因素为标准作综合分析，甚至是以政治的变迁为基础。如宇都宫清吉所言，"内藤虎次郎首先替东洋史下定义，以为应是'中国文化发展的历史'，须加一条件，'中国文化'必须从最广的意义上去理解，这个中国文化，包含了作为文化基础的社会经济发展，也包含了文化在社会经济上所起的作用。不应忘记，这种文化是在统治阶级与被统治阶级长期共存又长期斗争的过程中产生的"②。宇都宫的理由很明确。西欧时代以民族、文化、地域为标准分期。古代是地中海世界的时代，主要的

---

① 钱婉约：《内藤湖南研究》，中华书局 2004 年版，第 107—109 页。
② ［日］宇都宫清吉：《东洋中世史的领域》，载刘俊文主编《日本学者研究中国史论著选译》，黄约瑟译，中华书局 1992 年版，第 125 页。

活动民族是希腊人和罗马人，属希腊罗马文化。中世主要限于西欧，主角民族是拉丁人和日耳曼人，是所谓罗马文化和日耳曼文化发展成熟的时代。中世文化最显著的特征是向神寻求人存在的基本原理。近世也就是所谓近代西欧世界形成的时代，是由理性本身的权威来统治的科学文明时代，活动的主角是近代欧洲各国人民。与西洋史不同，"东洋史并不因时代在文化、民族、地域上有本质的差别。从'广义的中国文化发展历史'来说，东洋史有一套系统，但它的文化本质并不因时代而变化，而是与时代同时变得更广更深"①。

文化标准的可商榷之处，也许正是内藤在确立文化发展的波动说之后实际操作上又以政治为主要因素谈论唐宋之际变迁的缘由吧。如果说内藤中国立场的自觉意识对问题有所规避的话，宇文所安的《中国"中世纪"的终结：中唐文学文化论集》纯然以文化标准为时代变化定性，实质是以西方模式对中国的套用，从而将中西文化异质问题摆上前台。

二是过渡期的问题。宇都宫指出，"过渡期的概念，本来是没有终结和发展的意思，只是'转移'"，但内藤使用这种概念，"与其说只有'转移'的想法，毋宁说是发展和终结的思想"②。"如果再参考内藤的《东洋文化史研究》和《中国近世史》，则更加容易明白。这第二过渡期本身并非独立，实际上是内藤所谓第二期即中世的延长。说内藤的中世在第二过渡期完结更为妥当。"③ 如此看来，内藤的中世的终结当在五代而非中唐，宇文所安将中世终结于中唐，无疑忽略了内藤过渡期对这一看法的保留，对内藤学说进行了发明和改造。

三是近世的问题。内藤所指陈的近世的意义，如宇都宫强调的，"与西洋历史中特有的近代世界发展的近世截然不同，而是指

---

① ［日］宇都宫清吉：《东洋中世史的领域》，载刘俊文主编《日本学者研究中国史论著选译》，黄约瑟译，中华书局1992年版，第123—124页。

② 同上书，第127页。

③ 同上书，第130—131页。

一种只见于东洋史上的近世。……二者的社会构造文化精神全然不同。我们将之作为近世——接近我们的时代——来理解，是因为我们不能不承认，东洋史的世界正是通过这个近世，在西洋的近代世界之中解体"①。如以西欧历史发展模式来套用中国历史的极端观点看，"中国无古代也无近代。欧洲历史以西罗马帝国的灭亡、文艺复兴、宗教改革、法国大革命等大事件，造成政治、社会、思想上的大变化而形成古代、中世、近世。中国没有这样的大事件，只有周而复始的王朝更替，政治大势、社会状态、人的思想没有特别的变化"②。姑且不论这种论说的欧洲中心主义偏执，单在否定中国宋代"近世"的西方意义上也是一贯的。何以宇文所安会无视这种差别，并把中世的终结即近世的时间表往前调至两个世纪之前的中唐？

宇文所安曾经很明智地立下如此论点：西方诗学的概念性词汇可以微妙而严重地歪曲中国诗学。③ 他认为，对中国文学的阅读在避开西方概念性词汇的情形下，便可以免除西方影响。不幸的，正如我们以及宇文所安自己都必定清楚明白的是，他的论述根本不可能摆脱西方概念性词汇的阴影。④ "现代"或"现代性"一词虽未直接进入《中国"中世纪"的终结：中唐文学文化论集》的文本视野，但文本却是在古今之争隐含的现代性框架中展开。宇文所安之所以放弃《初唐诗》、《盛唐诗》式的对文本的细密爬梳，而转入比较视野下的诗史建构，笔者推测，一是与作者个人境遇相关。宇文所安 1984 年起任哈

---

① ［日］宇都宫清吉：《东洋中世史的领域》，载刘俊文主编《日本学者研究中国史论著选译》，黄约瑟译，中华书局 1992 年版，第 132 页。

② ［日］小竹文夫：《支那史的时代区分——现代支那的意义》，《支那研究》第 44 号，昭和十二年。转引自钱婉约《内藤湖南研究》，中华书局 2004 年版，第 114 页。

③ Stephen Owen, "The Historicity of Understanding", *Tamkang Review*, vol. 14, (1983–1984), p. 436.

④ 朱耀伟：《后东方主义：中西文化批评论述策略》，台北骆驼出版社 1994 年版，第 181 页。

佛大学东亚语言与文明系及比较文学系教授，1989 年哈佛大学出版社出版的《迷楼：诗与欲望的迷宫》就是一部典型的比较诗学著作。二是可能与学界的理论趋向有关。他的前两部著作可以看做是 20 世纪四五十年代统治美国文坛的新批评方法的余波流响，而今现代性理论不论是大陆还是海外都是学界的热门。

基于中唐唐宋思想转型的特殊地位，把中唐文学放在一个文化的、思想史的视野中研究，无疑会给原有单纯文学领域内的研究带来新的活力。但问题是，"中世纪终结"这一比较视野的引入，不光是角度的改变而且是思维方式的转变，可能直接把中唐纳入西方语境下的现代性视阈。这对文化的时空异质性敏感、尊重中国古代诗歌特殊经验的宇文所安来说，可能是始料不及的。

诚如华盛顿大学约瑟夫·R. 阿伦（Joseph R. Allen）所言，欧文教授有关中唐文学问题提供的例子、阅读和争论很多，难以归类总结，但他几乎将所有讨论建立在一个可称之为"古"（old）与"今"（modern）的对立模式，或至少是互补模式之上。①《中国"中世纪"的终结：中唐文学文化论集》的书写正是在传统与特性、整体与碎片、公众价值与个人化诠释、严肃原则与琐细事物、有机诗学与技巧诗学、道德价值与浪漫文化这种古今二元对立结构中展开。"这些文章虽提供不同文学篇章的解读，但不为作者意图或细读或读者反应，而毋宁说是文本后面的基本文化驱动——这不是既定的历史记载或欧文听到的韩愈的声音，而是完全的后中世纪意识形态（post-Medieval ideology）。"②

三 主体性的觉醒

这种后中世纪意识形态以下面两段比较为标志：

---

① Joseph R. Allen，Reviewed Work（s）：*The End of The Chinese "Middle Ages"*：*Essays in Mid-Tang Culture* by Stephen Owen，*Chinese Literature*：*Essays*，*Articales*，*Reviews*（*CLEAR*），Vol. 19（Dec.，1997），p. 139.

② Ibid.，p. 142.

一处在《导论》:

> 中唐文学所显示的深刻变化和韩愈对历史延续性的重大扬弃同时发生:韩愈声称他自己和他那个时代是华夏文化的转折点,跨越上千年直接赓续自孟子以降便已废弛的儒学传统。(笔者注:下段为脚注说明)显然,与之遥相呼应的是欧洲史上的宗教改革运动,改革者声称跨越了千年相延的天主教传统,重拾并赓续早期教会的"真正的"基督教。①

宇文所安以西方的宗教改革同古文运动作了比附,亦是为中国中世纪终结提供论据。这种比附在《诠释》一章中更为直接和明显,并将与中唐相对应的西方历史时期由宗教改革拉长至十七、十八世纪:

> 我们可以将它(中唐,笔者注)与欧洲思想史上相对应的时期作一番比较:在文艺复兴及新教改革时期,教会和亚里士多德学派的传统文本权威受到了挑战;在这样的情形中,对传统文本权威的抨击是以对新权威的确认为后盾的,而新的权威来自于实际观察、理性、不通过教会而直接诉诸人心的上帝,等等。但是,尽管这些都构成了对传统文本权威的挑战,它们却都不是真正的"个人化"诠释。从机智而充满奇想的十七世纪,到某一种诠释成为必须在注解里面加以承认的个人资产的现代世界——只有在这期间,"个人化诠释"才作为一种观念在西方生根。②

上文中"某一种诠释成为必须在注解里面加以承认的个人资产"

---

① [美]宇文所安:《中国"中世纪"的终结:中唐文学文化论集》,陈引驰、陈磊译,生活·读书·新知三联书店2006年版,第8页。

② 同上书,第48页。

应是指 1789 年的《人权宣言》① 及 1804 年《拿破仑法典》② 对财产私有的保障无疑。宇文所安所谓个人化诠释观念的历史形成过程，哲学层面上即主体性原则的确立过程。我们不妨将之与哈贝马斯对此的描述相互映照。"贯彻主体性原则的主要历史事件是宗教改革、启蒙运动和法国大革命。自马丁·路德开始，宗教信仰变成了一种反思；在孤独的主体性中，神的世界成了由我们所设定的东西。新教反对信仰福音和传统的权威，坚持认知主体的宰制：'圣饼'不过是面粉所做，'圣骸'只是死人的骨头。因而，《人权宣言》和《拿破仑法典》反对把历史上的法作为国家的实体性的基础，从而实现了意志自由的原则。"③ 由此可见宇文所安所谓的中西比较基于现代性视阈展开，"个人化诠释"正是主体性的另一种言说。

哈贝马斯认为是"黑格尔发现，主体性乃是现代的原则"，黑格尔用"自由"和"反思"来解释"主体性"："事实上，我们时代的伟大之处就在于自由地承认，精神财富从本质上讲是自在的。"哈贝马斯还认为主体性包括四种内涵：个体主义、批判的权利、行为自由、唯心主义哲学。④《中国"中世纪"的终结：中唐文学文化论集》一书中反复出现的"反思"、"个体"等关键词正表明这种主体性理论参照。以下按照书中章节顺序排列"反思"和"个体"的应用句段，对

① 1789 年 8 月 26 日，法国国民议会通过《人权和公民权利宣言》（《人权宣言》）。该宣言后来被用作 1791 年宪法的前言。《人权宣言》共十七条，第十七条规定："财产是神圣不可侵犯的权利"。《人权宣言》明确宣称自由、平等、财产和安全是天赋的神圣不可侵犯的人权。

② 《拿破仑法典》又称为《法国民法典》，它是资产阶级国家最早的一部民法典，也是 1789 年法国资产阶级大革命的产物，于 1804 年公布施行。经过多次修订，现仍在法国施行。它最初定名为《法国民法典》，1807 年改称为《拿破仑法典》，1816 年又改称为《民法典》，1852 年再度改称为《拿破仑法典》，但从 1870 年以后，在习惯上一直沿用《法国民法典》之名。这部法典可以用三项原则予以概括：自由和平等原则、所有权原则、契约自治原则。

③ ［德］哈贝马斯：《现代性的哲学话语》，曹卫东等译，译林出版社 2004 年版，第 21 页。

④ 同上书，第 19 页。

此加以说明。

白居易追念幼女金銮子的两首诗按照规范写法，应该顺着事件发生的顺序，叙说与金銮子乳母的相逢，接着才转向对自己失落感的反省。这便是所谓的"感——应"，被普遍视为诗歌创作的基础。白居易却作了不同的处理。他给诠释的欲望本身设立一个框架，把它作为反思的对象。（《诠释》）①

私人空间作为一个映照和反思的空间，有可能改变外在的世界，我们或许应该考虑一下私人空间如何包容涵括并重塑社会责任。（《机智与私人生活》）②

对李贺来说，诗歌总得经历两个阶段，这两个阶段具体表现为两个锦囊：第一个是为预期中的意外收获预备的，第二个则是为了回过头来运用具有反思性的技巧将意外收获加工成一首诗。（《九世纪初期诗歌与写作之观念》）③

在中唐之前，有限的几套不同样式的类型范畴便足以描述作家的个体身份。作家是通过某一文体表现出来的一种个性类型，个体的差异只显现在经验的特殊性上。④（《特性与独占》）

在中唐，以及在中唐对所谓盛唐的解读中，我们发现了一种既新鲜又熟悉的个体意识，它和现实中与话语层次上的获取与占有紧密相关。⑤（《特性与独占》）

对于整体化秩序的明白确认是对沉湎于个体局部的补偿，但也可以说，对于个体局部的迷恋是对渐趋明确的整体性话语的反动。然而，我们确实知道，对立面的双方相对于早先在八世纪占主导地位的中世纪秩序来说，都是非常陌生的。（《自然景观的解

---

① ［美］宇文所安：《中国"中世纪"的终结：中唐文学文化论集》，陈引驰、陈磊译，生活·读书·新知三联书店2006年版，第65页。

② 同上书，第83页。

③ 同上书，第92页。

④ 同上书，第15页。

⑤ 同上书，第28—29页。

读》）①

　　盛唐诗歌的诗联，以其根植于宇宙法则的修辞基础，似乎强
化了自然秩序。然而中唐及晚唐诗人却倾向于寻求和构筑"奇"，
精致的、不能再缩减的个体局部，基于机智或神秘之上的类比。
（《自然景观的解读》）②

　　在《诠释》一章中，对所列几种诠释文本解读后，宇文所安明确
指出，"诠释行为的种种变型标志着人们对主体意识的自觉（discover-
y of subjectivity）"③。对主体性（subjectivity）一词的直接使用使其现
代性理论视阈尤为显豁。

　　不同于西方以理性为新的权威来实现脱魅，中唐并没有出现新的权
威，并不诉诸理性或者个人的学习与思考（这些在宋代变得非常重要）。
"明显十分个人化的诠释曾在中唐出现过一时，且其出现的方式也很奇
特：这样的诠释带着权威的口吻，却并没有任何权威的依据。……也就
是说，中唐作家的口气，常常带有权威性诠释的不假反省的自信，然而
却没有约定俗成的传统公理作为依据来支撑自己的立场。"④　如果说西
方的启蒙带来浪漫主义的自由与实证主义的科学两个世界的分裂，中唐
主体性的觉醒则倾向于主体性在审美领域表现的浪漫主义。

　　宇文所安具体分析了三个层面以描画个人化诠释表现出的浪漫倾
向。第一个层面是从自然的类比走向意志的类比。对《天说》中韩愈
将人类比作自然造化的蛆虫（物坏，虫由生之；元气阴阳之坏，人由
生之），宇文所安首先区分了两种论述，即类型呼应（categorical cor-
respondences）基础上的论述与类比（analogy）基础上的论述。前者
属于中古的"约定俗成的类比"，因此"在根本上显得很'自然'，同

---

　　①　［美］宇文所安：《中国"中世纪"的终结：中唐文学文化论集》，陈引
驰、陈磊译，生活·读书·新知三联书店 2006 年版，第 40 页。
　　②　同上。
　　③　同上书，第 66 页。
　　④　同上书，第 48 页。

类事物享有相似特质"；后者运用类型呼应形式，内容却出人意料。①
我们可以将此与他在《传统中国诗歌与诗学：世界的征兆》中对
"类"的界定相比较。

> 自然宇宙——历史性的王国是它的制度反映——是一个过程、
> 事物和关系的系统。在系统之间，相互关系由一个原则制定，可称
> 为类比，如果类比不假定一些基本区别。在汉语中最贴切的词是
> "类"，"自然的类"：它们的交互作用不是一种类比的意志行为，而
> 不如说是自行发生的，因为它们的基本属性本质上属于同一类。②

由此发现，类比基础上的论述修辞上更接近西方意义上的类比的
意志行为，而不再属于类型呼应基础上的自然的类比。换言之，后一
种类比是固定的类型化的，基于宇宙法则的类比；前一种徒具类比的
修辞形式却不属于中国传统诗歌中的类比，如此违背对天道的传统阐
述而更具妄想气息和更多的个人想象色彩。在孟郊的诗中，两种类比
的变化尤为凸显。

孟郊失子后的反应被宇文所安形容为"诗化的疯狂"，韩愈的说
理在它面前黯然失色。这首诗一开始描写春霜杀死杏蕾，以此比喻幼
子夭折，但很快就失去对类比的控制。

请看《杏殇》第一首和第四首：

> 冻手莫弄珠，弄珠珠易飞。
> 惊霜莫翦春，翦春无光辉。
> 零落小花乳，斓斑昔婴衣。
> 拾之不盈把，日暮空悲归。

---

① ［美］宇文所安：《中国"中世纪"的终结：中唐文学文化论集》，陈引
驰、陈磊译，生活·读书·新知三联书店 2006 年版，第 55 页。

② Stephen Owen, *Traditional Chinese Poetry and Poetics：Omen of the World*,
Madison：University of Wisconsin Press，1985，p. 18.

儿生月不明，儿死月始光。

儿月两相夺，儿命果不长。

如何此英英，亦为吊苍苍。

甘为堕地尘，不为末世芳。

如果说杏花及月相与殇婴的类比还属于固定的类型化的，因而显得自然；到了第四首第二联，"儿月两相夺，儿命果不长"时，"一个纯文学比喻变成了一个更深层次上的类比，转而又变成了移情感应；当移情感应占据主导地位时，便出现了因果关系和道德责任的问题"①。这段话隐含了李约瑟的中国"协调的思想"（coordinative thinking）或"联想的思维"（associative thinking）与西方传统的"从属的思维"（subordinative thinking）的对比。所谓的"一个纯文学比喻"即杏花及月相与殇婴的"类型呼应"，可以说是第一种中国"协调的思想"，即"感应"（induction），事物之间不以从属的因果关系相联系："它们是有赖于整个世界有机体而存在的一部分。它们相互反应倒不是由于机械的推动或作用，而毋宁说是由于一种神秘的共鸣。"②所谓"更深层次上的类比"、"移情感应占据主导地位"，其所指即西方传统的"从属的思维"，这时问题就变得复杂起来。孟郊建立起"反向的呼应关系"：月的光盈夺去了儿的性命。这一种类比徒具类比形式，如没有反讽性作为保护性的间距，极易成为"狂人的语言"。③

第二个层面是情与理的对抗。主体性先前或多或少与意识形态融为一体，在内心生活和对外界规则的理解之间并没有实质性的隔阂。白居易诗《念金銮子》道：

---

① ［美］宇文所安：《中国"中世纪"的终结：中唐文学文化论集》，陈引驰、陈磊译，生活·读书·新知三联书店2006年版，第60页。

② ［英］李约瑟：《中国科学技术史第二卷：科学思想史》，何兆武等译，科学出版社1990年版，第305页。

③ ［美］宇文所安：《中国"中世纪"的终结：中唐文学文化论集》，陈引驰、陈磊译，生活·读书·新知三联书店2006年版，第61页。

　　　衰病四十身，娇痴三岁女。非男犹胜无，慰情时一抚。
　　　一朝舍我去，魂影无处所。况念夭化时，呕哑初学语。
　　　始知骨肉爱，乃是忧悲聚。唯思未有前，以理遣伤苦。
　　　忘怀日已久，三度移寒暑。今日一伤心，因逢旧乳母。

　　主体丧女之痛通过"以理遣伤苦"而"忘怀日已久"，三年后，今日的伤心乃是因与旧乳母相逢，感情再度引发。"对这些感情来说，仅仅识'理'（理性原则或自然法则）是不够的。这种做法开始了情和理之间的对立，这种对立在后来的历史时期将会变得更加显著。这种'理'观包含了理性的极限，且将诠释行为视为有感而发，为'主体'在公众论断之外开辟了一个空间。"①

　　最后得出的结论是，"在这个中唐的新世界，主体性被安置在它所提出的解释、它所做出的诠释的'后面'"②。表现为第三个层面：固定诠释与倔强主体性的相持。

　　这三个层面与浪漫主义美学对新古典主义在"理性与想象"、"知识与情感"、"规则与天才"三方面的冲击③某种程度上的暗合，至少说明作者的描述是以西方浪漫主义为对话背景。这一思路在后续的章节中得到进一步彰显。《机智与私人生活》一章探讨"私人天地"，"对于壶中天地和小型私家空间的迷恋而做机智戏谑的诠释，成了在宋代定型的以闲暇为特征的私人文化复合体的基础。这种'私人文化'非但不属于国家政体对个人的要求，也和家庭对个人的现实主义要求背道而驰"④。最后两章"探讨八世纪晚期成型的新的浪漫文化，题名为《浪漫传奇》的文章以《机智与私人生活》中提出的问题为前

---

　　① ［美］宇文所安：《中国"中世纪"的终结：中唐文学文化论集》，陈引驰、陈磊译，生活·读书·新知三联书店 2006 年版，第 66 页。
　　② 同上。
　　③ 参见卡西尔《启蒙哲学》，顾伟铭译，山东人民出版社 1988 年版，第 270 页。
　　④ ［美］宇文所安：《中国"中世纪"的终结：中唐文学文化论集》，陈引驰、陈磊译，生活·读书·新知三联书店 2006 年版，第 6 页。

提……作为一个例证，显示了私性价值观是如何试图为这份体验开辟一个空间，使得它免受外界社会的强制"①。这无疑说明私人文化与浪漫文化不过是一个硬币的两面。这是继中唐"中世纪终结"之后又将中唐与中古作了浪漫的与古典的对照。

　　如果说将中唐从自然、天道、人伦多重视角对传统价值进行反省与批判视为儒学本身的突破为唐宋思想转型立论可以成立的话，宇文氏通过将中唐与欧洲思想史的比较将这种对文本权威的怀疑导向主体性时，问题就出来了。

　　首先，以文化标准为时代划分，如前所述须注意中西异质的问题。宇文氏比较视野的引入是极为冒险的。姑且不谈古文运动的保守倾向与宗教改革、启蒙运动、法国大革命的激进实质的不同，就古代文明发展过程中的"突破"②而言，中国的"突破"表现得最不激烈。而儒家的突破，如余英时所说，在诸家的突破中"自然是最温和平正的一支"③。儒家的突破，无论如何强调，也不能改变古代史官文化或礼乐文化的基本性质。庄、玄、禅这些非主流文化对儒这一主流文化及其所代表的礼乐文化传统的突破，相比儒家的突破有过之而无不及。

　　观察美学的历史，与伦理学的历史正好相反，唱主角的始终是非主流文化。引导审美心理的变迁，引导艺术思潮的兴盛，是庄、玄和禅，而不是儒。如张节末所言，在中国美学史上，至少有两次意义巨大的突破：第一次发生在先秦，由庄子完成；第二次延续时间要长一些，历经魏晋至唐宋。第二次突破分为两波，第一波为玄学美学，由

---

　　①　［美］宇文所安：《中国"中世纪"的终结：中唐文学文化论集》，陈引驰、陈磊译，生活·读书·新知三联书店2006年版，第5页。

　　②　此处"突破"的概念，指某一民族在文化发展到一定的阶段时对自身在宇宙中的位置与历史上的处境发生的一种系统性、超越性和批判性的反省；通过反省，思想的形态确立了，旧传统也改变了，整个文化终于进入了一个崭新的、更高的境地。参见余英时《士与中国文化》，上海人民出版社1987年版，第91页。

　　③　余英时：《士与中国文化》，上海人民出版社1987年版，第96页。

魏晋开始；第二波为禅宗美学，由唐开始。^① 其中，以魏晋嵇阮对汉末儒学的冲击为著。嵇康的《难自然好学论》有言：

> 若以明堂为丙舍，以讽诵为鬼语，以六艺为芜秽，以仁义为臭腐，睹文籍则目瞧，修揖让则变伛，袭章服则转筋，谭礼典则齿龋，于是兼而弃之，与万物为更始，则吾子虽好学不倦，犹将阙焉，则向之不学，未必为长夜；六经未必为太阳也。^②

嵇康不仅攻击儒家礼法，亦攻击儒家经典。阮籍《大人先生传》则将倡导礼法的君子比作裤裆中的虱子，集中攻击礼法之士。

> 且汝独不见乎虱之处乎裤中，逃乎深缝、匿夫坏絮，自以为吉宅也。行不敢离缝际，动不敢出裤裆，自以为得绳墨也。然炎丘火流，焦邑灭都，群虱处于裤中而不能出。汝君子之处区内，亦何异夫虱之处裤中乎？^③

诚如张节末所言，魏晋时期，儒家教化美学走到了穷途末路，经历着第二度礼坏乐崩之局面……庄子传统被重新发现并发扬光大。那一波突破，纯粹之审美经验普及到了几乎所有的知识分子，造就了当时通脱的时代精神、逍遥的文化氛围和审美的自由人格。^④ 基于此，单纯从文本权威怀疑说明主体性觉醒，这一过程在魏晋时期比中唐似更有说服力。对此反驳，宇文氏早有警惕，如前文所述，他为自己的辩护是，中唐之前对权威的怀疑往往放在"一个可以追溯到东汉的传

---

① 张节末：《禅宗美学》，浙江人民出版社 1999 年版，第 3 页。
② 崔富章注译：《新译嵇中散集》卷七，三民书局 1998 年版，第 352 页。
③ 陈伯君校注：《阮籍集校注》，中华书局 1987 年版，第 165—166 页。
④ 张节末：《禅宗美学》，浙江人民出版社 1999 年版，第 14 页。

统中进行理解"①，而且三世纪至四世纪的名士狂人虽然也显示出对社会规范的反动，然而"他们自己却未能建立起个性化人格的系统。到了中唐时代，先前的任诞已经成为固定下来的风格类型"。"中唐的不同之处在于，在一个特定的时期，众多文人士大夫共同分享同一种价值观"。② 由此可见，宇文氏主要以文学传统，准确地说是儒家文学传统的变化给中唐定性，而非对整个时代、社会的概括。

其次，如前所述，中唐与西方意义上的现代社会在社会构造、文化精神上相差甚远。中唐，尤其是宋以来的历史发展确实与以前有明显不同，但用现代性产生说明尚需斟酌。"现代性"是一个学术名词，也可以说是一个理论上的概念，在历史上并没有这个名词。据李欧梵说，中文"现代性"这个词是近些年才造出来的，甚至可能是1985年杰姆逊教授来北京大学做关于后现代性的演讲时，连带把现代性的概念一并介绍过来的。③ 现代性是西方社会的舶来品，作为实体概念，现代性基于西方社会特殊的历史背景和文化传统，并不一定契合中国的历史文化。即便如此，作为方法论工具，"现代性"可以说明和解释其在中国的发轫与发展。对于中国现代性产生于何时的问题，国内学界一般把它划在晚清至五四运动时段，以五四运动作为中国现代社会的开端。诚如李欧梵所言，中国的现代性，是从20世纪初期开始的，是一种知识性的理论附加于在其影响之下产生的对于民族国家的想象，然后变成都市文化和对于现代生活的想象，这种现代性的建构并未完成。④

宇文氏的吊诡是，虽将中唐与西方现代性产生相比附，行文上却以中唐为中世纪作结，终结的边界模糊使论说有一定的伸缩空间。在

---

① ［美］宇文所安：《中国"中世纪"的终结——中唐文学文化论集·三联版前言》，陈引驰、陈磊译，生活·读书·新知三联书店2006年版，第2页。

② ［美］宇文所安：《中国"中世纪"的终结：中唐文学文化论集》，陈引驰、陈磊译，生活·读书·新知三联书店2006年版，第15页。

③ 李欧梵：《中国现代文学与现代性十讲》，复旦大学出版社2002年版，第2页。

④ 同上书，第88页。

《中国"中世纪"的终结：中唐文学文化论集》三联版前言中，他指出中唐将"以往通过重复建立权威的文化"代之以"发问建立权威的文化"之后，亦说明11世纪后期商业印刷的发展是"定义中国'中世纪'终结以及衡量中国文学文化之重大转折的另一种方式。这一变化也是在中唐初见端倪"①。可见文学文化才是宇文氏现代性的着力处，这从书名的副标题："中唐文学文化论集"上，亦已清楚不过。这也是中唐主体性觉醒局限于文学传统上的古今之争的原因所在吧。总而言之，他的用意并不在严肃的历史分期，而在于一种潜含的现代性理论框架。凭借这种理论框架，立足文学文化的转型，他力图提举出一种断古今百代的时代精神。

这一理论框架在宇文氏十多年前（笔者注：相较于《中国"中世纪"的终结：中唐文学文化论集》的出版时间而言）出版的《初唐诗》、《盛唐诗》中并不明显，然而三部书的内在理路却是一脉相承、衔接紧凑的。宇文氏对整个唐代诗歌史是有通盘考虑的，在《盛唐诗》中有多处关于中唐的论断。盛中古今之争观念的形成在《盛唐诗》已初见端倪。在论述皎然诗风的广泛时，宇文氏认为"最重要的是他完整地运用了时代风格，体现出中唐的特征，与盛唐根据题材特性而改变风格的倾向不同"②。并提出是皎然第一位对诗歌传统作了完整的文学史观照："诗歌既不是无时间限制的技巧，也不是单一的'古代'的风格，用来倡导所有诗人；甚至不是用尽各种可能性的一组惯例，让'新'诗人得以从中发展特色。相反，文学传统成为各种个人声音和时代风格的巨大集合体，每一种都有自己的个性、特质及联系。这些特色能够为诗人选择运用，并不妨碍独创，但从整体上说，他们是诗歌的材料和语言。……这种在时代风格和个性诗人之间

---

① ［美］宇文所安：《中国"中世纪"的终结——中唐文学文化论集·三联版前言》，陈引驰、陈磊译，生活·读书·新知三联书店2006年版，第3页。

② ［美］宇文所安：《盛唐诗》，贾晋华译，生活·读书·新知三联书店2004年版，第326页。

自由移动的能力，后来成为中国后期诗歌最重要的特征之一。"①

　　这种对文学传统的新感觉"预示了中国传统诗歌未来的全部发展"。"诗人不再面对当代风格和单一的'古代'风格的选择，这种简单的选择植根于'古'与'今'的复古对立，以及忽视'古'和'今'的真实变化的对立。复古文学史基于正随着时间而被忘却的单一标准，不承认变化多样的标准。与西方文学批评史一样，将文学史看成是变化的而不是衰颓的观念，意味着标准的相对性。"② 这里宇文氏从皎然变化的文学史价值观引申开去，直接沿用西方文学史上的"古今之争"概括盛中之变，尽管他承认"许多中唐诗人重新肯定复古模式，但皎然的自觉和广泛性仍成为中唐诗的主要特征之一"③。

　　总之，中唐诗歌的时代风格早已贴上了个性标签，与盛唐多少守旧的风格相对。在《中国"中世纪"的终结：中唐文学文化论集》的写作中，宇文氏却并没有从中唐诗人的特异性正面切入，而是选取了对文本权威的怀疑即对他人共同价值的排拒，即特性所表现的否定性入手，并将特性与独占话语相连，加进了经济文化层面的分析。这或多或少与前述现代性及文学文化的立场相关。

　　《特性与独占》是全书的总纲，标举出中唐两个重要的嬗变：一是意识到个人身份，特别是真的身份，必须具有与众不同的特性。这样的特性，常常表现为否定性的，也即排拒他人或为他人所排拒。诗中常以"莫道"、"谁谓"、"徒言"等词引入一个平庸的、常规的以及常常在道德上是可疑的"他者"的存在。④ 二是特性的问题与中唐时代的独占话语紧密相关。拥有权问题在中唐以前的文学中很罕见，这说明这一问题在中唐的出现触及了这一时代的核心关怀。占有的概念，也即某物"属于"某人的说法，对于独特身份这一新观念是至关重要的。某物为某人

---

　　① ［美］宇文所安：《盛唐诗》，贾晋华译，生活·读书·新知三联书店 2004
年版，第 193 页。

　　② 同上书，第 326 页。

　　③ 同上。

　　④ ［美］宇文所安：《中国"中世纪"的终结：中唐文学文化论集》，陈引驰、
陈磊译，生活·读书·新知三联书店 2006 年版，第 14 页。

"自己"所有，正是因为对他人的排斥，最重要的，是对传统规范、对所谓共同价值的排斥。① 宇文氏认为所有权既是经济现象，也是文化和话语现象，可分为法权占有和诗性占有两种。并认为只有通过文本才能实现对一个地方的永久占有。② 下面两章《自然景观的解读》与《诠释》阐述了中唐主观的诠释行为，也是为中世纪终结立论的重要章节，可以看做特性所表现的对固定诠释的否定性特征。这种个人化诠释归主体所有。《机智与私人生活》仍然延续了前几章的思路，只不过个人化诠释在这一章里相比前面（天道、死亡、毁灭）相对轻松。宇文氏应用经济学的隐喻"溢余"类比这种个人化诠释，"诗意地赋予某物价值，与某物通常所具有的较低价值之间，存在差别，这就造成了'溢余'，这一溢余是'机智的'。……添加上去的价值溢余，属于诗人。这是一种确认所有权、标志某物为己有的方式"③。《九世纪初期诗歌与写作之观念》没有继续沿用"溢余"的经济学隐喻，但是将意外收获加工成一首诗，这增加的价值同样有似于溢余价值。"作为意外收获，诗歌的境界成为诗人的拥有物，它们标识着诗人眼光的独特。"④ 最后两章关涉中唐传奇，与本书主题无涉，故不再论及。下面将集中讨论体现中唐诗歌与诗学内容的第四章《机智与私人生活》与第五章《九世纪初期诗歌与写作之观念》。

第二节　园林诗

一　园林诗解读

宇文所安提出，"中唐是中国上层社会文化中一个非常重要的时

---

① ［美］宇文所安：《中国"中世纪"的终结：中唐文学文化论集》，陈引驰、陈磊译，生活·读书·新知三联书店 2006 年版，第 21 页。

② 同上书，第 25 页。

③ 同上书，第 69 页。

④ 同上书，第 88 页。

刻。它标志了一种转变，从中古的隐逸主题——对于私人性，它纯粹从拒斥公共性的负面加以界定——转向私人天地的创造——私人天地包孕在私人空间里，而私人空间既存在于公共世界之中，又自我封闭、不受公共世界的干扰影响"①。通过对私人天地的二重建构，物质意义上和观念意义上的划界，小园代替山野风景成为自由的天地。私人天地的小中映大，既是大世界的微观反映，又通过偏向小的价值造成诠释的溢余。于是，原来的诗与经验的兴感模式（或者说激发与回应模式）为交互模式所取代。

（一）两重建构

宇文所安认为，中古时期在"官"和"隐"两个世界之间没有清晰的界限，只有"此处"与"彼处"之别。诗歌只允许入世与隐遁这两者之一，它忽略了那片广大的中间地带。② 无论"官"还是"隐"都属常规价值，为政治秩序容许。"一切严肃或重要的东西，都已经进入了由小见大的中国宇宙哲学，被包含到国家利益和社会道德秩序里面。正如《大学》告诉我们的'修身'将导向'齐家、治国、平天下'。这样吞噬一切的极权性总体结构，必须有一点保留，给个人留下一处没有完全被社会和政治整体所吞没的行为与体验场所。"③ 宇文所安认为，这个空间首先就是园林。中唐的园林不再是传统意义上的园林，它与"私人天地"紧密相连。它们属于独立于社会天地的主体。

要创造一个私人空间，构筑边界具有特殊重要性。宇文所安袭用了他在《初唐诗》、《盛唐诗》中地域划分的一贯手法，对中唐的经验进行了空间划界。在中古隐士世界中，政治中心是所谓的"内"，而荒野是所谓的"外"。白居易的《新栽竹》：

---

① ［美］宇文所安：《中国"中世纪"的终结：中唐文学文化论集》，陈引驰、陈磊译，生活·读书·新知三联书店 2006 年版，第 70 页。

② Stephen Owen, *Traditional Chinese Poetry and Poetics*: *Omen of the World*, Madison: University of Wisconsin Press, 1985, p. 30.

③ ［美］宇文所安：《中国"中世纪"的终结：中唐文学文化论集》，陈引驰、陈磊译，生活·读书·新知三联书店 2006 年版，第 72 页。

佐邑意不适，闭门秋草生。

何以娱野性，种竹百余茎。

见此阶上色，忆得山中情。

有时公事暇，尽日绕栏行。

勿言根未固，勿言阴未成。

已觉庭宇内，稍稍有余清。

最爱近窗卧，秋风枝有声。

经验发生了逆转：花园成为"内"，而公职领域乃是"外"（佐邑意不适，闭门秋草生）。① 在众目睽睽的《山中独吟》中，山野成了园林，实现了中古地域划分的内外倒置。园林才有可能从公众与政治意味中摆脱出来成为私性价值观的话语。这是第一重必要的、空间意义上的划界。

人各有一癖，我癖在章句。

万缘皆以销，此病独未去。

每逢美风景，或对好亲故。

高声咏一篇，恍若与神遇。

自为江上客，半在山中住。

有时新诗成，独上东岩路。

身倚白石崖，手攀青桂树。

狂吟惊林壑，猿鸟皆窥觑。

恐为时所嗤，故就无人处。

宇文所安认为，中唐园林封闭的空间"与镜框或者艺术作品构成文化性类同"，这样一种清晰的边界正是"审美"的距离。这一

① ［美］宇文所安：《中国"中世纪"的终结：中唐文学文化论集》，陈引驰、陈磊译，生活·读书·新知三联书店 2006 年版，第 81 页。

边界的划出使私人天地/艺术天地得以属于它的建造者，可以作为私人拥有物向人展示。与镜框或者艺术作品的不同之处在于，西方艺术作品的展示是"通过雕像的基座、画框或者舞台的边际得以实现。艺术作品可以在广大现实世界被悬挂、摆放于基座之上或者搬演，但用不着完全成为广大现实世界的一部分"。中国自 9 世纪开始发展的在封闭的家庭空间筹划安排的审美经验传统，是将"广大现实世界的种种诱惑和斗争以较小的规模加以重现，被带入审美活动的复杂文化传统"。微型的园林依然与现实世界相关，体现的仍然是以小见大的宇宙哲学。"诗歌在其中扮演评说的角色，它是必要的诠释，赋予审美活动以价值和意义。"① 这正是第二重必要的、观念意义上的构筑。

　　私人空间虽是一个封闭的空间但并不存在绝对所有权：只要皇帝高兴，他随时可以没收韩愈、白居易的土地和池塘，只是，他无法占用他们对那些池塘的诠解。② 私人空间既存在于公共世界之中，又自我封闭不受公共世界的干扰影响。一方面是"以小见大"对广大世界的严肃反思；另一方面是赋予"小"以溢余的价值游戏。这两者的争锋构成了私人空间在个人与社会整体之间的张力。宇文所安认为，私人空间的建构同时造成了敏锐的自觉，诗人意识到细小的生活情节如何内含于宏大的社会问题之中。白居易在表现家庭生活乐趣的同时也表达了对所食用的大米来自农人劳作的惭愧。对个人与社会整体之间关系的充分觉悟，只有发展出脱离了社会整体的个人意志之时，才能实现。③

（二）"小中映大"的机智与反讽

　　"小中映大"的中古宇宙哲学形象地反映在小池诗中。"微型池塘

---

　　① ［美］宇文所安：《中国"中世纪"的终结：中唐文学文化论集》，陈引驰、陈磊译，生活·读书·新知三联书店 2006 年版，第 80 页。

　　② 同上书，第 71 页。

　　③ 同上书，第 72 页。

看来似乎是九世纪初期的一种时尚"①，白居易和韩愈都有一组以此为题的非常有名的诗。小者作为大者缩影乃是中世纪的观念，"在杜甫和中唐诗人那里作为一种诗歌修辞手段保留了下来，但这常常是展开反讽的基础"②。

同关注园林一样，关注小池私人空间首先得把小世界从大世界中划分出来。由小见大的中国宇宙哲学，小者是大者的微观缩影，如果你想重整帝国，你就得从你自己或你的家庭开始。宇文所安认为，"在杜甫的作品中，私人天地首次赢得了重要性"③。以《水槛》为例：

> 苍江多风飙，云雨昼夜飞。
> 茅轩驾巨浪，焉得不低垂。
> 游子久在外，门户无人持。
> 高岸尚为谷，何伤浮柱欹。
> 扶颠有劝诚，恐贻识者嗤。
> 既殊大厦倾，可以一木支。
> 临川视万里，何必栏槛为。
> 人生感故物，慷慨有余悲。

这首诗打破了宇宙论：它唤起了对"大"与"小"之间差异的关注。"杜甫另划分出一个对小世界的关怀，它不能完全被解释为大世界的缩影。事实上，这是一个私人空间，无法让人信服地将它与国家、宇宙的整体结构调和在一起。"④

在小与大的关系中，杜甫对自己不自然的诠释（既殊大厦倾，可以一木支）试图以更自然的诠释加以弥补（人生感故物，慷慨有余

① ［美］宇文所安：《中国"中世纪"的终结：中唐文学文化论集》，陈引驰、陈磊译，生活·读书·新知三联书店 2006 年版，第 78 页。

② 同上书，第 76 页。

③ 同上书，第 72 页。

④ 同上书，第 76 页。

悲）。中唐诗人与杜甫不一样，他们公开偏向"小"，偏向私人视角，[1] 最常见的策略是对常识观察的拒斥（勿言），有意将关注限定在"小"的方面。

白居易《官舍内新凿小池》

帘下开小池，盈盈水方积。

中底铺白沙，四隅甃青石。

勿言不深广，但取幽人适。

泛滟微雨朝，泓澄明月夕。

岂无大江水，波浪连天白。

未如床席前，方丈深盈尺。

清浅可狎弄，昏烦聊漱涤。

最爱晓暝时，一片秋天碧。

"小池不仅是诗人实在的建构物，它的乐趣也是诗人想象建构的产物。"[2] 私人空间成为展现私人视角的场所，在这里，私人视角表现为富有想象力的游戏（岂无大江水，波浪连天白）。

在大小世界的对比关系中，诗人最后从大世界转向小世界。大世界在小世界中得到映照，而不是相反（最爱晓暝时，一片秋天碧）。[3] 以小见大的观念仍然保留了下来，不过却是反其意用之，对中古"小中映大"的传统观念充满了戏谑与反讽。通过对文本权威善意戏谑和机智反讽，得到的溢余的价值，这种添加上去的价值溢余，属于诗人。

（三）经验的筹划与自我的展示

溢余的诠释对经典的反讽的目的不是为了展示园林而是为了展示

---

① ［美］宇文所安：《中国"中世纪"的终结：中唐文学文化论集》，陈引驰、陈磊译，生活·读书·新知三联书店 2006 年版，第 77 页。

② 同上书，第 78 页。

③ 同上。

诗人自我。宇文所安发现，在园林诗中，诗与经验"形成了一种新的——常常是清晰表达出来的——交互关系"，不同于经验在先诗在后、兴与感（或者激发与回应）的传统诗学。"为了作诗，而在有限的私家空间部署调度事物；而写作诗歌，则是为了预先安排好的对这些事物的戏剧化体验。"① 这种戏剧化体验即在人工构造中再现作为幻象的自然，戏剧化体验中的自我同样是戏剧化的。"诗人筹划安排一幕'大自然'的戏剧，他自己则作为一个'自然的人'占据舞台中心。"② "与园林一样，被表现的自我也是一种建构，就如诗人宣称园林是大自然的微观缩影，他也可以宣称，那被表现的自我就是现实中自我的具现。"③

前面所引白居易的《新栽竹》就完美表现了被建构和被诠释的园子，以及居住在这园子中的被诗人再现的自我。

"见此阶上色，忆得山中情"，竹林是诗人欲望的建构，是幻象产生的场所，而诗人也承认幻象并非现实。"勿言根未固，勿言阴未成"，如果不是诗人告诉我们的话，谁都不会知道根未固，阴未成。这一平常视角，使我们可以衡量白居易的诠释溢余和过高估价。我们推测到竹林的实际情形，因此明白诗人"有余清"的感觉不过是幻象而已。"最爱近窗卧，秋风枝有声"，从视觉境界退出到听觉境界，正因为感官体验能证实他的幻觉。这个筹划着、想象着的诗人不是社会的存在，也不是感性的存在，而是善于想办法满足自己欲望的心智。④

韩愈在《盆池》中指点自己的举止："老翁真个似童儿。"这样一种戏剧化的自我意识是建构私人空间的关键。这人工的微型自然，有

---

① ［美］宇文所安：《中国"中世纪"的终结：中唐文学文化论集》，陈引驰、陈磊译，生活·读书·新知三联书店 2006 年版，第 70 页。

② 同上书，第 82 页。

③ 同上书，第 80 页。

④ 同上书，第 82 页。

赖于诗人想象自己站在舞台中心对它诠释并乐在其中。① 这即刻造成了无不知晓的叙说者和诗中所再现的自我之间的分裂。《山中独吟》中，在"癖"的促迫下，对诗的热爱成了一种"病"。这表现在：第一，诗是本能冲动的歌吟，"高声咏一篇，恍若与神遇"；第二，诗是表现、展示自我，体现的是诗人的机智，它建构经验、筹划经验的发生与展现，它再也无法把写诗的诗人与被表现的诗人统一起来。② 这其实也是中唐立异独行的话语系统提出的一个无法回答的问题：特性的表现是自觉的还是不自觉的，是自然的还是造作的？这是中古时期纯粹传统文学表达形式难以做到的。③

二　别业诗传统

通过对宇文所安园林诗解读的描述，我们发现，宇文氏特别强调占有或归属权（ownership 或 idea of possesion）及由此形成的特性认同（singular identity），这种对归属权的关注固然与他现代性产生的预设相关，另一方面也沿袭了他在《唐代别业诗的形成》中的研究思路。

唐代别业诗的形成，宇文所安把它划在中宗第二次临朝的时期（705—710），并认为这一期间别业诗形成的一套表现宫廷社会最高层简朴自然的新的价值观，打破了吟咏宫廷场景的诗作的常规，影响到后来的别业诗和田园诗。文中，宇文氏突出了上官婉儿710年对长宁公主的造访所带来的诗歌新风尚。上官婉儿写下了《游长宁公主流杯

---

① 原文是"this artifactual and miniature nature depends upon the poet envisioning himself center stage，interpreting it and enjoying it"。原译文是："这人工的微型自然，有赖于诗人自己站在舞台的中心，进行诠释，也在这一场景中得到快乐。"参见［美］宇文所安《中国"中世纪"的终结：中唐文学文化论集》，陈引驰、陈磊译，生活·读书·新知三联书店2006年版，第80页。

② ［美］宇文所安：《中国"中世纪"的终结：中唐文学文化论集》，陈引驰、陈磊译，生活·读书·新知三联书店2006年版，第85页。

③ 同上书，第18页。

池二十五首》，其中有句：

> 檀栾竹影，飙风松声。
> 不烦歌吹，自足娱情。
>
> 枝条郁郁，文质彬彬。
> 山林作伴，松桂为邻。

公主的庄园并非是靠对其显贵的地位施以华靡的辞藻来衬托，却是作为隐士在野外的栖身之处而获得嘉许。宇文氏认为正是在适合于表现这一场景的"返璞归真"与"平淡自然"的风格中，上官婉儿开启了王维《辋川集》中那些名篇佳什的先河。先前隐士所栖息的"自然"实际上隐含了远离帝王与权力中心的意味。长安远郊的这群新"朝廷隐士们"却将这两种对极状态遇合"桃花春接九重殿"（沈佺期诗句），政治权力的中心（九重殿）与远离政治空间的场所（桃花春）合而为一。① 隐逸作为仕隐穷通的抉择或是人生失意的暂时慰藉转换到假日隐士的扮演。在公众场合下为隐私或是为隐私生活的展示开辟一个空间，宇文氏认为是中国文明的一个重要侧面，而在此后的数个世纪里，生活在公众场合中的人扮演隐士角色逐渐成为一种文化积淀。尽管庄园的归属问题到9世纪的诗文中才成为一个重要话题，它却是庄园诗有别于一般郊游诗的关键。② 很多方面，中唐园林诗的解读思路已初露端倪。如由隐逸向私人天地的创造及归属问题，隐士角色的扮演及把园林想象为山野进行空间构筑，将人工幻象为自然的戏剧化体验及其间戏剧化的自我等，在某种程度上我们可以把这篇文章看作中唐园林诗的前史。

---

① ［美］宇文所安：《唐代别业诗的形成》（上），陈磊译，《古典文学知识》1997 年第 6 期。

② ［美］宇文所安：《唐代别业诗的形成》（下），陈磊译，《古典文学知识》1998 年第 1 期。

　　宇文所安的学生杨晓山的论文《兼而有之：白居易诗中的庄园和隐士态度》①可以看做是对其师别业诗论点的进一步扩充与延伸。杨文将别业诗传统作了简要的系统梳理，将时间从宇文氏的中宗第二次临朝上溯至西晋，以石崇的《思归引》序中对其金谷园详细得近乎吹捧的描绘为证。随后谢灵运的《山居赋》及受前者影响的沈约的《郊居赋》等诗中隐逸主题盛行并常常居主导地位。初唐始，尤其是中宗第二次临朝，修文馆的学士们如沈宋，依六朝模式将别业视为隐逸之地写着颂美的诗，奠定了别业诗的基调。盛唐王维的《辋川集》，在诗中常以五绝形式描绘别业不同区位及景致，开启了平淡自然的风格。延及中唐，不同于初唐的颂美模式及盛唐的反映模式，白居易的社会批评诗接续了一种讽喻模式。不同于卢照邻的《长安古意》、骆宾王的《帝京篇》京城讽喻诗传统对长安城的全景描绘，白居易集中描绘城市中的宅邸。这主要体现在白氏的《伤宅》与《凶宅》诗。同样以私人庄园为题材的闲适诗，白居易却树立了一种自我新形象，即中隐。

> 大隐住朝市，小隐入丘樊。丘樊太冷落，朝市太嚣喧。
> 不如作中隐，隐在留司官。似出复似处，非忙亦非闲。
> 不劳心与力，又免饥与寒。终岁无公事，随月有俸钱。
> 君若好登临，城南有秋山。君若爱游荡，城东有春园。
> 君若欲一醉，时出赴宾筵。洛中多君子，可以恣欢言。
> 君若欲高卧，但自深掩关。亦无车马客，造次到门前。
> 人生处一世，其道难两全。贱即苦冻馁，贵则多忧患。
> 唯此中隐士，致身吉且安。穷通与丰约，正在四者间。

　　杨氏将中隐这一概念上溯至东方朔，这一概念在六朝才获得诗意

---

　　①　Xiaoshan Yang,"Having it Both Ways: Manors and Manners in Bai Juyi's Poetry", *Harvard Journal of Asiatic Studies*, Vol. 56, No. 1（Jun., 1996）, pp. 123－149.

诠释。从王康琚（4 世纪）《反招隐诗》"小隐隐陵薮，大隐隐朝市"以来，中国诗人将隐逸之乐与官场结合起来。杨氏指出，白居易的独特在于注重对私宅及私人空间的永久拥有权。在其诗中频频出现的"有"表明他意识到并强调实现精神理想的物质先决条件。对所有权关注的原因，一是在于园林的实际尺寸与占有时间长短的关系；二是对园中物（如石与鹤）的依恋。对白居易来说，在东都一份真实的土地所有权代表了实现其隐士生活理想的机会。白居易的吏隐即诗中的中隐，同六朝基于精神境界区分的大隐与小隐不同，白居易的中隐生活方式有赖于物质基础，综合了物质享受与精神隐遁。

如果我们将《机智与私人生活》一章看做是对诗性占有的讨论，那么我们会发现杨文对法权占有的讨论是对此章内容的补充，以完成《特性与独占》中独占话语包括法权占有与诗性占有的思路。

宇文所安通过对文本的梳理分析引发论点，难以辩驳，但并非无懈可击。首先是拥有权问题，宇文氏以少量诗篇中的个别文字如"有"、"属"、"主"为例证以反映作者要占有或拥有的意思，恐怕会有争论。[①] 何况其所列举的诗篇在白居易诗歌总集中只是很小的一部分。另外拥有权问题也无法解释白居易何以满足于"小"及知足的心理。其次从西方文化立场发现的中唐诗学的转变及诗人的主体性要回到中国文化中去考察检验，如果单纯作中西比较和文本分析，没有回到中唐本土文化考察，难免有欧洲中心主义嫌疑。

如果说现代性认识框架及过于相信文本的说服力，有助于宇文所安及其弟子对新问题的发现，那么反过来，正如迈克尔·A. 弗勒（Michael A. Fuller）对杨晓山的《私人天地的变形：唐宋诗中的园林与物》（*Metamorphosis of the Private Sphere: Gardens and Objects in Tang-Song Poetry*）书评所言，没有对中唐社会现实原因的分析，纯粹以诗歌文本为关于社会、文化而非诗歌的主题研究的对象，其正当

---

① 刘健明：《书评：〈中国"中世纪"的终结：中唐文学文化论集〉》，载《唐研究》第三卷，北京大学出版社 1997 年版，第 512 页。

性是难以成立的。①

三　白居易的中隐与佛道思想

下面就以宇文所安解读的主要园林诗人白居易为例，来说明宇文氏可能的疏漏。同样关注到白居易的园林诗的隐逸系谱，国内学者一般会将其中隐与其佛道思想相连。宇文所安的解读却未涉及白氏的佛道思想，不能不说是种遗憾。白氏自谓通学小、中、大乘法，② 自称虽"外以儒行修其身"，却"中以释教治其心"，"旁以山水风月歌诗琴酒乐其志"③。一方面，不对其佛道思想追根溯源，对其园林诗的解读就可能只是隔靴搔痒，抓不住要害。但另一方面，作者的心理又是不确定的，很难清晰界定，以文本为诗歌本体反"意图谬见"又有一定的合理性。这种新批评的批评角度也是宇文氏的一贯思路。在《盛唐诗》中对王维诗歌的处理早已见出，宇文氏坚持，"无论王维的佛教信仰多么虔诚，他仍然是一位诗人而不是佛教思想家。宗教在他的诗歌中起了重要的作用，但他所接受的诗歌传统和诗歌观念，使他不可能写出真正宗教的、虔诚的诗歌。直到九世纪，诗歌范围这才扩大到足以接受对宗教价值观的抽象的、思考的处理，如白居易的某些诗。至于以宗教为主要倾向的诗集，只能离开世俗诗歌传统，到寒山和王梵志的集子中去寻找"④。可见，宇文氏并非未注意到佛禅对王维及白居易的影响，但他更注重诗歌传统对诗人创作的制约与限定。于

---

① Michael A. Fuller, Reviewed work（s）: *Metamorphosis of the Private Sphere: Gardens and Objects in Tang-Song Poetry* by Xiaoshan Yang, *Journal of the American Oriental Society*, Vol. 124, No. 1 (Jan.-Mar., 2004), p. 167.

② 白居易：《醉吟先生传》，载朱金城《白居易集笺校》卷七十，第 6 册，上海古籍出版社 1988 年版，第 3782 页。

③ 白居易：《醉吟先生墓志铭序》，载朱金城《白居易集笺校》卷七十一，第 6 册，上海古籍出版社 1988 年版，第 3815 页。

④ ［美］宇文所安：《盛唐诗》，贾晋华译，生活·读书·新知三联书店 2004年版，第 53 页。

是，王维在京城诗传统观照下以其简朴的技巧成为一代诗匠，王维的《辋川集》在别业诗传统中是一个承前启后的发展阶段。宇文氏所提及的白居易受宗教影响的诗显然排除在园林诗的之外，自然，宗教信仰也不在园林诗的考虑范围之内。这种对文本及其传统的关注，可以省去对作者种种影响的争论，但是忽略了白居易新诗学、生活方式与精神信仰的关联，宇文氏就可能误判诗思方式转变的真正根源。

日本学者川合康三的《白居易闲适诗考》，以白居易的《与元九书》和《序洛书》诗学文本为线索，考证出白居易闲适诗的意义应在儒家诗学传统。在性质上，我们可以把园林诗与闲适诗归为一类，故川合康三对闲适诗意义的分析同样适用于园林诗。

《与元九书》中，白居易把自己的全部诗分为讽喻、闲适、感伤、杂律四部分并重视前二者。白居易将讽喻、闲适这两种大丈夫生活方式的状态分别与《孟子·尽心上》所提达则兼济、穷则独善相联系。

> 自拾遗来，凡所遇所感，关于比兴美刺者，又自武德讫元和，因事立题，题为新乐府者，共一百五十一首，谓之讽谕诗。又或退公独处，或移病闲居，知足保和，吟玩性情者一百首，谓之闲适诗。又有事物牵于外，情理动于内，随感遇而形于叹咏者一百首，谓之感伤诗。又有五言七言长句绝句，自一百韵至两韵者四百余首，谓之杂律诗。凡为十五卷，约八百首。……微之，古人云：穷则独善其身，达则兼济天下。仆虽不肖，常师此语。大丈夫所守者道，所待者时。时之来也，为云龙，为风鹏，勃然突然，陈力以出；时之不来也，为雾豹，为冥鸿，寂兮寥兮，奉身而退。进退出处，何往而不自得哉？故仆志在兼济，行在独善。奉而始终之则为道，言而发明之则为诗。谓之讽谕诗，兼济之志也；谓之闲适诗，独善之义也。故览仆诗者，知仆之道焉。其余杂律诗，或诱于一事一物，发于一笑一吟，率然成章，非平生所尚者，但以亲朋合散之际，取其释恨佐欢，今铨次之间，未能删去。他时有为我编集斯文者，略之可也。

　　川合康三指出其中存在两点不合：一是《与元九书》所说的达＝兼济＝讽喻诗、穷＝独善＝闲适诗的图式与其实际创作不合。"穷"不只限于拒绝为官这种情形，还包括"或退公独处，或移病闲居"，像这种退避于公共场合的全部个人生活，这就是闲适诗产生的背景。二是白居易偷换了孟子独善的内容。孟子所谓独善正如下接"不得志，修身见于世"一句所示，也如赵岐注所说"独治其身以立世间"，意谓即使处于穷的境遇，也要努力加强自身修养。而白居易说的独善却不是那样。"知足保和，吟玩情性"，在个人生活中保持满足和平静并吟咏这种情感，这就是白居易独善的内容。① 对此出入，川合解释为，盖"讽谕诗出自儒家文学观，作为士大夫文学的正统自然是不可动摇的，而相反闲适诗这一新的类型却无法自己确立起价值，只有同兼济—独善这现成的概念相联系，才能与讽谕诗相提并论而获得其存在的合理性"②。到洛阳时期，白居易放弃兼济独善并举模式。《序洛诗》以《毛诗序》的"情动于中而形于言"及"治世之音安以乐"说明吟咏闲居之乐的意义，不再依赖讽喻诗的正统性或变动独善的内容而不合于《孟子》，欢愉文学本身的存在理由已被按照儒家文学观的准则加以阐明。川合认为，吟咏欢愉的文学是中国诗歌理论史上的一个新的主张。③

　　　　予历览古今歌诗，自风骚之后，苏、李以还，次及鲍、谢徒，迄于李、杜辈，其间词人闻知者累百，诗章流传者巨万。观其所自，多因逸豫谴逐，征戍行旅，冻馁病老，存殁别离，情发于中，文形于外。故愤忧怨伤之作，通计今古，什八九焉。世所谓文士多奇，诗人尤命薄，于斯见矣。又有已知理安之世少，离

---

　　① ［日］川合康三：《白居易闲适诗考》，载其《终南山的变容——中唐文学论集》，刘维治等译，上海古籍出版社 2007 年版，第 246—247 页。

　　② 同上书，第 248 页。

　　③ 同上书，第 252 页。

乱之时多，亦明矣。予不佞，喜文嗜诗，自幼及老，著诗数千首。以其多矣，故章句在人口，姓字落诗流。虽才不逮古人，然所作不啻数千首，以其多矣，作一数奇命薄之士，亦有余矣。今寿过耳顺，幸无病苦；官至三品，免罹饥寒，此一乐也。……自（大和）三年春至八年夏，在洛凡五周岁，作诗四百三十二首。除丧朋、哭子十数篇外，其他皆寄怀于酒，或取意于琴，闲适有余，酣乐不暇，苦词无一字，忧叹无一声。岂牵强所能致耶？盖亦发中而形外耳。斯乐也，实本之于省分知足，济之以家给身闲，文之以觞咏弦歌，饰之以山水风月，此而不适，何往而适哉，兹又以重吾乐也。

予尝云：治世之音安以乐，闲居之诗泰以适。苟非理世，安得闲居？故集洛诗，别为序引，不独记东都履道里有闲居泰适之叟，亦欲知皇唐大和岁，有理世安乐之音。集而序之，以俟夫采诗者。甲寅岁七月十日云尔。

闲适诗在《与元九书》中本是与穷、与独善相联系的，在《序洛诗》中则被看做生逢泰平之世的结果。川合的结论是，"《与元九书》的闲适诗与带有孤高形象的栖隐谱系相连，而《序洛诗》与世对立的态度则相对淡薄，增强了自适的倾向。《与元九书》总体上是站在儒家载道立场上说的，其闲适也有着与世对峙的外向性的一面，但到《序洛诗》就专从内向性一面来把握闲适了"①。当然川合也注意到，正如《与元九书》所说的"穷"与实际不符那样，白居易身世的不幸与所谓"理世"亦不合。川合将白居易仍从中发掘生存的欢欣并付诸诗咏的精神归结为其坚韧顽强的主体意识。②

川合康三从白居易诗歌文本以外的诗学文本说明闲适诗的儒家诗学归属，颇有说服力。只是白居易这一坚韧顽强的主体意识如何修持

① ［日］川合康三：《白居易闲适诗考》，载其《终南山的变容——中唐文学论集》，刘维治等译，上海古籍出版社2007年版，第255页。
② 同上书，第258页。

得来、白居易为其闲适诗正名的有效度又有多少，这无疑需联系白居易的佛道思想作更进一步探讨。

陈寅恪的《白乐天之思想行为与佛道关系》一文，在比较白居易与佛道二家关系轻重深浅时，总结道：

> 韩公排斥佛道，而白公则外虽信佛，内实奉道是。韩于排佛老之思想始终一致，白于信奉老学，在其炼服丹药最绝望之前，亦始终一致。
>
> 乐天之思想，一言以蔽之曰知足。知足之旨，由老子知足不辱而来。盖求不辱，必知足而始可也。此纯属消极，与佛家之忍辱主旨富有积极之意，如六度之忍辱波罗蜜者，大不相侔。故释迦以忍辱为进修，而苦县则以知足为怀，藉免受辱也。斯不独为老与佛不同之点，亦乐天安身立命之所在。由是言之，乐天之思想乃纯粹苦县之学，所谓禅学者，不过装饰门面之语。故不可以据佛家之说，以论乐天一生之思想行为也。①

贾晋华《白居易"中隐"说的提出及其与洪州禅的关系》一文从三方面与陈氏辩驳：

一是烧丹服药与持斋修净土目的相同，皆为解决生死问题。陈文所举开成二年作《烧药不成命酒独醉》诗几乎为仅见，常见的倒是《戒药》、《思旧》之类的怀疑或批评服药炼丹之诗。

二是知足无疑为白居易思想的一个重要方面，但其思想并不局限于此。知足之外，白氏还追求遂性适意、富贵享乐。白居易的知足乃荣达后之知足，去老子以寡欲为基础之知足不辱，似亦稍稍远矣。白之中隐思想起步于玄学之吏隐，而终止于洪州禅之平常心是道。有诗为证：

---

① 陈寅恪：《白乐天之思想行为与佛道关系》，载其《元白诗笺证稿》，上海古籍出版社 1978 年版，第 327 页。

《自咏五首》之四

> 一日复一日，自问何留滞。
> 为贪逐日俸，拟作归田计。
> 亦须随丰约，可得无限剂。
> 若待足始休，休官在何岁。

此白氏自嘲不能知足也。《赠杓直》曰：

> 况兹知足外，别有所安焉。
> 早年以身代，直赴逍遥篇。
> 近岁将心地，回向南宗禅。
> 外顺世间法，内脱区中缘。

则已明言于知足逍遥之老庄遗训外，尤以南宗禅为安身立命之思想基础。

三是白居易诗文中，常以老庄与禅相提并论，而当他在二者之间作出轻重判断时，则始终置禅于老庄之上。

《和微之诗二十三首·和知非》道：

> 因君知非问，诠较天下事。
> 第一莫若禅，第二无如醉。
> 禅能泯人我，醉可忘荣悴。
> 与君次第言，为我少留意。
> 儒教重礼法，道家养神气。
> 重礼足滋彰，养神多避忌。
> 不如学禅定，中有甚深味。
> 旷廓了如空，澄凝胜于睡。
> 屏除默默念，销尽悠悠思。
> 春无伤春心，秋无感秋泪。
> 坐成真谛乐，如受空王赐。

既得脱尘劳，兼应离惭愧。①

　　据萧驰所言，关于白氏与洪州禅的关系，孙昌武的《白居易与禅》② 是当代学者中对此研究最早的一篇。该文叙述了白居易与洪州一系僧人的交游，探讨了白氏人生态度中南宗禅的影响，并以此分析了白诗的思想内容。③ 贾晋华的《白居易"中隐"说的提出及其与洪州禅的关系》一文提出，白居易中隐的理念基础是庄子思想与洪州禅法的融合。贾氏的主要论据来自于松浦友久，他检查了"适"字在白诗中的大量出现，发现它被同等频繁地用来指身和心的舒适两者。庄子以来，自适一直被士人用为平衡社会与自我关系的精神工具。在白居易的中隐观念中，对生理物质舒适的新强调被添加到了心理精神的舒适之上。这种对于身适的新强调同样与洪州禅之肯定日常生活和个人欲望相关。

　　如白居易在《三适赠道友》中明确表白：

> 足适已忘履，身适已忘衣。
>
> 况我心又适，兼忘是与非。
>
> 三适今为一，怡怡复熙熙。
>
> 禅那不动处，混沌未凿时。

　　最后两句指示出三适的理念来源——禅与《庄子》。④
　　对作者精神信仰归属的讨论对文学研究而言，毕竟是外部研究，

---

① 贾晋华：《白居易"中隐"说的提出及其与洪州禅的关系》，载其《唐代集会总集与诗人群研究》，北京大学出版社2001年版，第125页。

② 可参见孙昌武《白居易与禅》，载其《禅思与诗情》，中华书局2006年版，第167—194页。

③ 萧驰：《洪州禅与白居易闲适诗的山意水思》，载其《佛法与诗境》，中华书局2005年版，第165页。

④ 贾晋华：《白居易"中隐"说的提出及其与洪州禅的关系》，载其《唐代集会总集与诗人群研究》，北京大学出版社2001年版，第115页。

就本书而言，关键是检查这种精神信仰对白居易园林诗及诗学转变的关系。以下我们将重点讨论萧驰的《洪州禅与白居易闲适诗的山意水思》①一文与宇文所安园林诗解读的同与异。萧文立足诗歌史，从这一角度考察白诗与洪州禅的渊源，它从"无事"这一题旨在白诗中的频繁出现而提炼出"无事"，为白氏接受洪州禅的核心观念，并因"无事"而突破心中有事引发感物的传统，感物向能转物转变并开发出新的山水诗境。可以说，萧文的思路与宇文所安的最为接近，都是以某一特定视角发现并力举一种断古今百代的诗风。不同的是，宇文所安从所有权及主体性视角将这种中唐出现的诗歌转型往西方自觉艺术上靠，纳入别业诗传统中研究，萧驰则从洪州宗去找风气转移的原因，并将白氏园林小诗的山水意境放在佛教思想的进境与山水诗传统关系中进行观照。

萧文第三节《"能转物"与小园的"山水"意境》显然把宇文氏作为了论辩对象。他对宇文氏的反驳主要集中在以下几个方面：

一是宇文氏所谓的拥有意识无法解释何以乐天特别地得意于"小"的心理。它强调的应是小园才有的家庭的日常生活性质。小园于真山水的优越在于其适于家居。正如洪州禅所指示的，一切解悟也只有在吃饭、睡眠这种最平常的生活时刻才能实现。中隐正是此生活的般若的表现。从中隐而言，似出似处、不出不处，似深山似市井、非深山非市井的环境最适合。

二是宇文所安曾以超越摹写或诗中景象由被观察移至被想象来概括8世纪晚期之后中国诗学的这种新进境，但在乐天，我们能看到的却既非全然被观察亦非全然被想象的景象。一切皆非物，一切皆是诗人与世界相互交融而生发的境。反复申明了境的独得自识。白氏晚期受洪州宗影响，故一再彰显境之唯能独得独识、自解自爱，亦当由此生出。

三是宇文所安在中唐诗歌中突出的作为主观行为的诠释性，亦

① 萧驰：《洪州禅与白居易闲适诗的山意水思》，载其《佛法与诗境》，中华书局2005年版，第163—206页。

应以佛教特别是南宗禅所倡解脱所赖之识心自度的"意自得"为背景。宇文氏对空间、经验的筹划这种外在的活动不应强调，乐天所欣赏的并非其物而是诗人与世界相互交融而生发的境。故宇文氏所谓的"诠释"是关键所在，若以乐天的语汇，则是"意"。"意"彰显佛教的心生万法，"意"对居园而心中"无事"的诗人而言，则是"能转物"。

四是宇文氏在这种诠释成为体验事物的审美方式中看到了取代感触继以回应的旧诗学的新诗学模式，其转换的本质即是由感物向能转物的发展。

萧氏仿佛从宇文氏处得了灵感，通过以南宗禅的"意"取代主体性的溢余诠释，以境的非观察亦非想象的独得自识取代超模仿，诗学的转变从而不再由主体性觉醒带来，转变的结果也不是成就园林诗人的自我表现，而是创造了"意"中山水。萧文认为，此一独得独识的意境，不仅超越了王维辋川诗只撷取触目当下之景的现量境。由此，诗境已非如来禅所开发的犹渊池息浪、心水既澄的纯感性直观和能与之辨泯没的自心现量，而成为凸显祖师禅超越时空之灵动主体以及般若智慧的不舍不著、有无双遣，并认为中、晚唐倡言象外的超越摹写诗学与此同源。

需要说明的是，宇文所安的超模仿观物方式及象外美学并非是为了用于白居易园林诗的解读，而主要是下一章《九世纪初期诗歌与写作之观念》的内容，针对技巧派诗人的写作观念而言。尽管园林诗中想象力的游戏可以把这种观物方式概括为由感兴的观察到想象，但在宇文氏那里，白居易与以贾岛为首的技巧派诗人是被放在两个不同诗学阵营的。

总而言之，对于不同材料的不同角度把握既能导致分歧，也能帮助逼近和还原历史的本来面目。白居易儒释道思想的轻重深浅关系姑且不论，就白居易园林诗发生的诗思方式转变而言，笔者以为，应不脱洪州禅的影响。上述诸家论说虽各执一端，但有一点是无疑的，园林诗中导演空间并诠释场景的主体性，绝非西方现代性语境中的主体性，只能在中国儒释道文化中去寻根。

第三节　9世纪初期诗歌与写作之观念

一　9世纪初期的两种创作理论

在园林诗中诗与经验出现了交互关系，诗不再是经验后的结果，为了作诗而在有限的私家空间部署调度事物。萧驰在这种诗学的转变中看到了作者观法的改变：感物——能转物，并将白居易园林诗创造的"意"中山水与超模仿的象外美学同源。宇文所安虽然指出了园林诗中的诗学转型，但从对技巧的关注上，白居易仍被其视为传统诗人。正如私人天地在个人与社会整体之间的张力一样，园林诗人也无法摆脱社会的角色。尽管白居易在诗中常把自己描绘成任性率意的人，同时又嘲笑自己这份任性率意，但他仍然是强调"其天性的率真和诗作的自然，强调他的诗来自内在冲动"[①]。

宇文所安在《九世纪初期诗歌与写作之观念》开篇简略回顾了诗歌技巧与中国传统有机诗学关系的历史。用宇文氏的话来说，"中国传统中最为古老且最具权威性的各家诗学，都坚持创作的有机性。无论怎样认识文本之后的动力——是道德风尚、宇宙进程、个人感受，抑或是三者间的某种结合——都被认为是自然的，而不是从有意的技巧中产生"。技巧是被谴责的对象，被扬雄比作"雕虫"。南朝刘勰的《文心雕龙》"竭力将诗歌技巧和创作有机论结合起来，但两者往往不过只是处在不和谐的联结状态中"。即使在诗歌技巧充分发展的七八世纪上半叶，"当对于创作过程的细节关注转向有关诗歌本质的宏大论说时，创作有机论依然是不可动摇的"。对技巧的观念转变要到9世纪初期的中唐，"一种相对新颖的创作观念突显出来，沟连了自然

---

① ［美］宇文所安：《中国"中世纪"的终结：中唐文学文化论集》，陈引驰、陈磊译，生活·读书·新知三联书店2006年版，第19页。

与技巧两方面"。①

宇文所安列举了两个文本说明这一时期两种非常有名又非常不同的创作理论。

第一种即韩愈的《答李翊书》的核心段落。在描述了经过长期的学习以使古人的意旨内化于己并祛除"陈言"之后，韩愈继续道：

> 当其取于心而注于手也，汩汩然来矣。其观于人也，笑之则以为喜，誉之则以为忧，以其犹有人之说者存也。如是者亦有年。然后浩乎其沛然矣。吾又惧其杂也，迎而距之，平心察之，其皆醇也，然后肆焉。虽然，不可以不养也。行之乎仁义之途，游之乎诗书之源，无迷其途，无绝其源，终吾身而已矣。气，水也；言，浮物也。水大而物之浮者大小毕浮。气之与言犹是也，气胜则言之长短与声之高下者皆宜。

韩愈遵循着儒家诗学的主流，认为文字取之于心，语言一旦获得醇就恢复了心、言间的通贯。宇文氏指出，韩愈和白居易都秉持创作有机论，同样能写出风格独一无二因此很容易判属作者的作品。韩愈的祛除陈言、白居易粗拙的措辞和违拗的韵律，都通过对抗当代的规范语言在俗众的嘲笑中表现出特立独行。②

另一种非常有名又非常不同的创作理论，出自李商隐的《李贺小传》。对李贺来说，诗歌总得经历两个阶段，这两个阶段具体表现为两个锦囊：第一个锦囊是为预期中的"意外收获"预备的，第二个锦囊则是为了回过头来运用具有反思性的技巧将"意外收获"加工成一首诗。诗歌成为幸运和技巧的结合，而不再是诗人"情"、"志"或身份、个性的纯粹表现。9世纪这种为时久远的诗学实践理论逐渐呈现，对更加古老的儒家诗学发起挑战。诗的基本材料是对句，被视作

---

①　［美］宇文所安：《中国"中世纪"的终结：中唐文学文化论集》，陈引驰、陈磊译，生活·读书·新知三联书店2006年版，第87—88页。

②　同上书，第90页。

"意外的收获";对句是由深思熟虑的匠心精雕细琢而成,镶嵌入诗。这样的诗歌创作观,不管在西方诗学史的架构中看来是多么的司空见惯,在一个将自然本色奉为圭臬,且原先是靠对经验的敏捷回应(如果不是完全的即兴)来保证的中国诗学系统内,它都代表着一个重要的转型。①

原先所设定的诗外的经验与创作间的有机联系已不再是想当然的了。"诗的一联或一行渐渐被看作是某种意外的收获,它们先是被'得'到,而后通过深思熟虑的技巧嵌入诗中。这一新的流行观念对于理解诗人经验和创作之间的关系有深刻的意义。我们开始看到诗人们认可在引发诗歌创作的具体经验和创作行为之间在时间上存在距离,认可'精心造作'诗歌的观念。这指向了下述的观念:诗歌是一种技巧艺术而不是对经验的透明显现。"②

二 诗与经验的时间间隔与模拟理论

正如园林的建构前提是空间划界,技巧诗学对主流诗学的反动首先体现在诗与经验的时间间隔上。"在中唐,确实出现了写作时间历时长久的可能,尤其在一句诗或一联诗的层面。如果我们假设杜甫关于安禄山之乱的诗作于十来年后的夔州,这将会改变读解杜诗的方式。而如果我们设想中唐李贺、贾岛(779—843)这样的技巧派诗人写诗——甚至是那些应景之作——需要多历年所,则没有一个读者会感到奇怪。"③

8 世纪讨论技巧的《文镜秘府论》中伪托王昌龄的《论文意》业已在经验和写作之间假设了一段间隔,以替代"激发与回应"的直接相连("舟行之后,即须安眠。眠足之后,固多清景,江山满怀,合

---

① [美]宇文所安:《中国"中世纪"的终结:中唐文学文化论集》,陈引驰、陈磊译,生活·读书·新知三联书店 2006 年版,第 5 页。

② 同上书,第 88 页。

③ 同上书,第 92—93 页。

而生兴，须屏绝事务，专任情兴"），诗歌创作与经验之间的关系被描绘成事情过后的重新回味。

宇文所安对王昌龄《论文意》的关注不同于国内学者对"意境"一词的考证角度，而出于对 8 世纪以还 9 世纪初诗学出现的新变化上，以此宇文氏发现了中国文论传统中对反映理论的最清晰表述之一：

> 夫置意作诗，即须凝心，目激其物，便以心击之，深穿其境。如登高山绝顶，下临万象，如在掌中。以此见象，心中了见，当此即用。如无有不似，仍以律调之定，然后书之于纸，会其题目。山林、日月、风景为真，以歌咏之，犹如水中见日月，文章是景，物色是本，照之须了见其象也。

叶朗在《中国美学史大纲》中专辟一节谈意境说的诞生，他追溯了意境作为一美学范畴的诞生，清理出王昌龄、皎然、刘禹锡到司空图意境说发展的线索，并将意境的思想根源上溯至老庄美学。叶氏认为"境"作为美学范畴，最早出现于王昌龄的《诗格》，他对此段的解读是把它作为王昌龄"诗有三格"（生思、感思、取思）中的第三格"取思"的说明，即"搜求于象，心入于境，神会于物，因心而得"，强调意境的创造是"依赖在目击其物的基础上的主观情意（心）与审美客体（境）的契合，从而引发艺术灵感和艺术想象"[1]。叶朗似乎对前半段"便以心击之，深穿其境"比较注重。宇文所安更注重后半段尤其是最后一句，"境"包容万象，它们被整体地同时也是具体而微地把握。由此宇文氏特别提取出一心中"诗境"的观念，这一诗境在经验与创作之间犹如一层"透明媒介"，诗歌文本被明确地界定为"真"实世界的"反映"或镜像。[2]

这种"本"与"景/影"之间的完美对应，正是宇文所安要找寻

---

① 叶朗：《中国美学史大纲》，上海人民出版社 1985 年版，第 272 页。

② ［美］宇文所安：《中国"中世纪"的终结：中唐文学文化论集》，陈引驰、陈磊译，生活·读书·新知三联书店 2006 年版，第 100 页。

的象外美学之发展的背景，也就是"高级诗学中从来略而不谈的模拟理论"①，这既是象外美学的发展背景也是其须否定的对象。于此，我们似乎明白了宇文氏的良苦用心。如果我们用西方诗学模仿论到表现论的发展或古今之争背景来参照，可以把这一过程看得更清楚。尤其是宇文氏将"文章是景，物色是本"中"景"译为"影"（reflection），一个关于映照（mirroring）与倒影（reflection）的语汇，②让我们想起了柏拉图说明文学的创造只要带上一面镜子即可的言论。不直接介入象外美学的原因，在于由有机诗学向技巧诗学的转变必经诗学观念由自然向人工制作的过渡。

只是宇文氏忽略了王昌龄《诗格》中"境"的佛学背景及"水中见日月"的佛教譬喻，这可能也是他把《诗格》从象外美学中划出的原因。

对于"境"，我们一般是把它与"意境"连在一起，并已初步达成以下共识，即，"境"或"意境"的审美品格迥异于比兴所代表的抒情传统，其产生与佛教入主华夏有一大因缘。向被标举为中国传统诗学基本审美范畴的"意境"只是一后来的、阶段性的范畴。张节末的《意境的古代发生与近现代展开》以盛唐诗人王维山水小诗为意境诞生的标本，考索意境原初的审美经验。张文定义意境为在禅的空观熏染之下，以静观动、主客同体的刹那直观，并概括意境之原初发生有如下特点：一是即色观空的直观态度。二是自然的心化和境化。三是主客同体之境。四是刹那之时间意识以静释动。③

但是，"境"这个概念，王维却并未在佛教心识意义上使用。据萧驰统计，《全唐诗》中"境"共在六百二十余首诗中出现，但的确是到了中唐以后，才开始在诗中出现与心识相关的"境"。萧氏认为

---

① ［美］宇文所安：《中国"中世纪"的终结：中唐文学文化论集》，陈引驰、陈磊译，生活·读书·新知三联书店 2006 年版，第 101 页。

② Stephen Owen, *The End of the Chinese "Middle Ages"：Essays in Mid-Tang Literary Culture*, Stanford：Stanford University Press, 1996, p. 124.

③ 张节末：《意境的古代发生与近现代理论展开》，《学术月刊》2005 年第 7 期。

这是如来禅过渡到祖师禅、天台牛头法门大兴之后，"境"由原来的否定义转向肯定义所致。①"境"在中国诗学的出现始于托名为王昌龄的《诗格》与皎然的《诗式》。

回到上段《诗格》中对"境"的使用话题，《诗格》中"境"的佛学背景应是无疑。《诗格》虽未谈及"象外"，但应与《诗式》一样被视为象外美学。上面引文中"如登高山绝顶，下临万象，如在掌中"与王昌龄"物境、情境、意境"的"物境"中的描述"视境于心，莹然掌中"相近，都应视为张氏所谓色空一体之境，它是人心中刹那之直观，在此直观中，观与所观、空与色刹那同体，不可分割。② 在禅的空的刹那直观中，叶氏与宇文氏对心、境或主、客的二分都显得不合时宜。

因忽略佛学背景导致对"境"理解的偏差，这一问题同样出现在对"犹如水中见日月"的理解上。印度大乘佛教中的水月之喻，是以水中月影的虚妄不实来譬喻诸法缘起无自性的道理，为著名的般若十喻之一。《维摩诘所说经》卷七《观众生品》上说，文殊师利问维摩诘：住于不可思议解脱法门的菩萨，是怎样看众生的呢？维摩诘答言：就像幻术师看他所幻化出来的人一样，完全是虚幻不实的。"如智者见水中月，如镜中见其面像，如热时焰，如呼声响，如空中云，如水聚沫，如水上泡，如芭蕉坚，如电久住。"③ 以水中见日月来说明文章与物色的关系，在虚幻性上与模仿论有几分相似，但前者是人心中的刹那直观，后者却是基于主客二分的，观法有实质上的不同。用模拟论来说明禅宗的空观显然是不正确的。

三　意外收获与境

再来谈宇文所安对象外美学的描述。作为模拟论的否定发展，象

---

① 萧驰：《普遍主义还是历史主义？——对时下中国传统诗学研究四观念的再思考》，《文艺研究》2006 年第 6 期。

② 张节末：《意境的古代发生与近现代理论展开》，《学术月刊》2005 年第 7 期。

③ 张节末：《禅宗美学》，浙江人民出版社 1999 年版，第 290 页。

外美学更多的是作为技巧诗学与意外收获联系在一起的。他在书中没有单独讨论"境",对"境"的比较重要的表述在《九世纪初期诗歌与写作之观念》的开头第三段:

> 对诗歌作为意外收获的逐渐增长的兴趣,与八世纪晚期及九世纪初"景外/象外/言外"美学的形成相关联。这时,诗学想像便与现实可感的经验相区别,与语词对此类经验直接加以表现的能力相区别。作为意外收获,诗歌的境界成为诗人的拥有物,它们标识着诗人眼光的独特。①

这段话可分析出几个结论:一是宇文氏所谓的诗歌的境界与意外收获的精致对句有关。二是象外美学是一种超模仿诗学或者说是由再现到想象的诗学。三是意外收获与象外有关。后两条宇文氏在下文中都有涉及,第一条却略而不谈了。

何以象外美学中的境界只与局部的奇句佳联有关?这与我们一般对言外象外之境的整体理解有较大出入。

不过,《诗格》毕竟是部著作权有争议的作品,加上宇文氏把它视为模拟论著作,所以我们不妨以宇文氏推举的象外美学代表著作皎然的《诗式》及《诗议》为例,考量其"境"的义涵。

在《诗式》与《诗议》中对"境"的直接讨论,共有四处。以"取境"条最为显豁。

> 或云:诗不假修饰,任其丑朴,但风韵正,天真全,即名上等。予曰:不然。无盐阙容而有德,曷若文王太姒有容而有德乎?又云,不要苦思,苦思则丧自然之质。此亦不然。夫不入虎穴,焉得虎子?取境之时,须至难至险,始见奇句。成篇之后,观其气貌,有似等闲不思而得,此高手也。有时意静神王,佳句

① [美]宇文所安:《中国"中世纪"的终结:中唐文学文化论集》,陈引驰、陈磊译,生活·读书·新知三联书店2006年版,第88页。

纵横，若不可遏，宛如神助。不然。盖由先积精思，因神王而得乎！①

通读上下文，"境"在此处，确与既须假以修饰又须经苦思，然不失自然之质创获的"奇句"、"佳句"有关。② 类似的含义亦见于《诗议》的一段话。

> 律家之流，拘而多忌，失于自然，吾所常病也。……夫累对成章，高手有互变之势，列篇相望，殊状更多。若句句同区，篇篇共辙，名为鱼贯之手，非变之才也。俗巧者，由不辨正气，习俗师弱弊之过也。其诗云："树阴逢歇马，鱼潭见洗船。"又诗云："隔花遥劝酒，就水更移船。"何则？夫境象不一，虚实难明，有可睹而不可取，景也；可闻而不可见，风也；虽系乎我形，而妙用无体，心也；义贯众象而无定质，色也。凡此等，可以对虚，亦可以对实。③

诚如萧驰所言，这段文字涉及"境"的部分，向被学者们删简失当，引作司空图"象外之象，景外之景"说之嚆矢。但通观上下文，"境"在此仅仅与对句中的景物有关。④

由这两段"境"的描述，我们发现，皎然所谓的"境"是与奇句佳联有关的诗的局部问题而非全局问题。如果就此止步，宇文氏将"境"等同意外收获的精致对句也就不无道理，可是"境"尽管与局部的奇句佳联相关，却关乎一诗之"体"。在《诗式》"辨体有一十九字"的标题下，皎然第三次谈到"境"：

---

① 李壮鹰：《诗式校注》，人民文学出版社2003年版，第39页。
② 罗宗强：《隋唐五代文学思想史》，上海古籍出版社1986年版，第181页。
③ 李壮鹰：《诗式校注·附录二》，人民文学出版社2003年版，第374页。
④ 萧驰：《中唐禅风与皎然诗境观》，载其《佛法与诗境》，中华书局2005年版，第141页。

> 夫诗人之思初发，取境偏高，则一首举体便高；取境偏逸，
> 则一首举体便逸。才性等字亦然。体有所长，故各功归一字。偏
> 高偏逸之例，直于诗体（攸关），篇目、风貌不妨。一字之下，
> 风律外彰，体德内蕴，如车之有毂，众美归焉。……其比、兴等
> 六义，本乎情思，亦蕴乎十九字，无复别出矣。①

所谓"取境偏高，则一首举体便高；取境偏逸，则一首举体便
逸"，极易将取境理解为全局问题而与前面局部问题的结论相矛盾。
萧驰认为首句"夫诗人之思初发"值得玩味，进而认为诗之思初发并
非非自"取境"开始不可。它可以从言语的音乐节奏开始，亦可从命
意开始、从文字开始；可以从内视的境象开始，也可以是以现前真景
为自心现量。皎然所谓"取境"正基于后面两种。昼公此处与心识相
关的诗之"境"正是"彼清景当中，天地秋色，诗之量也"。②

"辨体有一十九字"标题中有一体"情"，"情"字下面第四处提
到境，"缘境不尽曰情"③，皎然诗《秋日遥和卢使君游何山寺宿敭上
人房论涅槃》又有"诗情缘境发，法性寄筌空"句，既将诗情与禅境
联系起来，又将诗情与法性对举，在空观上主情。但这个"情"非传
统诗缘情的"情"，而可称为"道情"：缘境而生的情，指由境而触发
的纯情，并非世俗之情。④ 境为"诗人之思初发"所取之"诗之量"
更趋显明。

萧驰以皎然诗为文献资料进一步研究和验证其诗境观念，得出，皎
然基于月夜峰顶栖禅的"禅中境"，正是其由"境位"观念启发而提出
十九体中的高、逸之体。"禅中境"虽不能全部概括十九体的所有诗境，

---

① 李壮鹰：《诗式校注·附录二》，人民文学出版社 2003 年版，第 69 页。

② 萧驰：《中唐禅风与皎然诗境观》，载其《佛法与诗境》，中华书局 2005
年版，第 147—148 页。

③ 李壮鹰：《诗式校注·附录二》，人民文学出版社 2003 年版，第 70 页。

④ 张节末：《禅宗美学》，浙江人民出版社 1999 年版，第 313 页。

却能显示其以境论诗的若干期待。由皎然的禅境诗，萧驰概括了三点期待：第一，诗境应是以寒光净澈、一切无碍之境去映现离却染业、身心脱落、无忧无悔、绝无激情的心地。……故而以情景交融为诗境的属性并不恰当。第二，由禅诗的清迥寂寥、廓然杳冥之境，以及佛教中境的非连续性质，诗境应是超然于时间的。而诗境的空间，则犹扣虚空，是虚旷空灵而不粘滞的。第三，在禅诗中，心与境则应为不二的、绝待的关系，此一佛家的无相吊诡，潜在地颠覆了由古诗十九首和文赋所开启的感物说的抒情美典。他最后的结论是皎然作为中唐时代此一观念的主要代表，其"诗境"的上述含义应是研究此一范畴的历史发生学所无法忽视的。[①] 这一归纳与张氏对王维小诗意境的总结基本一致。

宇文所安对意外收获及独特境界标志特性的过分关注，对"境"的理解有实体化倾向，从而无视"境"所代表的禅宗空观影响下的既非观察亦非想象的主客同体的刹那直观。而这也妨碍了他对"象外"的贴切阐述。

四　"超摹仿"与"象外"

意外收获或者说独特境界的获得与象外的关系是书中颇费笔墨之处。宇文氏指出，讨论唐代诗学的论者通常专注于用"超越性意象"的观念来描述象外。而因对"超越性意象"观念使用的犹豫，宇文氏使用了"超摹仿"论来称谓对"象外"的表述。他的解释是"象"包含着"像"的意义，因而"象外"的诗歌，其作为诗的基本质素也便存在于再现性的逼真之外。其核心特质是"超乎其外"。[②] 并以司空图的"象外之象"、"景外之景"及戴叔伦的"诗家之景，如蓝田日暖，良玉生烟，可望而不可置于眉睫之前"来加以说明。

①　萧驰：《中唐禅风与皎然诗境观》，载其《佛法与诗境》，中华书局2005年版，第162页。

②　[美]宇文所安：《中国"中世纪"的终结：中唐文学文化论集》，陈引驰、陈磊译，生活·读书·新知三联书店2006年版，第99页。

宇文氏没有指明"超越性意象"究竟何谓，笔者猜测应是指对"象外"的禅学理解，不使用超越性的观念在于回避象外美学的宗教因素以别具只眼，意图将此"象外"归于一种潜意识或无意识的原始观念，将象外美学作一种纯粹艺术技巧论的考察。他以 18 世纪英国感伤主义诗人爱德华·杨格的《关于原创写作的臆想》（*Conjectures on Original Composition*）中的一段作比，由沉潜入海般地潜入内心而后让天才如海底日出般从混沌中升起，说明那了不起的意外收获可能来自于"无意识"。在中唐诗中，宇文氏找到贾岛的《戏赠友人》与之对应。

> 一日不作诗，心源如废井。
>
> 笔砚为辘轳，吟咏作縻绠。
>
> 朝来重汲引，依旧得清冷。
>
> 书赠同怀人，词中多苦辛。

贾岛无须沉潜入海，只须用一根井绳，投下他的思想水桶。

对诗之价值超乎言象之外这一诗歌理论的基础，宇文氏提供的一段重要的论据，来自于皎然《诗式》中作用事第二格题为"池塘生春草"、"明月照积雪"的段落。

> 评曰：客有问予，谢公此二句优劣奚若。余因引梁征远将军记室钟嵘评为隐秀之语，且钟生既非诗人，安可辄议，徒欲聋瞽后来耳目。且如"池塘生春草"，情在言外；"明月照积雪"，旨冥句中。风力虽齐，取兴各别。（中略）情者如康乐公"池塘生春草"是也。抑由情在言外，故其辞似淡而无味，常手览之，何异文侯听古乐哉。谢氏传曰：吾尝在永嘉西堂作诗，梦见惠连，因得"池塘生春草"，岂非神助乎？①

---

① 李壮鹰：《诗式校注·附录二》，人民文学出版社 2003 年版，第 153 页。

池塘句向来被当做"迥句"（钟嵘评语）为诗评家所激赏。其"寓目辄书"（钟嵘语）"猝然与景相遇"（宋叶梦得语）的审美静观被视为渗透了佛教的观法，从此，中国诗思在某种程度上被赋予了纯粹直观的觉悟品格，而未必假道比兴。①

宇文所安的独特在于他发现了国内学者忽略的上段轶事，并着重于皎然对钟嵘版本的改写。皎然把钟嵘版本中，谢灵运在梦中"成"此诗句改写为谢灵运乃是"得"此诗句，而且在重述这一故事时，皎然省去了钟嵘版本里的最后一句话"此语有神助，非我语也"，改成"岂非神助乎"。前一改写突出"得"从而与意外收获关联，后一改写强调意外收获来自于神助。宇文氏最后指出"把诗人视为神助的渠道，这可以说是中国传统最接近于诗人乃是神之代言人这一观念的地方"②。

我们不妨引出钟嵘的《诗品》来对照。钟嵘《诗品》评"明月"句云："明月照积雪，讵出经史？观古今胜语，多非补假，皆由直寻。"其评"池塘"句引《谢氏家录》云："康乐每对惠连，辄得佳语。后在永嘉西堂，思诗竟日不就，寤寐间忽见惠连，即成池塘生春草。故尝云：此语有神助，非我语也。"③

可见，"明月"句钟嵘强调的是"直寻"二字，与我们通常的理解殊无二致；"池塘"句正如宇文氏脚注所言："钟嵘对该句著作权的看法或许隐含在他将此则轶事归入谢惠连的评论而不是归入有关谢灵运的评论。"④ 那么，皎然是否真如宇文氏所说的那样相信谢灵运的池塘句乃为神助而梦中得句？谢氏传的引述是否意在说明前面的"抑由情在言外，故其辞似淡而无味"即"似等闲不思而得"？不宜坐实。

---

① 张节末：《意境的古代发生与近现代理论展开》，《学术月刊》2005年第7期。

② ［美］宇文所安：《中国"中世纪"的终结：中唐文学文化论集》，陈引驰、陈磊译，生活·读书·新知三联书店2006年版，第102页。

③ （清）何文焕辑：《历代诗话》上册，中华书局1980年版，第14页。

④ ［美］宇文所安：《中国"中世纪"的终结：中唐文学文化论集》，陈引驰、陈磊译，生活·读书·新知三联书店2006年版，第102页。

我们再来参看"取境"一条：

> 取境之时，须至难至险，始见奇句。成篇之后，观其气貌，有似等闲不思而得，此高手也。有时意静神王，佳句纵横，若不可遏，宛如神助。不然。盖由先积精思，因神王而得乎！[1]

最后一句话同样可以加在"池塘"条的末尾，可见，皎然"似等闲不思而得"宛如神助但并非神助，它的前提是先积精思，因神王而得。皎然在《诗议》、《评论》中有一段与上文意思相同的话：

> 或曰：诗不要苦思，苦思则丧于天真。此甚不然。固须绎虑于险中，采奇于象外，状飞动之句，写冥奥之思。夫希世之珍，必出骊龙之颔，况通幽含变之文哉！[2]

虽提到"采奇于象外"，但重点仍是苦思而不丧天真。基于此，以梦中得句的轶事作为论据说明象外得句的无意识通道并与西方神灵凭附说相连，仍有商榷的余地。

叶朗明确将"象外"溯源至道家庄子而非佛教。他认为佛僧讲的象外，如"穷心尽智，极象外之谈"、"抚玄节于希声，畅微言于象外"等，是指由形象达出的佛理，出自从《易传》到王弼"立象以尽意"的"意"。但是"象外"并不指"意"而指"象"，最早在美学意义上使用"象外"这个词的是南朝的谢赫。他所提到的"取之象外"，是突破有限形象的某种无限的象，是虚实结合的象，即司空图的"象外之象"、"景外之景"和戴叔伦所谓的"诗家之景"。这种"象"，叶氏上溯至先秦老庄，认为唐代美学家提出的"境生于象外"来自于老子有与无、虚与实统一的的道和庄子的象罔，[3]

---

① 李壮鹰：《诗式校注》，人民文学出版社 2003 年版，第 39 页。
② 同上书，第 376 页。
③ 叶朗：《中国美学史大纲》，上海人民出版社 1985 年版，第 269 页。

叶氏的这一推论如用一形象的等式归纳，即为境＝象外＝象外之象＝象罔＝道。

将"象外"与老庄与道牵扯，这种泛意境化及通史化研究极易产生大量反证，不如立足历史主义立场，从特定思想背景和特定文学现象的关联中对"象外"的具体义涵作一结论。皎然《诗式》中的"象外"，据笔者统计只出现了一处，即，

> 或曰：诗不要苦思，苦思则丧于天真。此甚不然。固须绎虑于险中，采奇于象外，状飞动之句，写冥奥之思。①

如将此条与"取境"条对照：

> 又云，不要苦思，苦思则丧自然之质。此亦不然。夫不入虎穴，焉得虎子？取境之时，须至难至险，始见奇句。②

可以看出，皎然同刘禹锡"境生于象外，故精而寡和。千里之谬，不容分毫"③的观点一致，境是从象外产生的。从前面对皎然"境"的讨论看，"象外"当与"境"同样具有佛学渊源，并且与"写冥奥之思"有关。叶朗理解佛僧所言"象外"为"意"，不无道理，只是此"意"非彼"意"。

皎然《诗式·序》中有言，"至如天真挺拔之句，与造化争衡，可以意冥，难以言状，非作者不能知也"④。似与玄学言意之辩类同。《诗式·辩体一十九字》又有"静，非如松风不动，林狖未鸣，乃意中之静。远，非如渺渺望水，杳杳看山，乃谓意中之远"⑤。可见此

---

① 李壮鹰：《诗式校注》，人民文学出版社 2003 年版，第 376 页。
② 同上书，第 39 页。
③ 瞿蜕园：《刘禹锡集笺证》，上海古籍出版社 1989 年版，第 517 页。
④ 李壮鹰：《诗式校注》，人民文学出版社 2003 年版，第 1 页。
⑤ 同上书，第 71 页。

"意"并非诗歌所要表述的静态的道理，而是活灵灵的直观的对象。①
钱锺书将"言外之意"分为两类，颇有见地：

> 夫言外之意，说诗之常，然有含蓄与寄托之辩。诗中言之未
> 尽，欲吐复吞，有待引申，俾能圆足，所谓含"不尽之意，见于
> 言外"，此一事也。诗中所未尝言，别取事物，凑泊以合，所谓
> 言在于此，意在于彼，又一事也。前者顺诗利导，亦即蕴于言
> 中，后者辅诗齐行，必须求之文外。含蓄比之形之与神，寄托则
> 类形之有影。②

可以粗略地将玄学言外之意比作形之有影，而将皎然的言外之意
比作形之与神。皎然的"象外"自然与"含蓄之意"相关。司空图
"超以象外，得其环中"进一步明确了"象外"所属。如萧驰所言，
"象外"多见于佛籍，司空图的"象外"指中观学呈示的象非其象的
现象世界，它表达着非对象化之境的恍惚之状。③ 皎然之"象外"与
司空图之"象外"当属同意。

在对象外的超模仿或者说无意识活动论证之后，宇文所安在刘禹
锡的"境生于象外，故精而寡和。千里之谬，不容分毫"中发现了一
种排斥他者的独特性，以此呼应开篇特性与独占的主题。并从这句话
看出，是否能获得"象外"效果，是区别真正的诗人与诗匠的关键。④
真正的诗人不仅做诗与经验疏离，而且与大众经验疏离。苦吟诗人沉
迷耽溺乃至诗魔附体不同于白居易的狂吟、醉吟，它更强调写诗的不
由自主和身体的强迫性，而且这种做诗的强迫性冲动，局限于少数人

① 张节末：《禅宗美学》，浙江人民出版社1999年版，第313页。
② 钱锺书：《管锥编》卷一，中华书局1979年版，第108页。
③ 萧驰：《玄、禅观念之交接与〈二十四诗品〉》，载其《佛法与诗境》，中华书局2005年版，第244页。
④ ［美］宇文所安：《中国"中世纪"的终结：中唐文学文化论集》，陈引驰、陈磊译，生活·读书·新知三联书店2006年版，第103页。

也即"诗人"。①

行文最后，宇文氏总结道，9 世纪初，诗人正作为一个远离大众的人物；诗人成为一种可以为之献身的事业。诗独立于其他领域而自足。诗也被赋予一种特殊的地位。"浮世除诗尽强名"，诗是唯一真正的语言。而这语言的真谛——正因此它才足以充分完全地表达现实世界——便在于生产那超乎言外与象外的诗境。② 诗歌经验从疏离于日常经验成为一独立领域，到被赋予形而上的意义，在现代性视阈的折射中，苦吟诗人几乎成了中国的浪漫派。

综上所述，通过对《诗格》、《诗议》等象外美学作技巧诗学的处理，以超模仿解释象外，将境界作为意外收获从而成为诗人的拥有之物，宇文氏成功地赋予了"意境"新的内涵并几乎将其纳入西方诗学的语境。而这一技巧诗学的象外性不仅是有机诗学经验透明性的反动，而且促成了诗人的职业化及诗歌领域的艺术自主。这种现代性理论框架给中唐诗歌研究打开了一个新的视角，提供了一些新颖的结论。然而脱离禅宗去谈象外美学终究有些隔靴搔痒。对这种求异创新可能的解释是，如作者所言，"如果想证明在书林中再添一本西方学者论中国古典诗歌的译文集确有其理由，那么这本文集必须要呈现一些与我们的中国同行们不同的观点"③。

---

① ［美］宇文所安：《中国"中世纪"的终结：中唐文学文化论集》，陈引驰、陈磊译，生活·读书·新知三联书店 2006 年版，第 96 页。

② 同上书，第 104 页。

③ ［美］莫砺锋编：《神女之探寻——英美学者论中国古典诗歌·序一》，上海古籍出版社 1994 年版，第 1 页。（笔者注：该序为欧文所写，写于 1988 年）

第三章　晚唐诗歌与诗学

在宇文所安的唐代诗歌史的描述中，晚唐诗总是与中唐诗连在一起考虑，共同作为盛唐诗的对立面。如上已述："盛唐诗歌的诗联，以其根植于宇宙法则的修辞基础，似乎强化了自然秩序。对仗及其他诗歌语言的传统规范乃是二元论的宇宙观和自然科学的文学呈示。然而中唐及晚唐诗人却倾向于寻求和构筑'奇'，精致的，不能再缩减的个体局部，基于机智或神秘之上的类比。"① 这从他对中晚唐诗的分期上的接近不难理解，《中国"中世纪"的终结：中唐文学文化论集》将中唐诗划在 791—825 时限，十年后出版的《晚唐诗》明确于标题上注明时段在 827—860 这 33 年。细心的读者会注意到《晚唐诗》与《中国"中世纪"的终结：中唐文学文化论集》在部分文本与主题上的重叠，② 对此，宇文氏于《晚唐诗》之《序·后来者》解释为，"这是不可避免的，因为这本书接续上一本书，正如晚唐从中唐中诞生一样。但是，这本书对那些文本和主题采取了一个新的角度并置于一个新的语境，前一本书由主题相关的一系列论文组成，而这本书，如《初唐诗》、《盛唐诗》一样是一部文学史"。③ 虽然语境不同，宇文氏

---

① ［美］宇文所安：《中国"中世纪"的终结：中唐文学文化论集》，陈引驰、陈磊译，生活·读书·新知三联书店 2006 年版，第 40 页。

② 两书相同文本有白居易诗《山中独吟》、贾岛诗《戏赠友人》、贾岛推敲轶事及李商隐《李贺小传》等。

③ Stephen Owen，*The Late Tang*：*Chinese Poetry of the Mid-Ninth Century* (*827 － 860*)，Cambridge and London：the Harvard University Asia Center，2006，p. 17.

对中晚唐诗尤其是中晚唐诗学的思考却是一贯的。

宇文氏指出，"文学史家喜欢用概括的术语来描述时期。部分因为留存的晚唐诗的数量，也因为诗歌作品社会的及地理的分散，我们发现诗歌在这一时期朝不同方向发展，形成一个多元的、拒绝一元化的特征。我们看到成群的诗人共享一种公共的旨趣，新时尚出现，特定场合成为诗歌创作中心。而一些独特的个人不顾当时诗歌风尚，刻意走自己的创作道路。换句话说，当我们贴近观察就会发现，并不存在一个连贯的晚唐，除了作为一个时期"①。这与后面作者对三个诗人群的划分对应：以白居易为首的元和的遗老诗人群；姚合、贾岛为首的五律诗歌巧匠；三个定义晚唐诗的诗人：杜牧、李商隐、温庭筠。所谓新时尚即姚贾诗人群。闻一多在《唐诗杂论·贾岛》一文中对这一时代特征曾做过如此概括："由晚唐到五代，学贾岛的诗人不是数字可以计算的，除极少数鲜明的例外，是向着词的意境与词藻移动的，其余一般的诗人大众，也就是大众的诗人，则全属于贾岛。从这观点看，我们不妨称晚唐五代为贾岛时代。"② 闻氏所提及的向着词的意境与辞藻移动的极少数鲜明例外，应是李商隐、温庭筠无疑。两相比较，宇文氏受闻氏的影响是显然的。

虽然不存在一个连贯的晚唐，晚唐诗与元和风格相对立的总体特征却是一致的。以 827 年为晚唐诗清晰的开始，正在于"元和时代重要人物的去世与对他们诗风的拒斥"，"诗歌兴趣的对抗与转向的那一刻的确标志一个时期的变化"，虽然白居易、刘禹锡还活了数十年，但他们的诗歌大多作为这一时期诗风的反面案例。至于晚唐诗终结于何时，宇文氏认为如在文学的文化中寻找边界，将会把时限拉长至 11 世纪第二个 25 年。以此为转折点，缘于以欧阳修为中心的诗人群有意以韩愈为典范，欲回到 9 世纪初的元和风格。正如南朝末期的诗

---

① Stephen Owen，*The Late Tang：Chinese Poetry of the Mid-Ninth Century* (*827－860*)，Cambridge and London：the Harvard University Asia Center，2006，p. 6.

② 闻一多：《唐诗杂论》，上海古籍出版社 1998 年版，第 36 页。

风跨越了朝代的更替延续至初唐，晚唐诗风同样持续了两个世纪。故设立"860 年的后限只是权宜之计，而非一个转折时刻"。原因在于"860 年后的诗歌大部分是对前一时期创作的诗歌类型的延续并趋于僵化"。"如果我们想找出诗歌史与更广意义上历史的联系，我们将发现它不存在于诗歌的变化之中而存在于诗歌对变化的拒绝，对精致对句，及对诗意和感官享受的痴迷之中。"[①]

联系上一本书中《九世纪初期诗歌与写作之观念》一章对以韩愈为首的儒家有机诗学与以李贺为首的技巧诗学的区分，晚唐 9 世纪诗学正从属于后一诗学谱系，不过在篇幅和内容上都有所扩充，并且避开了《中国"中世纪"的终结：中唐文学文化论集》现代性理论诉求，对"境"与象外美学的敏感问题也束之高阁。正如宇文氏所说，晚唐诗的讨论始终"放在同时代诗歌语境与手抄本文化的问题之中"[②]。这从他对"文学文化"一词在两书的延续使用即可得到验证。从某种意义上可以说，宇文氏的《晚唐诗》接续了定义中国"中世纪"终结及衡量中国文学文化之重大转折，是除《中国"中世纪"的终结：中唐文学文化论集》中采用的对文本权威怀疑的角度外，从中唐初见端倪的 11 世纪后期商业印刷着手的另一思路。

于是，全书的展开基本上形成了两大块：一是着眼于 9 世纪诗学的文本细读；一是着眼于文本留存的文化分析。如果说前者诗歌与诗学角度的文学史描述属于作家、作品、思想传统的文学史撰写方式，那么，从手抄本文化角度着手文学史研究则属于文学史撰写的另一种尝试，虽然后者提供的更多的是问题而不是结论。从某种程度上说，《晚唐诗》正是宇文氏所谓从牛顿物理学到量子物理学的文学史变革的实践。

宇文氏对印刷文本之前的文本即手抄本的重视，很大一部分原因

---

① Stephen Owen, *The Late Tang*: *Chinese Poetry of the Mid-Ninth Century* (*827 – 860*), Cambridge and London: the Harvard University Asia Center, 2006, pp. 6 – 7.

② Ibid., p. 12.

可能在于"中国学者在印刷本谱系上做得很出色，但不注重手抄本文化，特别是手抄本如何出现在北宋以及如何成为我们现在的存留的形象"①。"九世纪正是中国手抄本文化最后以及最充分发展的阶段，虽然手抄本的传播将持续在中国文学中扮演重要角色直到晚清。"② 中国学者之所以对手抄本漠视，宇文氏认为，在于两个基本假定：

一是以为经过学者校勘的印刷本与手抄本文化时期的文本模式基本相同。这一假定为过去三十年的欧洲手抄本文化研究彻底推翻。文本抄写者常常出错，有时则对文本作出有意的改动，或者只抄写他们喜欢的文本。那些文本又被别人抄写，如此类推。对于儒家经典的异文，人们会立即辨认出错误，但如果是诗歌，除了《文选》和《楚辞》之外，北宋中期之前无所谓详细的校勘考证，人们都把自己手头的版本视为正本。因宋代以前的文本主要以手抄本方式进行流传，由此出现大量异文以及编者出于意识形态需要作出的正文选择。

二是以为唐代的诗歌爱好者可以接触到著名诗人的全集。有证据表明，著名诗人的作品主要通过他们的作品选集也即小集在世间流传，读者对次等有名诗人的接触一般来说都是通过总集。小集或选集的产生大多出于人们编选时的乐趣与爱好而非出于研究的需要。当宋代学者开始整理唐代文学遗产时，他们手头只有那些从黄巢起义到10 世纪中叶政治局势稳定下来后从灾劫中幸存下来的抄本。在大多数情况下，他们只有作者全集的一部分，他们是通过合并小集才编撰出我们现有的作者全集的。因此我们不必奇怪 9 世纪和 10 世纪初作

---

① Stephen Owen，*The Late Tang*：*Chinese Poetry of the Mid-Ninth Century* (*827 — 860*)，Cambridge and London：the Harvard University Asia Center，2006，p. 12.

② Ibid.，p. 569. 另，元稹长庆四年（824）十二月所作《白氏长庆集序》有一条著名的注："杨越间多作书模勒，乐天及予杂诗卖于市肆之中也。"（《元氏长庆集卷五十一》）宇文氏认为印刷的更可能是广泛传播的传单，与那一时代佛经的普及本类同，而不是诗集。可参见 Stephen Owen，*The Late Tang*：*Chinese Poetry of the Mid-Ninth Century* (*827 — 860*)，Cambridge and London：the Harvard University Asia Center，2006，p. 570.

者的作品得到了很好保存。但编辑的过程同时也是丢失、篡改和恢复的过程。[①]

　　宇文氏指出，晚唐诗的研究者最希望的自然是诗人自己的手抄本的副本，然后是唐代的手抄本，但大部分诗作的留存都是偶然之物。[②]偶然的保存塑造了诗人的形象，如李廓被认为是姚贾诗人群的成员，但他现存的诗作全部是"风流"，原因在于《才调集》收入的十六首诗基本上都是体现这一特定形象的乐府诗。徐凝的得名在于与张祜同求白居易贡举，白居易以徐凝为元，张祜次之。徐凝留存的只有绝句，并不说明他偏爱绝句，而是洪迈《万首唐人绝句》编选的结果。新近发现的张祜四川版本，比原有诗集多出了一百多首七律和排律，说明以前的版本均来自一个不全的版本的翻印。[③]李绅作为新乐府运动的重要人物，本应是一位活跃而有趣的诗人。他写过《莺莺歌》，这首曾与元稹的《莺莺传》齐名的诗。这首诗已佚失，只有一小部分因为被纳入《西厢记诸宫调》才得以流传下来。李绅现存诗作大部分来自其晚年诗作《追昔游》的集子，加上总集里保存下来的少数诗篇，大多枯燥无味。在李绅那里，我们看到了一个名声在很大程度上依赖于历史偶然性的诗人。[④]

　　李商隐诗集编撰史能清楚地体现选集所塑造的诗人形象的变化。李涪对李商隐的苛评："无一言经国，无纤意奖善，惟逞章句"，也许并非其偏见和无知的结果，极有可能的是李涪看到的只是李商隐诗歌的小集而非全集。对李商隐的诗相对保存较好的有 10世纪初韦庄编选的《又玄集》，10世纪中期韦縠的《才调集》，后者收入了四十首李商隐的诗，但对他的评价仍趋向于对句的文体家而非诗人。李商隐作为诗人的最后成名，源自他的编辑者和崇拜者杨

　　① ［美］宇文所安：《史中有史》（下），《读书》2008 年第 6 期。

　　② Stephen Owen，*The Late Tang：Chinese Poetry of the Mid-Ninth Century*（*827－860*），Cambridge and London：the Harvard University Asia Center，2006，pp. 36－37.

　　③ Ibid.，pp. 37－40.

　　④ ［美］宇文所安：《史中有史》（下），《读书》2008 年第 6 期。

亿、11 世纪初的杰出文学家。李商隐从一个词藻绮丽的诗人到一个心系国运的开阔视野诗人的转变，与杨亿对李诗辛苦搜集最终使李诗的数量四倍于选集分不开。如果没有杨亿对发现李商隐诗歌新抄本所作出的努力，我们现在对李商隐的印象可能会大不一样，虽然杨亿的定本只是现在李集的三分之二。而许多唐代诗人的宋代编辑者没有杨亿那么大的名气和文化影响力帮助自己去搜集完整他所钟爱诗人的作品。①

手抄本文化的视角无疑将开拓我们对文学史的思考，不过我们毕竟要清楚这一点，手抄本文化角度在《晚唐诗》的撰写过程中，大多只是作为背景陈述及对可能问题的提出，始终不能成为叙事型文学史的主体。这是不可避免的，因为我们只能对现存的文本进行分析，《晚唐诗》的主体仍是 9 世纪诗歌与诗学的描述。9 世纪诗学由《九世纪初期诗歌与写作之观念》所列举的韩愈与李贺创作观念简单的二元对立扩展为白居易的通俗诗学与五律诗匠、杜牧、李商隐诗学的对立。

第一节　9世纪诗学与姚贾诗人群

一　9世纪的职业诗人

上章述及，宇文氏关于 9 世纪初诗人创作与经验的疏离，以象外效果的获得与否区分真正诗人与诗匠的观点，已暗示了职业诗人群体的出现。《晚唐诗》第一章《背景设立·文宗与诗》专设晚唐时期对诗不同理解的讨论。宇文氏指出，"在（一些当权派，笔者注）不赞成诗人占据高官与诗作为一独立于公务的职业的观念之间有一清晰的

---

① Stephen Owen，*The Late Tang：Chinese Poetry of the Mid-Ninth Century* (*827－860*)，Cambridge and London：the Harvard University Asia Center，2006，pp. 336－338.

联系。我们无法知晓孰因孰果，更为可能的是，两种现象同时产生"。
"虽然对诗人的轻视在前些时段并非不存在，而且这一时段许多身居
高位的官员仍然以诗闻名，九世纪的第二个 25 年对诗人与诗的普遍
不信任似有上升。李德裕成功地将诗赋清除出 834① 年的进士考试，
虽然在下一年重又恢复"，他的理由是"士族之子比能写好一篇试贴
诗和赋的一般人更懂得官场的真正需要"②。同样以因袭得官并主张废
除诗赋取士的另一位当权人物——郑覃劝阻文宗对诗歌的爱好，认为
对诗的崇拜可能会背离严肃的追求：

> 诗之工者，无若三百篇，皆国人作之以刺美时政，王者采之
> 以观风俗耳，不闻王者为诗也。后代辞人之诗，华而不实，无补
> 于事。陈后主、隋炀帝皆工于诗，不免亡国，陛下何取焉！③

更能确证对"诗"的理解发生的重要转变，来自于李珏关于文宗
838 年欲成立七十二诗学士的上书：

---

① 书中误为"833 年停试诗赋，于后年恢复"，应为 834 年，即大和八年停
试诗赋，于后年恢复。参见（宋）宋敏求编《唐大诏令集》卷二十九，中华书局
2008 年版，第 106 页。"……其进士学，宜先试贴经，并略问大义，取经义精通
者；次试议论各一首，文理高者，便与及第。其所试诗赋并停……"另参见
（清）徐松撰，孟二冬补正《登科记考补正（中）》，北京燕山出版社 2003 年版，
第 846—847 页。"七年癸丑（833）八月甲申朔，册皇太子德音：'……其进士
学，宜先试贴经，并略问大义，取经义精通者；次试议论各一首，文理高者，便
与及第。其所试诗赋并停……'（《旧书》本纪，《册府元龟》，《唐大诏令集》）。
按开成元年文宗谓宰臣：'所见诗赋似胜去年。'是大和九年仍用诗赋也。则停试
诗赋惟大和甲寅一年耳。"

② Stephen Owen, *The Late Tang：Chinese Poetry of the Mid-Ninth Century*
（*827－860*），Cambridge and London：the Harvard University Asia Center，2006，
p. 24.

③ （宋）司马光：《资治通鉴》卷二百四十五，中华书局 1997 年版，第
2010 页。

当今起置诗学士，名稍不嘉。况诗人多穷薄之士，昧于识理。今翰林学士皆有文词，陛下得以览古今作者，可怡悦其间；有疑，顾问学士可也。陛下昔者命王起、许康佐为侍讲，天下谓陛下好古宗儒，敦扬朴厚。臣闻宪宗为诗，格合前古。当时轻薄之徒，擒章绘句，聱牙崛奇，讥讽时事，尔后鼓扇名声，谓之"元和体"，实非圣意好尚如此。今陛下更置诗学士，臣深虑轻薄小人，竞为嘲咏之词，属意于云山草木，亦不谓之"开成体"乎？玷黩皇化，实非小事。①

"李珏对诗人抨击时政的焦虑，更多是元和时代的记忆而不是对九世纪三十年代诗歌实践的判断。他更担心的是对不受控制的一群年轻人，不受官僚政治的管辖，不通过正常渠道分封而得名。翰林诗学士的设置可能是最糟的情况，这些人将在官僚政治渠道之外受任，并可与爱好诗歌的文宗直接接触获得他的保护和支持。"② 宇文氏认为，"当李珏谈及'诗人'时，他并不简单指那些写诗的人而是某种程度为写诗这一行为定义的人"。"成为一名诗人是这种人的基本定义，任何他可能的职务都是第二位的。实际上，诗已成为一独立领域，一份自足的职业，故潜在的与公务相区别，被视为截然不同的职业和能力。李珏的建议与李德裕对进士停试诗赋理由接近。"宇文氏于脚注说明白居易的诗《惜春赠李尹》可领会李珏对诗人偏见的由来。③

　　　　　　春色有时尽，公门终日忙。
　　　　　　两衙但不阙，一醉亦何妨。
　　　　　　芳树花团雪，衰翁鬓扑霜。

---

　① （宋）王谠：《唐语林》卷二，古典文学出版社 1957 年版，第 56 页。

　② Stephen Owen，*The Late Tang*：*Chinese Poetry of the Mid-Ninth Century*（*827 - 860*），Cambridge and London：the Harvard University Asia Center，2006，p. 28.

　③ Ibid.，p. 26.

> 知君倚年少，未苦惜风光。

　　这一注虽能有力地说明诗人属意于云山草木、无心于公务，作者白居易却并不合李珏所指的穷薄之士、昧于识理的诗人。

　　笔者以为，李珏非议的诗人更可能是姚贾诗人群，从宇文氏对职业诗人群成因的论证及置于时代背景下看，他应同意前引闻一多"贾岛时代"的概括。这一点在书的第三章《五律》的第二节《贾岛传奇》中得到了印证。宇文氏对闻氏的贾岛时代观点不仅予以认可，而且于脚注为之辩护："闻一多的精确判断是由整个九世纪文本所支持。如果现代学者指出其他诗人更完美'反映'时代环境，那只是现代学者的一时兴趣而非同时代人看待他们时代诗歌的方式。"① 如罗宗强在《隋唐五代文学思想史》中就认为晚唐诗歌思想的主要特征是在艺术上追求细美幽约，代表诗人是李商隐。②

　　对姚贾诗人群不顾救世只顾做诗的缘故，闻氏认为是旧中国传统社会制度下的正常状态。理由有三：一是没功名、没宦籍的青年人，在地位上、职业上可说尚在"未成年"时期，种种对国家、社会的崇高责任是落不到他们肩上的。越俎代庖的行为是情势所不许的，所以恐怕谁也没想到那头上来。二是做诗才有希望爬过第一层进身的阶梯。诗做到合乎某种程式，如其时运也凑巧，果然溷得一"第"，到那时，至少在理论上你才算在社会中成年了，才有说话做事的资格。三是万一你的诗做得不及或超过了程式的严限，或诗无问题而时运不济，那你只好做一辈子的诗，为责任做诗以自课，为情绪做诗以自遣。这三种情况都集于贾岛一身，贾岛便成为"这古怪制度之下被牺牲，也被玉成了的一个"③。终生不第的贾岛成就了其纯粹诗人的

---

　　① Stephen Owen，*The Late Tang：Chinese Poetry of the Mid-Ninth Century*（*827－860*），Cambridge and London：the Harvard University Asia Center，2006，p. 95.

　　② 罗宗强：《隋唐五代文学思想史》，上海古籍出版社 1986 年版，第 362 页。

　　③ 闻一多：《唐诗杂论》，上海古籍出版社 1998 年版，第 33 页。

名声。

　　宇文氏所论集中于晚唐827—860年这一特定时期，对姚贾职业诗人群的成因有了更细致的分析，对朝中高官此期对诗及庶族出身的诗人的偏见与独立于公务的职业诗人产生的现象之间的密切联系的揭示，可以说是对闻氏传统社会制度牺牲品看法的一个补充。闻氏接下去谈的是姚贾诗人群选择五律这一文体的原因和贾岛爱静、爱瘦、爱冷的诗歌情调，限于篇幅并没对诗人的职业特征作一深究。宇文氏对诗的独立及诗人的职业化的发现可以说来自于西方学者的敏感和理论上的诉求。

　　只是这一"诗人"形象似又并不局限于姚贾诗人群，从上引白居易的诗来看，宇文氏对诗人的职业化的理解侧重于职业诗人独立于公务，范围囊括白居易与姚贾诗人群。在《序·后来者》对晚唐827—860年这一时段作一特征概括时，他谈道："当诗歌作为一独立领域，如同佛教徒的职业。诗人开始从量上视其诗为建立在土地和货物积累模式基础上的'一份遗产'，或一生仕途或佛门生涯积累而成的'价值'。很少诗人像白居易和贾岛那么不同，但我们发现两者都有对各自手抄本诗集的思考场景。"（白居易对自己手抄本诗集的思考见诸书中第一章对白诗《初授秘监并赐金紫闲吟小酌偶写所怀》、《题文集柜》中"业"的分析①。贾岛对其诗集思考之说书中未予指出，当源自顾嗣立寒厅诗话：贾长江尝于岁除取一岁中所作诗，以洒脯祭之，曰：劳我精神，以此补之。②）这与宇文氏在《结论》中所述的新的"诗人"形象一致："他将自己定义为诗人，从事艺术工作，并尽力控制那种艺术的成品，不仅是诗还有诗集。"③ 在宇文氏的表述中，我们

---

　　①　Stephen Owen，*The Late Tang*：*Chinese Poetry of the Mid-Ninth Century* (*827－860*)，Cambridge and London：the Harvard University Asia Center，2006，pp. 54－55.

　　②　李嘉言：《长江集新校》，上海古籍出版社1983年版，第219页。

　　③　Stephen Owen，*The Late Tang*：*Chinese Poetry of the Mid-Ninth Century* (*827－860*)，Cambridge and London：the Harvard University Asia Center，2006，p. 570.

看到的新的"诗人"至少应包括白居易和贾岛两类人。在第八章《杜牧》中,宇文氏将定义自己为"诗人"的人也分为两类:一是忠实的诗歌巧匠,献身于对诗律的臣服(以佛教徒为典范);二是半职业诗人,游走于一个幕府和另一个幕府之间并借此扬名。这类诗人常常寻找一个职业,但他们倾向于将他们的职业仅仅作为一个工作,作为对他们天才的酬劳,业余时间则用来写诗。这两类诗人对应于对诗的两种不同理解:一是诗即诗人的生活目标(即成为一位"诗人");二是以诗作为生活附属物,目标在别处。[①] 这与此前《中国"中世纪"的终结:中唐文学文化论集》的描述:"苦吟诗人沉迷耽溺乃至诗魔附体不同于白居易的狂吟、醉吟,它更强调写诗的不由自主和身体的强迫性,而且这种作诗的强迫性冲动,局限于少数人也即'诗人'"[②] 似有抵牾。白居易清晰地被排除在"诗人"的范围之外。在《晚唐诗》中,"诗人"的形象则更多地指向李贺及姚贾诗人群:

> 正如我们所见到的,有关贾岛的轶事为一种"诗人"应是的新的形象强烈塑形,而且,我们在他的诗中——包括上引诗篇(指《戏赠友人》,笔者注)——看到了支持并且无疑促成这一形象的主题。[③]

> 李商隐发现"诗后面的人物"不是屈原,那个怀才不遇或为政治、社会而苦恼的人物,他发现李贺或许寻找的是:完全沉浸在他的艺术中的"诗人"的形象。虽然这一诗人形象与五律诗匠所实践的诗歌形象,即苦吟的诗学相配,它比苦吟诗学更为诡奇

---

① Stephen Owen, *The Late Tang*: *Chinese Poetry of the Mid-Ninth Century*(*827－860*), Cambridge and London: the Harvard University Asia Center, 2006, p. 255.

② [美]宇文所安:《中国"中世纪"的终结:中唐文学文化论集》,陈引驰、陈磊译,生活·读书·新知三联书店 2006 年版,第 96 页。

③ Stephen Owen, *The Late Tang*: *Chinese Poetry of the Mid-Ninth Century*(*827－860*), Cambridge and London: the Harvard University Asia Center, 2006, p. 95.

和极端。①

最能代表白居易诗人群与姚贾诗人群分歧的是书中时常提及的两种诗学的对立，即不为诗而作与为诗而作。正如有机诗学与技巧诗学的对立，"为诗而作"显然如技巧诗学一样是"诗人"形象的标志诗学，姚贾诗人群自然是主张艺术自主的"诗人"。

综上所述，宇文氏笔下的"诗人"形象时有交叉和混淆，笔者分析，这可能来自于宇文氏对"诗人"界定的两重标准：艺术自主与文本留存。如果就诗学角度看，晚唐 9 世纪为诗而作的诗学与其前一本书中的 9 世纪初的技巧诗学并不矛盾。

二　为诗而作

如果说《九世纪初诗歌与写作之观念》侧重从象外美学寻找理论资源说明了有机诗学向技巧诗学的转型，《晚唐诗》则侧重回到同时代的诗歌语境，从文献和文本细绎中得出结论。书中提到两次白居易诗人群与姚贾诗人群诗学的交锋：

第一次是 827 年白居易为诗僧道宗诗作序，这里不妨将原文引出：

题道宗上人十韵并序

普济寺律大德宗上人法堂中，有故国郑司徒、归尚书、陆刑部、元少尹及今吏部郑相、中书韦相、钱左丞诗。览其题，皆与上人唱酬。阅其人，皆朝贤。省其文，皆义语。予始知上人之文，为义作，为法作，为方便智作，为解脱性作，不为诗而作也。知上人者云尔，恐不知上人者，谓为护国、法振、灵一、皎然之徒与，故予题二十句以解之。

---

① Stephen Owen, *The Late Tang*: *Chinese Poetry of the Mid-Ninth Century*（*827－860*），Cambridge and London：the Harvard University Asia Center，2006，p. 159.

如来说偈赞，菩萨著论议。是故宗律师，以诗为佛事。一音
无差别，四句有诠次。欲使第一流，皆知不二义。精洁沾戒体，
闲淡藏禅味。从容恣语言，缥缈离文字。旁延邦国彦，上达王公
贵。先以诗句牵，后令入佛智。人多爱师句，我独知师意。不似
休上人，空多碧云思。①

白居易赞道宗为义作、为法作、为方便智作、为解脱性作，不为
诗而作，以及对道宗诗"一音无差别，四句②有诠次"、"从容恣语
言，缥缈离文字"的描述，将道宗的偈颂诗与 8 世纪末专于五律"为
诗而作"的诗僧创作类型相对。宇文氏指出，"白居易虽不为解脱性
作，对道宗诗的描述充分体现了他自己诗歌的价值"③。此言不虚，在
白居易的《新乐府》序中，白氏自陈：

其辞质而径，欲见之者易喻也。其言直而切，欲闻之者深诫也。
其事核而实，使采之者传信也。其体顺而肆，可以播于乐章歌曲也。
总而言之，为君、为臣、为民、为物、为事而作，不为文而作也。④

"为道宗作序的白居易当时在长安，不可能没有意识到当时姚合
贾岛等五律诗人的受欢迎，贾岛、姚合无疑非常敬佩'为诗而作'的
诗僧"⑤，基于此，宇文氏认为，"为诗而作"毋庸置疑地是针对贾岛、

---

① 彭定求等编：《全唐诗》，中华书局 1960 年版，第 4978 页。

② 四句，梵语偈陀，汉译曰颂，梵汉双举曰偈颂，字数和句数皆有规定，
一般以三字至八字为一句，四句为一偈，故偈颂亦可称为"四句"。参齐文榜
《贾岛集校注》，人民文学出版社 2001 年版，第 83 页。

③ Stephen Owen，*The Late Tang：Chinese Poetry of the Mid-Ninth Century*
(*827－860*)，Cambridge and London：the Harvard University Asia Center，2006，p. 92.

④ 彭定求等编：《全唐诗》，中华书局 1960 年版，第 4689 页。

⑤ Stephen Owen，*The Late Tang：Chinese Poetry of the Mid-Ninth Century*
(*827－860*)，Cambridge and London：the Harvard University Asia Center，2006，
p. 58.

姚合诗人群的诗歌创作的描述。

此节亦可在姚贾诗人群的诗歌实践中得到验证。孟郊被认为是"为诗而作"严肃艺术的奠基人。

贯休，读孟郊集

东野子何之，诗人始见诗。

清刿霜雪髓，吟动鬼神司。

举世言多媚，无人师此师。

因知吾道后，冷淡亦如斯。

宇文氏指出，"贯休并不是否定孟郊以前李白、杜甫等大诗人，而是唤起'纯诗'，诗不是生活的附属，而是生活的全部，诗人牺牲其他任何事并为之受苦"。白居易的创作显然被排除在"纯诗"之外。①

姚合，闲居晚夏

闲居无事扰，旧病亦多痊。

选字诗中老，看山屋外眠。

片霞侵落日，繁叶咽鸣蝉。

对此心还乐，谁知乏酒钱。

姚合，送无可上人游越

清晨相访立门前，麻履方袍一少年。

懒读经文求作佛，愿攻诗句觅升仙。

芳春山影花连寺，触夜潮声月满船。

今日送行偏惜别，共师文字有因缘。

---

① Stephen Owen，*The Late Tang*：*Chinese Poetry of the Mid-Ninth Century* （827－860），Cambridge and London：the Harvard University Asia Center，2006，p. 124.

　　无论是"选字诗中老"、"愿攻诗句觅升仙"还是"共师文字有因缘"都传达了姚合对诗作为一自足世界的追求及以文字为师的理念。"对此心还乐，谁知乏酒钱"，诗作为一独立领域，不再与作为娱乐助兴的"酒"相连，而白居易的"狂"常与"酒"连在一起。①

　　第二次交锋是832年刘禹锡任苏州太守时。他为诗僧灵澈诗集作序。在对灵澈的生平回顾和作序的机缘说明之后，刘禹锡如此评判：

　　　世之言诗僧多出江左，灵一导其源，护国袭之，清江扬其波，法振沿之，如么弦孤韵瞥入人耳，非大乐之音。独吴兴昼公能备众体，昼公后，澈公承之。至如《芙蓉园新寺》，诗云：经来白马寺，僧到赤乌年。《谪汀州》云：青蝇为吊客，黄耳寄家书。可谓入作者闡域，岂独雄于诗僧间邪？②

　　刘禹锡对灵澈和皎然的赞美，是由诗僧传统创作的局限而发，即"么弦孤韵瞥入人耳，非大乐之音"。该句意指诗僧专于五律，集中于由一些有限形象和词汇构成的完美对句，而这正是贾岛、姚合实践的那种诗歌。宇文氏指出，继刘禹锡作序5年后的837年，姚合编辑了《极玄集》。该节收入的基本上是五律，经由一番精审的对诗人的选择，收入灵一、法振和清江，也即刘禹锡贬低的诗歌范围狭小的四个诗僧中的三个。皎然诗收入四首，但全为五律。

　　这两次对诗僧的攻击经由宇文氏同时代语境及文本的分析都指向与姚贾诗人群的对立。为诗而作的职业特征与对五律的经营是相辅相成的。除拘于五律，宇文所安还总结出五律诗匠创作的另一个

---

　　① Stephen Owen, *The Late Tang*: *Chinese Poetry of the Mid-Ninth Century* (*827－860*), Cambridge and London: the Harvard University Asia Center, 2006, p. 121.

　　② 刘禹锡：《澈上人文集纪》，载王云五编《刘宾客文集附补遗》卷十九，商务印书馆1937年版，第153页。

特点：无个性。"不管诗有多好，同样可以为圈子中的另一个人轻易写就。这多少是一种共享的技艺。"① 他们所做诗歌大都类似，多模仿之作。②

　　对姚贾诗人群专于五律这一诗体，闻一多的权威解释是："一则五律与五言八韵的试贴最近，做五律即等于做功课，二则为拈拾点景物来烘托出一种情调，五律也正是一种标准形式。"③ 在此基础上，宇文氏从五言的联系范围给出了一个似更合理的答案：不同于"七言与歌谣（literary ballad）、七言歌行（stanzaic 'song' in the long line）（不太唱）及七绝（经常唱）的密切联系"，五言古体"可唤起古风的尊严、伦理的兴趣或感情的直接。五律不管倾向直接还是对句技艺，都具备明显不同于七律的特质"。七律除了七言流行的特质外还有宫廷诗华丽的一面。"诗匠的主题，即类似于佛教戒律，苦行者的诗律，或苦吟，都几乎局限于五律。正如五言的简洁与美学上的苦行主义和自我控制相联系，七言则在情感或态度上与'散漫'相连。"④

　　这里通过对五、七言联系范围，严肃与散漫的二元对立，进而得

---

　　①　Stephen Owen，*The Late Tang：Chinese Poetry of the Mid-Ninth Century*（827－860），Cambridge and London：the Harvard University Asia Center，2006，p. 92.

　　②　在第三章《五律》及第五章《诗歌巧匠》的文本分析中，作者提供了大量证据。如周贺《哭闲霄上人》"地燥焚身后，堂空著影初"对贾岛《哭柏岩和尚》"写留行道影，焚却坐禅身"的模仿，雍陶《秋居病中》"荒檐数蝶悬蛛网，空屋孤萤入燕巢"对贾岛《旅游》"空霜叶落，疏牖水萤穿"的模仿。至于相同的形象一再出现，有"夜雨佛前灯"（马戴）"影堂斜掩一灯深"（雍陶）"凫灯度雪补残衲"（周贺）。宇文氏认为他们的成就不在于寻找新的形象而是在对原有形象的重组、投掷及融入进一个更长的模式。Stephen Owen，*The Late Tang：Chinese Poetry of the Mid-Ninth Century*（827－860），Cambridge and London：the Harvard University Asia Center，2006，pp. 117，149.

　　③　闻一多：《唐诗杂论》，上海古籍出版社 1998 年版，第 33 页。

　　④　Stephen Owen，*The Late Tang：Chinese Poetry of the Mid-Ninth Century*（827－860），Cambridge and London：the Harvard University Asia Center，2006，p. 186.

出五、七律不同的美学品格。值得注意的是，这种划分更多是基于五古与七古的区别，并不能完全概括五律与七律的不同。从中古诗歌律化运动看，七律与五律同样面临格律化的过程，即对仗与平仄。从五、七律滥觞于梁陈宫廷诗人阴铿与庾信的创作，形式上最终定型于初唐宫廷诗人杜审言及"沈宋"之手看，五、七律的律化均与宫廷诗的实践密切相关。五、七律风格的成熟就在于它在题材上多大程度脱离宫廷诗范畴。王维的五律率先达到了唐人五律的高峰，其风格大致秉承晋陶渊明的田园古风，未脱庄子心与物齐的自然主义传统。七律因其音乐系统的复杂，其风格的圆熟较五律滞后，直到杜甫的夔州七律才臻于极致，体现出纯粹的审美游戏品格，即在用典上脱离了现实主义（叙事诗）的"诗史"经验，与自然的关系又超越了抒情主义的比兴经验，对自然与历史均引入对比联想这种形式游戏，在诗歌经验中实现与宇宙大化同体的第二时空。① 可见，单纯以五、七言的联系范围来区分五、七律的美学品格并不充分，不仅因为五、七律均源于宫廷诗实践，而且七律在"晚节渐于诗律细"的杜甫手中较五律更可成为对形式的推崇与遵循。

三　五律诗律与佛教戒律的类比之误②

将五律与对形式的苦吟与严守相连，来自于宇文氏将五律的诗律理解为与佛教戒律的类比。如前所述，他将五律诗匠的主题概括为："类似于佛教戒律，苦行者的诗律"。这与此前宇文氏标志诗人拥有物的意外收获或象外之境的表述有所不同。宇文氏提出的重要论据就是贾岛的《赠友人》中诗律与戒律的微妙联系。与喜欢将自己刻画为随兴作诗的白居易不同，贾岛的《赠友人》则是对另一类型诗人的赞誉：

---

① 参见张节末、徐承《作为审美游戏的杜甫夔州七律——以中古诗歌律化运动为背景》，《学术月刊》2009 年第 9 期。

② 此节内容可参见拙文《贾岛五律与佛教戒律的类比之误：以宇文所安晚唐诗研究为例》，《浙江学刊》2009 年第 2 期。

五字诗成卷，清新韵具①偕。

不同狂客醉，自伴律僧斋。

宇文氏认为，第四句的"律"既是佛教的戒律，也是诗律。虽然"律"直到宋才作为诗歌规律的一般用法，但仍存在使用这种用法的唐代先驱者。从第二句（清新韵具偕）中可以看出这位无名的诗人严格遵守韵律和节奏。②需要说明的是，在《全唐诗》中，贾岛涉及"律"的诗句仅此一首，单以一首诗似不足为据。况且第二句如作"少得"，意思将大异其趣。另从《晚唐诗》书中未引的尾联：

春别和花树，秋辞带月淮。

却归登第日，名近榜头排。

看出是首祝友人他年高第之诗，所谓"自伴律僧斋"更多的是对友人好佛修身的誉词，不宜坐实。综上数端，以此诗为证尚须推敲。

在对此诗中诗律与佛教戒律的微妙联系作一揭示之后，宇文所安指出，贾岛诗中"这种诗律——不是偶然地与五律相连——与宗教戒律相关，这种诗与宗教戒律的联系在这个世纪末期发展到非常密切的程度"③。理由是 9 世纪末和整个 10 世纪，诗与禅反复对举，诗有时作为禅的补充、有时作为竞争者，其他时候则成为禅的另一形式。但作者无意谈论作为宗教信仰的佛教对诗歌的影响，而是意在谈论佛教戒律作为诗歌典范对诗歌的影响，要求彻底的臣服并将从事者与常人

---

① 《贾岛集校注》本用"少得"，意为友人五言诗少有人可比。［校记］说明奉新本、季稿作"韵具"，参见齐文榜《贾岛集校注》，人民文学出版社 2001 年版，第 268 页。

② Stephen Owen, *The Late Tang*: *Chinese Poetry of the Mid-Ninth Century*（*827 － 860*），Cambridge and London：the Harvard University Asia Center，2006，p. 90.

③ Ibid. , pp. 90 － 91.

相区别。①

我们须注意，此处的推论并不连贯，从诗禅的紧密联系并不能推出诗与佛教戒律的紧密联系。诗禅之间的联系更多的应是内容上诗境与禅境的相通，宇文所安显然是偏向了形式上的相互影响。

他在五律诗律与佛教戒律之间作了一有趣的比照，如僧侣取法号，穿僧衣吃斋饭，持戒度日，做到极致便是消失个性于戒律的实践。同样五律的诗艺也是无名的，它不是对个性的赞美（如在白居易诗中表现得非常突出）而是一种共享艺术的熟练实践。② 戒律的禁欲主义和约束对应的即是美学上的苦吟③主义。早在 2002 年初版的《他山的石头记：宇文所安自选集》的《苦吟的诗学》中，宇文氏已将诗艺的耽溺及在诗上花费的时与力同僧侣对事业的绝对投入相类比。④ 四年之后，《晚唐诗》又把五律的诗律直接与佛教戒律作比较。这一类比除绝对投入这一用意之外，它的深意还在于对形式及规则的强调。

在后一节《贾岛传奇》中提及李洞供奉贾岛佛时，宇文所安指出，"这里我们又一次清楚地看到贾岛代表的诗歌类型与佛教形式的联系：不是佛教的'内容'而是一种秘传知识的理式（the idea of an esoteric knowledge），与苛刻戒律相连，它可以从师傅传至门徒。贾岛撰写了《二南密旨》——这本可确定为九世纪或十世纪的诗歌手册。

① Stephen Owen, *The Late Tang*：*Chinese Poetry of the Mid-Ninth Century* (*827－860*), Cambridge and London：the Harvard University Asia Center, 2006, p.91.

② Ibid., pp.91－93.

③ 宇文所安指出，"苦吟"一词在 9 世纪 20 年代至 30 年代词义由"痛苦中吟诗"（诗是诗人因生活艰辛而发）至"写作的艰难"（诗人视苦吟为一种乐趣），参见 Stephen Owen, *The Late Tang*：*Chinese Poetry of the Mid-Ninth Century* (*827－860*), Cambridge and London：the Harvard University Asia Center, 2006, p.93.

④ ［美］宇文所安：《他山的石头记：宇文所安自选集》，田晓菲译，江苏人民出版社 2006 年版，第 174 页。

这看似极不可能，但它暗示了知识向一个被选择的个人或团体的传递"①。作者未对"理式"加以说明，其内涵为与"内容"相对的"形式"应无疑。对形式的强调，又出现在书中《结论》中的一段话："对白居易来说，诗歌'形式'仅意味着字数、押韵和平仄交替……对贾岛和以他为中心的诗人群来说，'形式'意味全然不同：它是一种标志着艺术性和区别于自然语言的受控制的文体，以某种原型为表达塑形（set within a stylized pattern of exposition）。"最后一句的表述与新柏拉图主义者为艺术偏离现实所作的辩解"艺术直接摹仿理式"颇为相似。接下来，宇文氏继续阐述道，"他们对中国诗歌传统的贡献绝不亚于白居易。可能早已存在技艺出众的诗人，但贾岛和他的团体将诗艺的精湛同时与力的花费相联系。他们不太讲天赋，那种可以不费气力压倒规则的内在禀赋。相反他们的诗歌被称为热情的投入的那种诗……他们提供了可以学习的达至诗艺精湛的一种模式"②。

此段文字表达的观点与胡中行关于贾岛中人之才说③颇为相似，不同之处是宇文氏的论述引入了西方文论中关于天才与规则的对立语境。但与此相反，宇文氏在《九世纪初期诗歌与写作之观念》中却引用了18世纪爱德华·杨格的《论独创性的写作》中关于独创性天才无意识创造心理的描述，来说明以贾岛为首的技巧派诗人的创作。④ 杨格此文将"模仿分为两种：一种是模仿自然，另一种是模仿作家。前者我们称之为独创

<hr />

① Stephen Owen，*The Late Tang*：*Chinese Poetry of the Mid-Ninth Century* (*827－860*)，Cambridge and London：the Harvard University Asia Center，2006，p. 95.

② Ibid.，p. 568.

③ "贾岛以中人之才，能够跻身名家之林，正是得力于'苦吟'。……以'苦吟'弥补才力不足……为大众诗人们提供了一个作诗的榜样。"参见胡中行《略论贾岛在唐诗发展中的地位》，《复旦学报》（社会科学版）1983年第3期。

④ 书中以姚合《喜览泾州卢侍御诗卷》（自是天才健，非关笔砚灵）与贾岛的《戏赠友人》（一日不做诗，心源如废井）两首诗为例证。参见［美］宇文所安《中国"中世纪"的终结：中唐文学文化论集》，陈引驰、陈磊译，生活·读书·新知三联书店2006年版，第98页。

性作品，而同时以模仿性的作品一词指代后者。……模仿者只是给予我们一种复制品，一种对我们早已有之的，也许还要好得多的作品的复制"①。艾布拉姆斯认为杨格蔑视"技艺的天才"②，"并几乎全盘摈弃了传统的艺术修辞构架及其对苦功、范例、行为准则以及娴熟地运用手段达到目的等作法的注重"③，"把独创性天才这个概念中艺术的一面和井然有序的程序排除出去"④。

《九世纪初期诗歌与写作之观念》一章虽以技巧诗学统称贾岛等技巧派诗人的创作，在具体分析时却是以超模仿论（无意识天赋）说明，以象外效果的获得区别真正诗人的诗与仅仅能够做到押韵合律的诗。⑤ 其中杨格的自然天才论背景是显然的。这与《晚唐诗》对贾岛及以他为中心的诗人群创作的描述正好形成对峙之势。臣服于五律诗律如僧人臣服于佛教戒律，"形式"的意味及无个性的描述，如果剔除拟古的因素，强调的正是独创性天才摒弃的艺术的一面和井然有序的程序。虽然同是为贾岛及其诗人群职业诗人特征立论，作者何以对同一对象作"自然与艺术"、"个性与共性"截然相反的处理，仅仅一句角度和语境不同的解释难以令人信服。如果说上本书中用超模仿论界定他们的创作，倾向于西方文论中的表现论，那么《晚唐诗》对形式和规则的强调则倾向于西方文论中的模仿论。

如果撇开与上本书的抵牾不提，只是将五律诗律与佛教戒律之间

---

① ［英］爱德华·杨格：《论独创性的写作》，载［英］拉曼·塞尔登《文学批评理论：从柏拉图到现在》，刘象愚等译，北京大学出版社 2000 年版，第 155 页。

② 爱迪生和蒲伯以高尚植物的杂然无饰与园林艺师妙手精心修整的园林之间的对照为喻，说明天才也可相应地区分为自然的天才和技艺的天才。参见［美］M. H. 艾布拉姆斯《镜与灯：浪漫主义文论及批评传统》，郦稚牛等译，北京大学出版社 2004 年版，第 241 页。

③ ［美］M. H. 艾布拉姆斯：《镜与灯：浪漫主义文论及批评传统》，郦稚牛等译，北京大学出版社 2004 年版，第 241 页。

④ 同上书，第 269 页。

⑤ ［美］宇文所安：《中国"中世纪"的终结：中唐文学文化论集》，陈引驰、陈磊译，生活·读书·新知三联书店 2006 年版，第 99，103 页。

的类比同样放入同时代诗歌语境中考察，亦存在诸多可疑之处。以贾岛为例：

第一，宇文氏比附的佛教戒律是否盛行于当时，以致影响到诗歌的创作。持戒本是僧人的外在标志，但是禅宗宗义以"明心见性"为纲领，主张自性本来清净，不假外铄，把艰难的修持转变为心性修养和自我觉悟功夫，并不重修持及戒律。慧能和神秀弟子还都是戒禅合一。但到 8 世纪下半世纪，道一、希迁、无住，都只专提见本性为禅了。① 贾岛生活的时代处于代宗至武宗之间，正是南宗禅洪州、石头两家蓬勃发展的时期。可见佛教戒律并不盛行于当时以致影响到诗歌创作。

第二，宇文氏所例举的江左诗僧传统及与贾岛交游的僧人是否存在严守戒律的情况。诗僧这一类以写诗为务的僧人的出现与繁盛与南宗禅的发展有着密切关联。最早出现"诗僧"二字是在中唐皎然的《酬别襄阳诗僧少微》一诗中。在上引刘禹锡《澈上人文集纪》中除灵一是盛唐人外其他均为中唐诗僧。僧人创作诗歌本存在着与教义教理相悖的荒谬。南宗禅的出现和兴盛，其"佛法无用功处只是平常无事，屙屎送尿，着衣吃饭，困来即卧"，随缘顺俗，才从思想上和心理上消除了僧人教内破戒的指责及内心惶惑。诗歌在禅宗看来，也是悟入正道的途径，指向佛性。诗禅的对举并不以戒律为诗律的参照，而是侧重以诗开悟及诗境与禅境上的相通。如前引白居易的《题道宗上人十韵》所言，"诗为佛家事……先以诗句牵，后令入佛智"。皎然的"诗情缘境发，法性寄筌空"（《秋日遥和卢使君游何山寺宿敳上人房论涅槃经义》），将诗情与禅境联系起来，又把诗情与法性对举，十分明确地揭示了诗与禅的内在沟通。唐末僧泠然诗"佛寺孤庄千嶂间，我来诗境强相关"（《宿九华化成寺》），句中诗与境为两个词，意谓诗境与禅境大有关系。当诗思困顿不通之时，禅寂却足以启迪灵感，如晚唐五代诗僧齐己诗"诗魔苦不得，禅寂颇相应"（《静坐》）。其又有"禅心尽入空无迹，诗句闲搜寂有声"（《寄蜀国广济大师》），

---

① 印顺：《中国禅宗史》，江西人民出版社 2007 年版，第 119 页。

"寂有声"与"空无迹"相对而相济。① 以上诗例均说明诗禅一体，诗境与禅境相互发明的观念。这从禅文学前期发展亦能见证：

> 禅祖师至达摩，传法之际，即用诗偈，其初乃押韵之文，及神秀、慧能二大师之后，文采已彰，得比兴之风旨，合近体之格调，已使诗禅相合，禅师开悟之后，接引之时，恐背触俱非，流于知解，乃以诗表达悟境，开示机缘，其诗均能不脱不黏，既有义蕴，复具声韵之美，有非诗人之作所可及者；禅祖师之开示既多，一语一事，一机一境，用为修禅者之参悟法门，每有证得，各自着语，乃成公案，禅师复拈出为题，以诗咏颂，乃成颂古诗，既合诗之格律，又有文外之义味，非徒禅门之瑰宝，亦诗中之圭璋也。②

诗僧的大量涌现正是南宗禅兴盛的产物。从这一前提出发，文中所提江左诗僧既为诗僧，应不重戒律。我们再联系个人作具体分析。书中例举的江左诗僧亦多为禅僧。法振和护国不可考。灵一为法慎弟子，法慎兼修禅宗与天台宗，谓"天台止观，包一切经义；东山法门，是一切佛乘。色空两亡，定慧双照，不可得而称也"③。皎然与清江同为灵隐寺守直律师的门下，守直习南山律，又由普寂大师传楞伽心印，他既是江东地方禅律交融的代表人物，在禅的方面又是楞伽宗的传人。④ 刘禹锡将灵澈、皎然划出灵一、护国、法振、清江之流，如依宇文氏所说对诗律可与对戒律的臣服般相提并论，对诗僧而言，就意味着灵一、护国、法振、清江之流比皎然、灵澈更恪守戒律。但事实上，皎然与清江系出同门。另外，不拘于五律文体的灵澈倒是一

---

① 张节末：《禅宗美学》，浙江人民出版社 1999 年版，第 277—278 页。

② 杜松柏：《禅学与唐宋诗学》，台湾黎明文化事业公司 1976 年版，第197—198 页。

③ （宋）赞宁：《宋高僧传》，中华书局 1987 年版，第 359、346 页。

④ 同上书，第 350、368、728 页。

位律僧，曾著《律宗引源》二十一卷。灵澈为神邕弟子，据《宋高僧传》卷十七《神邕传》载："（神邕）上首弟子智昂、灵澈、进明、慧照等咸露锋颖，禅律互传。"① 可见，在戒律与诗律之间也不存在必然联系。

在这些江左诗僧中，灵一年辈较高，大约生于天宝末卒于宝应元年，属盛唐人。其余几位诗僧都是中唐人，活动于大历时期前后，灵澈年辈较晚，卒于元和十一年。从贾岛生卒年（779—843）看，贾岛与上述诗僧并非同代人。以《贾岛集校注》的现存 410 首诗（包括删除诗）统计，贾岛题涉僧人诗共 65 首，其中 3 首②存疑。有名姓者共 47 人，其中 2 人存疑。另有 11 首题赠无名氏僧人，其中 1 首存疑。在这些僧人中，并没有出现上述江左诗僧的名字。45 人依序号、人名、宗派、诗、句③列表如下：

贾岛交游僧人表

序号	人名	宗派	诗	句
1	智朗禅师	章敬寺禅僧，柏岩禅师弟子，南禅大师马祖道一再传弟子④	《赠智朗禅师》	步随青山影，坐学白塔骨。解听无弄琴，不礼有身佛。
2	栖上人	李嘉言的《长江集新校》判断此人似即栖白诗僧⑤	《酬栖上人》	静览冰雪词，厚为酬赠颜。东林有踟蹰，脱屣期共攀。

---

① （宋）赞宁：《宋高僧传》，中华书局 1987 年版，第 370、423 页。

② 《送僧游衡岳》与《落弟东归逢僧伯阳》疑为项斯作，《赠庄上人》疑为耿湋作，故 3 首存疑。僧伯阳、庄上人 2 人与贾岛有无交游存疑。题涉无名僧人诗作中，《送僧游衡岳》1 首存疑。

③ 以下所列贾岛诗、句均以《贾岛集校注》为据，不再一一注明。

④ （宋）赞宁：《宋高僧传》，中华书局 1987 年版，第 227 页。

⑤ 李嘉言：《长江集新校》，上海古籍出版社 1983 年版，第 200 页。

续表

序号	人名	宗派	诗	句
3	峰公	未详	《就峰公宿》	上人坐不倚，共我论量空。
4	普岸禅师	马祖嗣下百丈怀海禅师弟子①	《题岸上人郡内闲居》	金玉重四句，秕糠轻九流。
5	集文上人	未详	《送集文上人游方》	此游诣几岳？嵩华衡恒泰。
6	柏岩禅师/怀晖禅师	马祖道一弟子②	《哭柏岩禅师》	写留行道影，焚却坐禅身。
7	僧无可	诗僧，贾岛从弟。《唐才子传校笺》卷六说他"律调谨严，属兴清越"③	《就可公宿》《送无可上人》《寄无可上人》《僻居无可上人相访》《喜无可上人游山回》	独行潭底影，数息树边身。
8	僧默然	姚合有《寄白阁默然》	《寄白阁默公》	微云分片灭，古木落薪干。
9	觉兴上人	盖中条山西岩寺僧	《送觉兴上人归中条山兼谒河中李司空》	暮磬潭泉冻，荒林野烧移。
10	贞上人/唯贞	终南龙池寺禅僧，朱庆余有《夏日访贞上人院》，李嘉言判此贞上人似即唯贞④	《寄龙池寺贞空二上人》《送贞空二上人》	林中秋信绝，峰顶夜禅遥。

① （宋）赞宁：《宋高僧传》，中华书局1987年版，第680页。
② 同上书，第227页。
③ 傅璇琮：《唐才子传校笺》第五册，中华书局1995年版，第286页。
④ 李嘉言：《长江集新校》，上海古籍出版社1983年版，第202页。

续表

序号	人名	宗派	诗	句
11	空上人	终南龙池寺禅僧，俗姓卢	《送空公往金州》	惠能同俗姓，不是岭南卢。
12	丹师	未详	《送丹师归闽中》	行李经雷电，禅前漱岛泉。
13	安南惟鉴法师	未详	《送安南惟鉴法师》	南海几回渡，旧山临老归。
14	赟上人	未详	《宿赟上人房》	朱点草书疏，雪平麻履踪。
15	镜公	长安青龙寺主持	《题青龙寺镜公房》	孤灯冈舍掩，残磬雪风吹。
16	敫法师	姚合有《送敬法师归福州》诗，李嘉言疑此法师与敬法师为一人皎然有《咏敫上人座右画松》①	《送敫法师》	瀑布寺应到，牡丹房甚闲。
17	厉宗上人	或蜀中僧人	《送厉宗上人》	漱泉秋鹤至，禅树夜猿过。
18	无怀禅师	未详	《赠无怀禅师》	身从劫劫修，果以此生周。禅定石床暖，月移山树秋。
19	神邈法师	未详	《送神邈法师》	行疾遥山雨，眠迟后夜风。
20	霄韵法师	未详	《送慈恩寺霄韵法师谒太原李司空》	清磬先寒角，禅灯彻晓烽。
21	知兴上人	未详	《送知兴上人》	锡挂天涯树，房开岳顶崖。

---

① 李嘉言：《长江集新校》，上海古籍出版社1983年版，第42页。

序号	人名	宗派	诗	句
22	惠雅法师	未详	《送惠雅法师归玉泉》	讲不停雷雨，吟当近海流。
23	贺兰上人	未详	《送贺兰上人》	无师禅自解，有格句堪夸。
24	斌公	未详	《崇圣寺斌公房》	近来惟一食，树下掩禅扉。
25	鉴周上人	未详	《送金州鉴周上人》	帆随风便发，月不要云遮。
26	谭远上人	未详	《送谭远上人》	垂枝松落子，侧顶鹤听棋。
27	绍明上人	菏泽神会四世法嗣①	《赠绍明上人》	祖岂无言去，心因断臂传。不知能已后，更有几灯燃。
28	弘泉上人	蓝田寺行脚僧	《赠弘泉上人》	西殿宵灯磬，东林曙雨风。
29	宣皎上人	南宗禅行脚僧	《送宣皎上人游太白》	得句才邻约，论宗意在南。
30	惟一	未详	《送惟一游清凉寺》	瓶残秦地水，锡入晋山云。
31	胡禅师	未详	《赠胡禅师》	秋来江上寺，夜坐岭南心。
32	去华法师	未详	《送去华法师》	秋江洗一钵，寒日晒三衣。
33	清彻彻	道恒律师门下②	《寄毗陵徹公》	早讲林霜在，孤禅隙月残。
34	文郁上人	未详	《宿慈恩寺郁公房》《寄慈恩寺郁上人》《酬慈恩寺文郁上人》	竹阴移冷月，荷气带禅关。

① 齐文榜：《贾岛集校注》，人民文学出版社 2001 年版，第 288 页。
② （宋）赞宁：《宋高僧传》，中华书局 1987 年版，第 389 页。

续表

序号	人名	宗派	诗	句
35	宗密禅师	荷泽神会四世法嗣①	《哭宗密禅师》	鸟道雪岑巅， 师亡谁去禅。
36	竹谷上人	禅师	《题竹谷上人院》	欲别尘中苦， 愿师贻一言。
37	江上人	未详	《寄江上人》	寒日汀洲路， 秋晴岛屿风。
38	弘绍	未详	《内道场僧弘绍》	夜闲同像寂， 昼定为吾开。
39	灵准上人	《高僧传》卷十一《无业传》载，灵准迎无业禅师入京②	《灵准上人院》	禁漏来遥夜， 山泉落近邻。
40	玄岩上人	未详	《送玄岩上人归西蜀》	药成彭祖搦， 顶受七轮摩
41	无得头陀	未详	《寄无得头陀》	落涧水声来远远， 当空月色自如如。
42	圆上人/遂州道圆	菏泽神会三世法嗣宗密出家时师从遂州道圆禅师③	《赠圆上人》	诵经千纸得为僧， 尘尾持行不拂蝇。
43	灵应上人	未详	《送灵应上人》	五月半间看瀑布， 青城山里白云中。
44	童真上人	未详	《题童真上人》	誓从五十身披衲， 便向三千界坐禅。
45	称上人	未详	《送称上人》	归蜀拟从巫峡过， 何时得入旧房禅。

---

①　齐文榜：《贾岛集校注》，人民文学出版社 2001 年版，第 385 页。

②　（宋）赞宁：《宋高僧传》，中华书局 1987 年版，第 248 页。

③　齐文榜：《贾岛集校注》，人民文学出版社 2001 年版，第 385 页。

这45人中可以确定画线的13人为南宗禅师，其中包括菏泽神会四世法嗣宗密，马祖法嗣怀晖和智朗等高僧，其余32人虽无从考证，从诗句内容看也多为禅僧。既然贾岛交游多为禅僧且大部分为南宗禅僧，戒律应不被重视。

第三，贾岛的个人信仰与戒律的关系，有一个转变的过程。

上表所列题赠智朗、柏岩的诗句"步随青山影，坐学白塔骨"、"写留行道影，焚却坐禅身"都是称颂二僧的坐禅功夫。从禅宗史看，直到五祖弘忍禅宗都不废坐禅。南禅讲究戒定慧三学一行三昧，定慧等学，不偏于坐，也不偏于静，只要于一切法上心不染，活泼泼地一切无碍，行住坐卧便都是禅。慧能门下的怀让及再传弟子马祖道一、石头希迁等更是极力否定坐禅在佛法修学中的作用。柏岩及智朗皆为马祖法嗣，如此看来，贾岛用禅定功夫美誉二僧实为不妥，或许他此时尚未领会南禅精义。但《赠智朗禅师》中除了"步随青山影，坐学白塔骨"外还有"解听无弄琴，不礼有身佛"，如果说前一联不能代表南禅的精神，后一联却是洪州、石头的个性标签。南禅发展到洪州、石头时代，呵佛骂祖、毁弃佛教偶像的事件屡有发生。石头弟子丹霞天然焚烧木佛取暖的著名故事，正是佛是自性作、不向身外求佛的典型。这后一联诗句又说明贾岛对南禅并非一无所知。

贾岛佛教思想的滞后在其《青门里作》可略知一二：

> 欲问南宗理，将归北岳修。
> 若无攀桂分，只是卧云休。

可见当时的贾岛还不知南宗为何物。至于贾岛为僧时的佛教宗派，已无从可考。此诗作于元和十三年前后。[①] 该年贾岛已四十岁，距其还俗已六七年。仕途受挫，萌生隐退之心。这一时期，他有大量心仪南禅之作，如上表中所列诗句：

---

① 齐文榜：《贾岛研究》，人民文学出版社2007年版，第288页。

惠能同俗姓，不是岭南卢。（送空公往金州）

不知能已后，更有几灯燃。（赠绍明上人）

得句才邻约，论宗意在南。（送宣皎上人游太白）

秋来江上寺，夜坐岭南心。（赠胡禅师）

欲别尘中苦，愿师贻一言。（题竹谷上人院）

六祖慧能强调自性自悟，见性成佛，但并没有具体指明自性为何。发展到洪州、石头二系，禅宗大师们才指明"性在作用"，众生日常生活中的任何知觉运动，都直接地、活泼泼地体现着自性、真性、佛性的作用。"欲别尘中苦，愿师贻一言"，一言而顿悟自性，说明贾岛对洪州、石头精神的充分领悟，显示贾岛的佛教宗门思想已转向洪州、石头一路。①

从大量存在的关于清寒之境的描述②看，早年浮屠生涯于贾岛一生的烙印可谓深矣。尽管贾岛对南宗禅欣然有向往之情，其宗教信仰亦难以盖棺论定。其为"独行潭底影，数息树边身"两句苦吟三年，不能说与早年经验的佛教清规全无关系。

第四，贾岛诗歌创作是否严守五律的格律。对这一问题，早有贾岛五言律多有变体之说。明许学夷《诗源辩体》卷二五："岛五言律清苦，声韵峭急，在唐体尚为小偏，而句多奇僻，在元和则为大变。"又曰："贾岛五言律虽多变体，然中如'飘蓬多塞下'、'归骑双旌远'、'数里闻寒水'、'闽国扬帆去'四篇，尚有初盛唐气格，惜非完璧。如'辞秦经越过'、'石头城下泊'、'半夜长安雨'、'落日投村戍'四篇，便似中唐。如'未知游子意'、'去有巡台侣'、'众岫从寒色'、'头发梳千下'四篇，亦似晚唐。今并录冠于前，先正后变也。"③

贾岛五律出于杜甫。《升庵诗话》曰："浪仙古诗虽气格不靡，

---

① 齐文榜：《贾岛研究》，人民文学出版社 2007 年版，第 219 页。

② 参见萧驰《佛法与诗境》，中华书局 2005 年版，第 211—213 页。

③ 齐文榜：《贾岛集校注》，人民文学出版社 2001 年版，第 595 页。

时多酸陋，短律推敲良具苦心，学之者专务于此，故时有出蓝之美。……贾五言律亦出于杜，如'衰年催酿黍，细雨更移橙'，'帖石防隤岸，开林出远山'，'暗水流花径，春星带草堂'，'绿垂风折笋，红绽雨肥梅'，皆只写目前之景，略不使事。"① 运用虚实对偶创作变体律诗，杜甫为始作俑者，不过他是兴之所至的偶尔尝试。贾岛的贡献在于，当中唐诗坛运用虚实对偶创作变体律诗者还微乎其微时，即在五律中大量使用虚实对法，创作变体律诗。据齐文榜统计，贾岛现存的约二百四十首五律中，使用各种形式的虚实对偶创作的变体律诗多达八十余首，几乎每三首即出现一首虚实对体。

以动词对名词的虚实对偶，有：

> 此地聚会夕，当时雷雨寒。(《忆江上吴处士》)
> 病令新作少，雨阻故人来。(《病起》)
> 往往语复默，微微雨洒松。(《净业寺与前鄠县李廓少府同宿》)
> 何事疾病日，重论山水心。(《夜集姚合宅期可公不至》)

以有形对无形的虚实对偶，有：

> 晚角吹人梦，秋风卷雁群。(《赠李金州》)
> 精神含药色，衣服带霞纹。(《过杨道士居》)
> 不无濠上思，惟食圃中蔬。(《寄令孤相公》)
> 秋来江上寺，夜坐岭南心。(《赠胡禅师》)

以情对景构成虚实对偶的变体律诗，同样为数不少：

> 落叶无青地，闲身著白衣。(《荒斋》)
> 树林幽鸟恋，世界此心疏。(《孟融逸人》)
> 岸遥生白发，波尽露青山。(《送裴山人归东》)

---

① 齐文榜：《贾岛集校注》，人民文学出版社 2001 年版，第 596 页。

旅情斜日后，春色草烟中。(《春行》)
身事岂能遂，兰花又已开。(《病起》)①

综上所述，放在同时代语境与贾岛诗歌实践中考察，宇文氏从形式上拈出诗律与佛教戒律来阐发贾岛诗与佛教的关系，虽不无启发和新颖之趣，但无论是从佛教戒律还是从五律诗律的角度，贾岛五律诗律与佛教戒律的类比，都有待更多的证据和论证。此一类比，看似宇文氏不经意的发挥，实则有着西方诗学的理论背景。诚如朱耀伟所言，宇文所安认为，他对中国文学的阅读在避开西方概念性词汇的情形下便可以免除西方影响。不过，表面的避开未必是实质上的避开。②对于强调同时代诗歌语境的宇文氏来说，《晚唐诗》中五律诗律与佛教戒律之间的类比或许只是一个小小的失误，但更有可能的是，此恰恰构成了其研究无法摆脱西方影响的一个明证。

四 精致对句

在《九世纪初期诗歌与写作之观念》中列举的贾岛推敲轶事，同样出现在《晚唐诗》中，并扩充为三个故事：一是撞了令狐楚的驾被关了一晚；二是撞了韩愈的驾；三是冲撞了宣宗被放逐。上述除了说明对诗艺的专注与诗自成为一独立王国外，宇文氏在行文结束时总结道，"贾岛的前两则轶事着力于对句而非整首诗。两副对句（秋风吹渭水，落叶满长安。/鸟宿池边树，僧敲月下门。笔者注）写入的诗歌指涉的情境并非是骑驴过京城，特别在贾岛冲撞韩愈的推敲轶事中，写就对句的时刻不同于它字面上代表的时间。它已成为西方意义上的'艺术'，隔离于生活经验。不管对句是之前已写好或后面再修

---

① 齐文榜：《贾岛研究》，人民文学出版社 2007 年版，第 183 页。
② 朱耀伟：《后东方主义：中西文化批评论述策略》，台北骆驼出版社 1994 年版，第 181 页。

改，它像一颗宝石'镶嵌'在一首诗中"①。既然精致对句的创作与经验不再直接相连，诗与经验的关系就出现了疏离与断裂。与主流诗学相对，诗中的经验时间不再连贯。《九世纪初期诗歌与写作之观念》一章因篇幅所限未做的诗歌文本分析在《晚唐诗》中可以得到补充。

贾岛，冬夜

羁旅复经冬，飘空盎亦空。

泪流寒枕上，迹绝旧山中。

凌结浮萍水，雪和衰柳风。

曙光鸡未报，嘹唳两三鸿。

宇文所安认为，诗题是"冬夜"，如果切题的话时间应从夜晚到黎明，但"第三联显然不易在夜间察觉，特别是诗人肯定在屋内考虑天气。这一对句文体的分离——精心刻画却置于艺术性不高的句子中——与对身边景物的即时反应的分离是相匹配的。这一对句是诗意的建构：诗人可能是在一个'冬夜'回忆或想象这些场景，或者他在别的时刻写过这一对句而后再把它填入这首诗中"②。

如果说这一对句和经验的关系可以理解为合理想象，《泥阳馆》的时间则开始有了裂痕。

贾岛，泥阳馆

客愁何并起，暮送故人回。

废馆秋萤出，空城寒雨来。

夕阳飘白露，树影扫青苔。

独坐离容惨，孤灯照不开。

---

① Stephen Owen，*The Late Tang：Chinese Poetry of the Mid-Ninth Century*（*827－860*），Cambridge and London：the Harvard University Asia Center，2006，p. 99.

② Ibid.，p. 128.

这首诗被宇文氏视为"最为集中地体现了贾岛诗歌之美以及对主流诗学的反动"[①]。清人纪昀认为"'秋萤'与'寒雨'可以与'独坐'相伴，但不能同时有'夕阳'和'树影'"。宇文所安指出，"这些形象作为诗意的建构、某种情绪的演出十分完美，而且没有任何证据表明唐代的读者要求一贯性。但对经验一贯性的违背影响了贾岛诗歌后来的读者并常常令诗人招致攻击"[②]。

精致对句与上下文经验在时间上的不连贯既抵触了经验的一贯性，同时也瓦解了意义的一致性。

贾岛，送朱可久归越中

石头城下泊，北固暝钟初。

汀鹭潮冲起，舟窗月过虚。

吴山侵越众，隋柳入唐疏。

日欲躬调膳，辟来何府书。

这首诗的第二联无疑是诗意的对句，它"不是诗歌的有机部分，虽可解释白鹭的飞起是因钟声响起"。这一景致不会引发"《泥阳馆》中与经验冲突的问题"，但它"并不是关于长江景致而是有关形式：光、色、动的游戏"[③]。即是说，第二联不是即时的，当下的景致也不一定非得符合当地实景，它并不服务于有机整体，而是诗艺的标志，为炫技，为表演。意义的不连贯在下一首雍陶的诗中显得更为突出。

雍陶，塞上宿野寺

塞上蕃僧老，天寒疾上关。

---

①　Stephen Owen, *The Late Tang : Chinese Poetry of the Mid-Ninth Century* (*827－860*), Cambridge and London: the Harvard University Asia Center, 2006, p. 128.

②　Ibid. , p. 129.

③　Ibid. , pp. 130－131.

> 远烟平似水，高树暗如山。
> 去马朝常急，行人夜始闲。
> 更深听刁斗，时到磬声间。

这首诗第二联危险的黑暗：树与烟，转化成诗意形象，与整体的战争氛围紧张心态格格不入。①

精致对句的时间与意义同标题及上下文的不连贯，在文体上，表现为高级记录与低级记录风格的分离。在谈到不为诗而作与为诗而作时，宇文氏同时为我们区分了低级记录与高级记录的区别，白居易和贾岛各是其代表诗人。如前所述，"对白居易来说，诗歌'形式'仅意味着字数、押韵和平仄交替……对贾岛和以他为中心的诗人群来说，'形式'意味全然不同：它是一种标志着艺术性和区别于自然语言的受控制的文体，以某种原型为表达塑形"。宇文氏认为，可能早就存在技艺出众的诗人，但贾岛和他的团体将诗艺的精湛同时与力的花费相连，是为苦吟的诗学。诗人们常将高级记录苦吟得的对句镶嵌在低级记录的尾联（偶尔是首联），首尾联常常非常浅俗令人想起白居易。

对诗匠五律诗文体的镶嵌结构前人已有论述。杨慎《升庵诗话》中的晚唐两诗派一条曰：

> 晚唐之诗分两派，一派学张籍，一派学贾岛，其诗不过五言律，更无古体。五言律诗起结皆平平，前联俗语十字一串带过，后联谓之颈联，极其用工。又忌用事，谓之点鬼簿。惟搜眼前景而深刻思之，所谓吟成五个字，拈断数茎须也。

李嘉言谓此知贾岛长于五律，唯搜眼前难状之景而深刻思之，得

---

① Stephen Owen，*The Late Tang：Chinese Poetry of the Mid-Ninth Century* (*827－860*)，Cambridge and London：the Harvard University Asia Center，2006，p. 142.

前人之所未道，含不尽之意于言外。唯升庵谓其只于颔联用工则未确，其颔联亦有极佳者。如：

> 怪禽啼旷野，落日恐行人。(《暮过山村》)
> 瀑布五千仞，草堂瀑布边。(《送田卓入华山》)
> 鸟宿池边树，僧敲月下门。(《题李凝幽居》)
> 归吏封宵钥，行蛇入古桐。(《题长江厅》)
> 柴门掩寒雨，虫响出秋疏。(《酬姚少府》)
> 长江人钓月，旷野火烧风。(《寄朱锡珪》)①

值得注意的是，虽在文体上进行了区分，杨慎与李嘉言均未指出景句与上下文经验的不连贯。

第二节　杜牧

一　不涉习俗

五律诗匠与白居易诗学的分歧如上已述，杜牧、李商隐同样间接表达了对白居易诗学的不满。②《晚唐诗》书中提到 9 世纪 30 年代早期白居易、杜牧、李商隐在洛阳可能的一次会合："当我们阅读白居易写于九世纪三十年代初的闲适诗……我们应该记住就在同一时期的洛阳，杜牧写下著名的歌行《张好好诗》，年轻的李商隐写下他极晦涩的《燕台诗》。虽然杜牧的歌行部分受白居易年轻时叙事歌行作品的影响，杜牧和李商隐代表了一个完全不同于白居易的世界。……虽然具备晚唐特征的诗在同一座城市初步成形，白居易似乎完全没有意

---

① 李嘉言：《长江集新校》，上海古籍出版社 1979 年版，第 205 页。
② 此前，罗宗强亦表达过相似论点，参见罗宗强《隋唐五代文学思想史》，上海古籍出版社 1986 年版，第 355 页。

识到。李商隐在洛阳见过白居易，但白居易从未提起。"①

李商隐没有评价过白居易的诗，他将自己系于杜甫、韩愈和李贺一脉，从未尝试过白居易的诗风。宇文氏由此推测，是由于李商隐骈文的熟练，白居易后代才请他去写白居易的墓碑铭。② 李商隐历叙其行止，而未论及其诗文。提到白居易的著述时，仅说有"集七十五卷，元相为序"，而未加详述。以白居易生前诗作流传之广、影响之大来说，其墓碑铭无只言片语及其诗文建树，足以说明，不论白、李私交如何，至少可以肯定李商隐对白居易的诗文态度并不赞许。

至于杜牧与白居易的交往，白居易卒时，杜牧已四十四岁，二人时代相及，但两家集子中不见有往还之迹。晚唐范摅《云溪友议》卷中《钱塘论》篇："先是李补阙林宗、杜殿中牧与白公辇下较文，言元、白诗体舛杂，而为清苦者见嗤，因兹有恨也。"似乎杜牧对白居易诗曾有所不满。③ 除文学观的不同还涉及人事上的纠纷。吴在庆先生的《试论杜牧与元白的公案》一文就举出白居易借高郢致仕的由头作《不致仕》嘲笑杜佑年过七十尚不请老，诗云："七十而致仕，礼法有明文。何乃贪荣者，斯言如不闻？可怜八九十，齿堕双眸昏。朝露贪名利，夕阳忧子孙。……"另《云溪友议》载：白居易在钱塘时要徐凝、张祜试诗，而后白居易荐举徐凝压抑张祜，因此后来"杜舍人之守秋浦，与张生为诗酒之交，酷吟祜宫词，亦知钱塘之岁，自有非之论，怀不平之色，为诗二首以高。则曰：'谁人得似张公子，千首诗轻万户侯'"④。故后来杜牧在《唐故平卢军节度巡官陇西李府君墓志铭》中对元、白有一段批评：

---

① Stephen Owen, *The Late Tang: Chinese Poetry of the Mid-Ninth Century* (*827－860*), Cambridge and London: the Harvard University Asia Center, 2006, p. 45.

② Ibid. , p. 45.

③ 缪钺：《杜牧年谱》，人民文学出版社 1980 年版，第 67 页。

④ 吴在庆：《试论杜牧与元白的公案》，《厦门大学学报》（哲学社会科学版）1988 年第 1 期。

诗者可以歌，可以流于竹，鼓于丝，妇人小儿皆欲讽诵。国俗薄厚扇之于诗，如风之疾速。尝痛自元和以来，有元、白诗者，纤艳不逞，非庄士雅人，多为其所破坏；流于民间，疏于屏壁，子父女母，交口教授，淫言媟语，冬寒夏热，入人肌骨，不可除去。吾无位，不得用法以治之。①

《四库全书总目提要》卷一百五十一《樊川文集》条谓："此论乃戡之说，非牧之说，或牧尝有是语，及为戡志墓，乃借以发之。"按此段议论当是李戡之言，但杜牧既载于志中，盖亦赞同其说。

对此讥评有两派不同意见。

反对者如南宋刘克庄，其《后村诗话后集》谓："牧风情不浅，如《杜秋娘》、《张好好》诸篇，'青楼薄幸'之句，街吏平安之报，未知去元、白几何？以燕伐燕，元、白岂肯心服！"明杨慎的《升庵诗话》亦曰："杜牧尝讥元、白'淫词媟语，入人肌肤，吾恨不在位，不得以法治之'，而牧之诗淫媟者，与元、白等耳，岂所谓睫在眼前犹不见乎？"②

赞成者唯有宋宋祁和清王夫之：

（白居易）其自叙言："关美刺者，谓之讽谕；咏性情者，谓之闲适；触事而发，谓之感伤；其它为杂律。"又讥"世人所爱惟杂律诗，彼所重，我所轻。至讽谕意激而言质，闲适思澹而辞迂，以质合迂，宜人之不爱也"。今视其文，信然。而杜牧谓："纤艳不逞，非庄士雅人所为。流传人间，子父女母交口教授，淫言媟语，入人肌肤不可去。"盖救所失不得不云。③

迫元、白起，而后将身化作为妖冶女子，备述衾绸中丑态。

① 杜牧：《樊川文集》卷九，上海古籍出版社1978年版，第137页。
② 张金海：《杜牧资料汇编》，中华书局2006年版，第124、171页。
③ 同上书，第21页。

　　杜牧之恶其蛊人心，败风俗，欲施以典刑，非已甚也。①

　　缪钺推断元、白诗所以遭受指责者，盖元稹、白居易所作陈述民
生疾苦、弹劾时政腐败之乐府体讽喻诗在当时并未广泛流传，而所作
杯酒光景间小篇碎章，包括艳体诗在内，则流传甚广，甚至于各地少
年，竞相仿效，称为元和体。李戡所讥者，盖即此等诗。仅据此即抹
煞元、白，其批评自非允当也。② 以上诸家均围绕"纤艳不逞"、"淫
言媟语"大做文章，有必要澄清的是，李戡所讥者究竟是哪一种元
白诗。

　　宇文氏认为，李戡所讥者当指《琵琶行》之类歌行，它可被描述
为纤艳，但又足以直白得琅琅上口和流传。它与白居易的新乐府、晚
期闲适诗共同的特点是都体现为习俗，与"雅"相对。③ 罗宗强在其
《隋唐五代文学思想史》亦有相似看法，"这个时期的不取元、白，似
非如李戡所说因其'纤艳不逞'、'淫言媟语'，因为事实上这时的诗
歌创作，并未废齐梁。真正无取于元、白的，主要原因恐因其尚实、
尚俗、务尽的创作倾向"。④ 杜牧之不取元、白，应在不取元、白之
俗。在《献诗启》中，他将自己的诗歌目的明确区别于习俗风格，这
种风格无疑与白居易相关。

　　某苦心为诗，本求高绝，不务奇丽，不涉习俗，不今不古，
处于中间。既无其才，徒有其奇，篇成在纸，多自焚之。⑤

---

① 张金海：《杜牧资料汇编》，中华书局 2006 年版，第 225 页。

② 缪钺：《杜牧年谱》，人民文学出版社 1980 年版，第 41 页。

③ Stephen Owen，*The Late Tang*：*Chinese Poetry of the Mid-Ninth Century*
（*827－860*），Cambridge and London：the Harvard University Asia Center，2006，
p. 278.

④ 罗宗强：《隋唐五代文学思想史》，上海古籍出版社 1986 年版，第 356、
224 页。

⑤ 杜牧：《樊川文集》卷九，上海古籍出版社 1978 年版，第 242 页。

　　此段表白，国内学者多以此为杜牧艺术创新之说。缪钺认为，"当杜牧之时，元稹、白居易之'元和体'与李贺瑰奇幽艳之作，在诗坛中均颇有影响，杜牧所谓'奇丽'，盖指李贺之诗风，而所谓'习俗'，盖指元、白风靡一时之'元和体'，杜牧不受此两派之影响，摆脱时尚，自创风格，故曰：'不今不古，处于中间'也"①。王西平、张田所著《杜牧评传》亦有言："杜牧在继承前人艺术观点的基础上，提出了自己诗歌创新的主张。'不务奇丽'，就是不蹈袭韩愈、孟郊、李贺'奇险'一派的覆辙、窠臼；'不涉习俗'，就是不沾染元、白代表的通脱一派某些浮艳俗靡的诗风；'不今不古，处于中间'，就是不因袭、不模仿，发挥自己的创作个性，摸索一条具有自己特色的创作道路，写出具有自己独特艺术风格的作品。"②

　　与国内学者强调的创新不同，在宇文氏看来，杜牧宣称的居中位置（不务奇丽，不涉习俗，不今不古、处于中间），这一系列的否定与杜牧实际的诗歌写作并不完全吻合，"他可以是他宣称避免的任何风格——奇丽、可古可今，他倒真的不涉习俗"③。宇文氏将杜牧此段描述作为他主张诗歌自主的标志，列入李贺技巧诗学谱系，与白居易诗学相对。从而回应了前面所述的理论框架——晚唐诗学将 9 世纪初期诗歌写作之观念所列举的韩愈与李贺创作观念简单的二元对立扩展为白居易的通俗诗学与五律诗匠、杜牧、李商隐诗学的对立。不同于其他学者，宇文氏着眼于上段引文中不被重视的头尾部分。他认为从第一句可以看出李商隐《李贺小传》及诗匠的价值。"杜牧宣称苦心为诗，从这种劳作中得出'奇'。与李贺相比，李贺是写完诗就忘，杜牧则马上烧去不完美之作。这种价值，宇文氏以为，明确与白居易自得于闲适写作和对有缺点的诗篇的保存相

---

①　缪钺：《杜牧年谱》，人民文学出版社 1980 年版，第 68 页。

②　王西平、张田：《杜牧评传》，陕西人民出版社 1987 年版，第 104 页。

③　Stephen Owen，*The Late Tang*：*Chinese Poetry of the Mid-Ninth Century*（*827 - 860*），Cambridge and London：the Harvard University Asia Center，2006，p. 257.

对立，并似乎已成为一种广为接受的规范"①。宇文氏此一观点可以在杜牧诗中得以明证：

残春独来南亭因寄张祜②

暖云如粉草如茵，独步长堤不见人。
一岭桃花红锦黻，半溪山水碧罗新。
高枝百舌犹欺鸟，带叶梨花独送春。
仲蔚欲知何处在，苦吟林下拂诗尘。

酬许十三秀才兼依来韵③

多为裁诗步竹轩，有时凝思过朝昏。
篇成敢道怀金璞，吟苦唯应似岭猿。
迷兴每惭花月夕，寄愁长在别离魂。
凭君把卷侵寒烛，丽句时传画戟门。

杜牧与李贺及诗匠的相同之处在于苦吟为诗，但接着宇文氏又说明杜牧与他们不同。诗对于杜牧并非全部，他实在是李德裕所说的适合官场的一类年轻人，诗不过是生活的附属物，目标在别处。宣称居中位置的杜牧与困扰于技艺的诗人如李贺有着本质上的区别。杜牧亦不像五律诗匠们标榜自己为纯粹诗人。杜牧之所以作这篇陈述，在宇文氏看来，是因为"以诗人闻名可以对政治生涯有利"④。令人不解的是，何以宇文氏对杜牧的另一重要文本《答庄充书》只字不提。在这

① Stephen Owen, *The Late Tang*: *Chinese Poetry of the Mid-Ninth Century* (*827—860*), Cambridge and London: the Harvard University Asia Center, 2006, pp. 256—257.

② 彭定求等编：《全唐诗》第十六册，中华书局 1960 年版，第 5993 页。

③ 同上书，第 6017 页。

④ Stephen Owen, *The Late Tang*: *Chinese Poetry of the Mid-Ninth Century* (*827—860*), Cambridge and London: the Harvard University Asia Center, 2006, p. 257.

篇书中杜牧明确提出：

> 凡为文以意为主，气为辅，以辞采章句为之兵卫，未有主强盛而辅不飘逸者，兵卫不华赫而庄整者。四者高下圆折，步骤随主所指，如鸟随凤，鱼随龙，师众随汤、武，腾天潜泉，横裂天下，无不如意。苟意不先立，止以文采辞句，绕前捧后，是言愈多而理愈乱，如入阛阓，纷纷然莫知其谁，暮散而已。是以意全胜者，辞愈朴而文愈高；意不胜者，辞愈华而文愈鄙。是意能遣辞，辞不能成意，大抵为文之旨如此。①

论家多以《献诗启》与这篇《答庄充书》作为杜牧文学艺术性与思想性并重的主要文本，据笔者之见，宇文氏的忽略可能并非一疏漏，而是立足于西方文学中诗与散文的文类分野及诗歌的独立性。这固然有一定道理，但并不完全符合杜牧实际。一则，他的《樊川文集》诗、文混杂，诗、文并无分野；二则，《樊川文集》中诗歌的排序以政治事功为标准，这也能看出"以意为主"的主张不仅适用于文，对诗亦能成立。

而从杜牧在《上知己文章启》中对创作动机的表述看，似乎"以意为主"又更多针对的是"文"而非"诗"：

> 伏以元和功德，凡人尽当歌咏记叙之，故作《燕将录》。往年吊伐之道未甚得所，故作《罪言》。自艰难来始，卒伍佣役辈，多据兵为天子诸侯，故作《原十六卫》。诸侯或恃功不识古道，以至于反侧叛乱，故作《与刘司徒书》。处士之名，即古之巢、由、伊、吕辈，近者往往自名之，故作《送薛处士序》。宝历大起宫室，广声色，故作《阿房宫赋》。有庐终南山下，尝有耕田著书志，故作《望故园赋》。②

---

① 杜牧：《樊川文集》卷九，上海古籍出版社1978年版，第195页。

② 同上书，第241页。

尽管如此，对《献诗启》的重视说明了宇文氏对杜牧作为纯粹诗人形象的强调，也可以对现有杜牧研究中存在的一味强调其政治诗人本色现象形成一定反驳。①

二 李贺序与少"理"

考虑到杜牧的名门出身和政治抱负，他并不标榜自己为纯粹诗人也就不足为奇。他对李贺少"理"的指责亦是情理之中。

杜牧碍于沈述师的情面为李贺集作序，但这篇序不同于其他所有人的序，因为他明显不赞成李贺的诗，在行文即将结束时，杜牧总结道：

> 盖骚之苗裔，理虽不及，辞或过之。骚有感怨刺怼，言及君臣理乱，时有以激发人意。乃贺所为，无得有是！贺能探寻前事，所以深叹恨今古未尝经道者，如金铜仙人辞汉歌、补梁庾肩吾宫体谣，求取情状，离绝远去笔墨畦径间，亦殊不能知之。贺生二十七年死矣。世皆曰："使贺且未死，少加以理，奴仆命《骚》可也。"②

---

① 只需稍微涉猎，就能读到有关杜牧的几近公式化的批评和评价，此可粗略地意译如下："但是杜牧其实十分关心当代政治。"对任何读过杜牧全集或只是诗歌全集的人来说，这都无可置疑的正确。但这个公式提醒我们，即 9 世纪下半叶以来，杜牧是以一个忧郁的感性主义者闻名……这种对政治及社会事功的对抗立场常常是更受欢迎的，而且支持杜牧这种角色的诗歌也的确更为流行……"严肃的"古代现代学者，非常正确的用杜牧大量政治诗文作为这类诗的补充。参见 Stephen Owen, *The Late Tang*: *Chinese Poetry of the Mid-Ninth Century* (*827 - 860*)，Cambridge and London：the Harvard University Asia Center，2006，p. 257.

② 杜牧：《樊川文集》卷九，上海古籍出版社 1978 年版，第 149 页。

　　宇文氏认为，如果抛开楚辞，李贺的诗表面上既无连续性又晦涩难懂，杜牧指责李贺诗少"理"有一定道理。

　　宇文氏将此"理"译为"事物的秩序"，将之视为"中国思想的一个重要词汇"，并认为在唐代"理"有"政治秩序"的简单的、常规的含义。杜牧对李贺少"理"之指责，并不关涉严谨的哲学问题，"可能仅仅指李贺用辞的技巧超过了其它质素。但杜牧对李贺诗的描述，至少产生了一个显著的对立面，即暗示了不同于唐代道德与政治文化所常见的，诗中可能存在一种'事物的秩序'"。诗中之"理"即是"连贯性"。宇文氏对此连贯性从读者角度进行了非虚构的阐发。"唐诗倾向于并置，每行有不同的谓语，但预期使将碎片连成一个连贯的整体变得容易。""举例来说，一个诗人放逐时感到痛苦，他再现周围的世界也会支持这一状态。诗有一个主体的经验的连贯性，这能满足唐代的读者。李贺的并置更为极致：在行与行之间距离更大，造成只有部分连贯的言辞的碎片效果。而且通常无设定的主语——不管是某一历史时刻的诗人还是传统的人物——轻易解释统一的意识中的感知、情感、思想等意象（images）。李贺诗歌效果有时如梦幻，这种碎片形象的部分连贯无疑构成李贺诗歌魅力的一部分。但这种诗学却只能使年轻的杜牧疑惑：他不能看出诗歌的'要点'，即使意象统一的教化或人物。"① 如此看来，宇文氏对杜牧所言之"理"的含义界定，基本上是纳入了与"情"相对的"理"的概念之中，并且作了非虚构的理解。明许学夷的《诗源辩体》有一段论述与之接近：

　　　　李贺字长吉，乐府、五七言调婉而词艳，然诡幻多昧于理。其造语用字，不必来历，故可以意测，而未可以言解，所谓理不必天地有，而语不必千古道者。然析而论之，五言稍易，而

---

　　① Stephen Owen，*The Late Tang：Chinese Poetry of the Mid-Ninth Century* (*827－860*)，Cambridge and London：the Harvard University Asia Center，2006，p. 163.

七言尤难。按贺未尝先立题而为诗，每旦出，骑款段马，从小奚奴，背古锦囊，遇有所得，书投囊中，及暮归，足成之，盖出于凑合，而非出于自得也。故其诗虽有佳句，而气多不贯。其七言难者，读之十不得四五；易者十不得七八。予所录乃其稍易者。杜牧之极推贺而亦曰："理或不及，辞或过之。"然今人学李杜或相远，而学贺反相近者，即元瑞所谓"犹画家之于佛道鬼神也"。①

由上文可知，对杜牧序文中的"理"字，解作抽象的哲学概念及"连贯性"，许氏的结论与宇文氏十分相似，盖后者受前者启发之故。

对"理"作哲学抽象的理解不乏其例，如贺贻孙《诗筏》的分析更为透辟：

"理虽不及，辞或过之，使加以理，奴仆命骚可也"数语，吾有疑焉。夫唐诗所以优绝千古者，以其绝不言理耳。宋之程、朱及故陈白沙诸公，惟其谈理，是以无诗。……楚骚虽惠爱恻恒，然其妙在荒唐无理，而长吉诗歌所以得为骚苗裔者，政当于无理中求之，奈何反欲加以理耶？理袭辞鄙，而理亦付之陈言矣，岂复有长吉诗歌，又岂复有骚哉！②

此论遭到朱碧莲的异议。朱氏认为其对"理"字之解释不合序文本意。"杜牧所谓'理'，与'辞'相对，指诗作之思想感情，而'辞'则为辞藻文采之意。他批评贺诗在'理'上比之屈骚略显不足，而在辞上则绰有余裕。而宋诗中所表现之'理'，与'意'、'情'相对，属抽象议论。……贺贻孙将杜序所说之'理'与宋代理学及宋诗

---

① 陈治国：《李贺研究资料》，北京师范大学出版社1983年版，第24—25页。

② 朱碧莲：《杜牧选集》，上海古籍出版社1995年版，第243页。

多议论之'理'混为一谈，毫厘千里矣。"①

　　笔者对朱氏颇为认同。回到杜牧序文，"理"与"辞"相连而相对（理虽不及，辞或过之），并且联系后面所言，"理"应与"感怨刺怼"、"君臣理乱"对应，指思想感情。"理"与"辞"的关系相当于"质"与"文"的关系。如宋张戒的《岁寒堂诗话》云："元、白、张籍以意主，而失于少文。贺以词为主，而失于少理。各得其一偏。故曰：'文质彬彬，然后君子。'"②

　　关于将"理"字界定为思想内容几乎达成共识。如刘大杰的《中国文学发展史》一文认为，"对于李贺的艺术，杜牧作了这样高的评价，并且在最后还说'盖骚之苗裔，理虽不及，辞或过之'，虽是推崇备至，然一面赞叹他的艺术美，同时又指出内容不足"③。王景霓亦指出，"这是杜牧'文以意为主'，内容决定形式的创作原则，在文学批评上的运用"④。《杜牧诗文选注》中"理"这一词条解作："道理，引申为思想内容。"⑤

　　再则，从杜牧序文所举《金铜仙人辞汉歌》、《还自会稽歌》（即文中《补梁庾肩吾宫体谣》）看，两诗皆由本事而发，为李贺亦有感怨刺怼、君臣理乱，激发人意之作的例证，⑥故不存在晦涩难懂、不连贯的问题，只是前者内容诡奇，后者为代作的宫体诗。杜牧序文少

----

　　① 朱碧莲：《杜牧选集》，上海古籍出版社1995年版，第244页。

　　② 陈治国：《李贺研究资料》，北京师范大学出版社1983年版，第18页。

　　③ 同上书，第134页。

　　④ 王景霓：《杜牧及其作品》，时代文艺出版社1985年版，第33页。

　　⑤ 朱碧莲：《杜牧诗文选注》，上海古籍出版社1982年版，第105页。

　　⑥ 《晚唐诗》的《李贺的遗产》一章中，将李贺集序中"乃贺所为，无得有是"一句译为"In what Li He wrote, however, there is none of this"（在李贺的作品中不存在这类作品），这曲解了杜牧原意，应译作"李贺所写的诗歌，难道不是有这种情况吗"的反问句为宜。因此，下文所举的《金铜仙人辞汉歌》、《还自会稽歌》应为李贺诗寓怨刺的例证而不是相反。Stephen Owen, *The Late Tang: Chinese Poetry of the Mid-Ninth Century*（827—860），Cambridge and London: the Harvard University Asia Center, 2006, p. 157. 参见朱碧莲《杜牧诗文选注》，上海古籍出版社1982年版，第105页。

加以理的劝诱当是思想内容上的纠偏。

金铜仙人辞汉歌①

茂陵刘郎秋风客，夜闻马嘶晓无迹。

画栏桂树悬秋香，三十六宫土花碧。

魏官牵车指千里，东关酸风射眸子。

空将汉月出宫门，忆君清泪如铅水。

衰兰送客咸阳道，天若有情天亦老。

携盘独出月荒凉，渭城已远波声小。

还自会稽歌②

野粉椒壁黄，湿萤满梁殿。

台城应教人，秋衾梦铜辇。

吴霜点归鬓，身与塘蒲晚。

脉脉辞金鱼，羁臣守迍贱。

综上所述，仅就此序文，宇文氏对"理"之解释似不能成立，但如针对李贺其他诗作却也并非全无道理。李贺的一些诗确给人以碎片般的不完整印象。以《雁门太守行》为例：

黑云压城城欲摧，甲光向日金鳞开。

角声满天秋色里，塞土燕脂凝夜紫。

半卷红旗临易水，霜重鼓寒声不起。

报君黄金台上意，提携玉龙为君死。

宇文氏指出，"'行'是一乐府名故并不要求特定时空中特定诗人的假设，但九世纪初的读者仍会寻找可统一全诗的一般经验的秩序。

---

① 彭定求等编：《全唐诗》第十二册，中华书局 1960 年版，第 4403 页。

② 同上书，第 4393 页。

如读者会寻找天气的标志，首先看到的是'黑云'，紧随其后的是照在铠甲上的日光。日光说明是在白天，但第四句出现了'夜'。'霜'应是昨日或凌晨。半卷红旗可以被视为一种不可预料的和不祥的征兆（特别是在战前），作为鼓舞士气的战鼓声沉默不起同样是不祥之兆。在这一上下文中'为君死'的誓言分明是一种宿命，有似战士们奔赴前线打一场注定失败的战役。这幅场景由许多栩栩如生的无法经验地连贯的碎片组成，但却比任何其它一首乐府更加完美地刻画了一场注定失败的战役"①。

对于这首诗，明杨慎的《升庵诗话》有一段评论：

> 唐李贺《雁门太守行》首句云："黑云压城城欲摧，甲光向日金鳞开。"《摭言》谓贺以诗卷谒韩退之，韩暑卧方倦，欲使阍人辞之，开其诗卷，首乃《雁门太守行》，读而奇之，乃束带出见。宋王介甫云："此儿误矣。方黑云压城时，岂有向日之甲光也？"或问此诗，韩、王二公去取不同，谁为是？予曰："宋老头巾不知诗，凡兵围城，必有怪云变气，昔人赋鸿门有'东龙白日西龙雨'之句，解此意矣。予在滇，值安凤之变，居围城中，见日晕两重，黑云如蛟在其侧，始信贺之诗善状物也。"②

可见前人亦有对此诗与经验不符的非议，但终能为其自圆其说。

宇文氏指出，"李贺的《雁门太守行》是最早的现存的唐版本，当然有前唐的例子。在宋书中有匿名的乐府，但似乎对李贺不提供任何启发。李贺的先驱当是萧纲无疑。这位梁简文帝写过

---

①　Stephen Owen, *The Late Tang：Chinese Poetry of the Mid-Ninth Century*（*827 － 860*），Cambridge and London：the Harvard University Asia Center，2006，p. 165.

②　陈治国：《李贺研究资料》，北京师范大学出版社 1983 年版，第 24 页。

两首①同题乐府，同样是对边塞主题高度想象的处理。李贺明显对六世纪梁陈诗歌迷恋，它提供了一种令人注目的诗歌模式以逃离压抑的唐的感觉：严肃。正如李贺被杜牧指责为少理，梁诗同样被传统批评为缺乏严肃性"②。这最后一句类比，宇文氏悄悄转换了立场，从强调"理"形式的连贯性到内容的严肃性，可以说是对其观点的部分调整。

三　杜牧的双重角色：政治家与浪荡子

前面已述晚唐对诗有两种理解：一种把诗看做生活的全部目标；一种把诗作为生活的附属物，目标在别处。宇文氏认为李贺是比五律诗匠更为纯粹的诗人，李贺不同于诗匠的一个重要细节是诗一当完成即弃之。这是一种激情的艺术，为艺术而艺术，而不是为单一的产品——诗。贾岛轶事所揭示的对诗歌产品的感觉更接近白居易而非李贺。指责李贺少"理"的杜牧虽然在《献诗启》对诗歌的陈述上有其纯粹诗人的一面，但他却更属于目标在别处的第二类诗人。

宇文氏把第二种对诗的理解视为由社会限定的个性的诗学（a poetics of personality），其中诗是作为展示个人的手段而非最终目的。这

---

① 应为三首同题乐府，分别是："轻霜中夜下，黄叶远辞枝。寒苦春难觉，边城秋易知。风急征旗断，途长铠马疲。少解孙吴法，家本幽并儿。非关买雁肉，徒劳皇甫规。""陇暮风恒急，关寒霜自浓。枥马夜方思，边衣秋未重。潜师夜接战，略地晓摧锋。悲笳动胡塞，高旗出汉墉。勤劳谢功业，清白报迎逢。非须主人赏，宁期定远封。单于如未击，终夜慕前踪。"及"三月扬花合，四月麦秋初。幽州寒食罢，关国采桑疏。便闻雁门戍，结束事戎军。寄语金闺妻，勿怨寒床虚。"参见逯钦立辑校《先秦汉魏晋南北朝诗》下册，中华书局 2006 年版，第 1906 页。

② Stephen Owen，*The Late Tang*：*Chinese Poetry of the Mid-Ninth Century* (*827—860*)，Cambridge and London：the Harvard University Asia Center，2006，p. 167.

种对诗歌的理解在后来完全占据优势，以至于其内部的区别似乎比与"纯粹"诗人的深刻对立更为突出。存在于个性的诗学内部的区别表现在：一方面是严肃性。意味着从属于公共和政治生活，事实上是由他们假定了这种严肃性的定义。另一方面是对严肃性的不同否定。一种否定是从公共社会向私人生活的逃离，常被称为"隐逸"——虽然这仍是一个社会角色，而且远不同于西方基督徒的隐士们甚至不同于六朝真正反社会的隐逸者。另一种对公共生活严肃性的否定即感官的自我沉溺。这些否定对从属于公共生活和国家利益的所谓严肃性都不构成真正的威胁。唯有第一种对诗的理解才能对所谓的严肃性构成真正的威胁，即诗歌本身是"严肃的"，自主的，而不是自我表现或者娱乐的手段。①

令人疑惑的是，在《中国"中世纪"的终结：中唐文学文化论集》的《机智与私人生活》一章中，宇文氏对隐逸与私人生活是加以区分的，如果说隐逸仍从属于社会公共价值，园林作为独立于社会天地的私人天地，则是"一处没有完全被社会和政治整体所吞没的行为与体验场所"②。在上文"从公共社会向私人生活的逃离，常被称为隐逸"的表述中，宇文氏却未对私人生活与隐逸加以区别，此处宇文氏似乎已不再考虑园林作为私人天地的独立性，而是将之与隐逸同样视为对公共社会的虚假反抗。

宇文氏对个性诗学的分析，意在帮助理解杜牧"如何轻易地在看似完全不相容的角色（即严肃的政治诗人与否定严肃的感官诗人，笔者注）间转换"③。宇文氏这一严肃与放纵的对比令人想起英国作家史

---

① Stephen Owen，*The Late Tang*：*Chinese Poetry of the Mid-Ninth Century*（*827 - 860*），Cambridge and London：the Harvard University Asia Center，2006，pp. 255－256.

② ［美］宇文所安：《中国"中世纪"的终结：中唐文学文化论集》，陈引驰、陈磊译，生活•读书•新知三联书店 2006 年版，第 72 页。

③ Stephen Owen，*The Late Tang*：*Chinese Poetry of the Mid-Ninth Century*（*827 - 860*），Cambridge and London：the Harvard University Asia Center，2006，p. 256.

蒂文生的作品《化身博士》，书中主人公亦兼具善与恶的两副面孔和双重性格。

如前所述，杜牧对其时代政治事件的热心，只要看过他的全集或诗集就一目了然。《感怀》是杜牧最早可记年的诗，写于文宗统治的第一年。宇文氏指出《感怀》诗受到杜甫诗和韩愈诗的影响，正如《阿房宫赋》，虽然文类不同，但都充分展示了杜牧其政治诗人的面貌。但与《阿房宫赋》的流行相比，《感怀》诗是那种少人去读更少有人记住的那类诗。① 此类诗还有《李甘诗》、《郡斋独酌》、《雪中书怀》、《大雨行》、《示阿宜小侄》，这些五言古体"有着杜甫尤其是韩愈的影子"，"这些诗虽然不是杜牧被广泛流传的诗歌，却提醒我们，对知道如何利用它们的诗人来说，唐诗为处理不同的主题提供了不同的模式"②。与描述杜牧政治诗人形象笔墨的经济相比，杜牧的风流诗人形象却是宇文氏颇费笔墨之处。

在宇文氏看来，《扬州三首》是杜牧开始成为我们喜爱的诗人形象的较早期作品，也是杜牧作为诗人成熟的标志。

一

炀帝雷塘土，迷藏有旧楼。

谁家唱水调，明月满扬州。

骏马宜闲出，千金好旧游。

喧阗醉年少，半脱紫茸裘。

二

秋风放萤苑，春草斗鸡台。

金络擎雕去，鸾环拾翠来。

蜀船红锦重，越橐水沈堆。

---

① Stephen Owen, *The Late Tang : Chinese Poetry of the Mid-Ninth Century* (*827 – 860*), Cambridge and London: the Harvard University Asia Center, 2006, p. 261.

② Ibid., p. 291.

处处皆华表，淮王奈却回。

三

街垂千步柳，霞映两重城。

天碧台阁丽，风凉歌管清。

纤腰间长袖，玉珮杂繁缨。

拖轴诚为壮，豪华不可名。

自是荒淫罪，何妨作帝京。

这里没有《阿房宫赋》那种道德谴责，整个扬州就像一座迷楼，"喧阗醉年少"就是一个典型的迷失的角色，放纵自我，挥金如土。结尾年轻人的形象"半脱紫茸裘"，与其说是谴责不如说是对自我沉溺的颂扬。[1] 此处就是诗人作为一个浪荡子的诗性形象。塑造杜牧风流品性的诗还有《赠别》、《张好好诗》及下面这首广为人知的《遣怀》：

落魄江南载酒行，楚腰肠断掌中轻。

十年一觉扬州梦，赢得青楼薄幸名。

这首诗因被收入杜牧诗的外集，故其归属有疑问，宇文氏认为，该诗应为杜牧 839 年应文宗成立翰林诗学士之召回京所作。与此相仿的张祜的《到广陵》被宇文氏视为比杜牧还杜牧的诗：

一年江海恣狂游，夜宿倡家晓上楼。

嗜酒几曾群众小，为文多是讽诸侯。

逢人说剑三攘臂，对镜吟诗一掉头。

今日更来憔悴意，不堪明月满扬州。

---

① Stephen Owen，*The Late Tang：Chinese Poetry of the Mid-Ninth Century*（*827－860*），Cambridge and London：the Harvard University Asia Center，2006，p. 267.

宇文氏认为，"正如杜牧这一类型的其它诗，它源自一类诗歌主题，即'忆旧游'，其中诗人或对己或对友，歌颂过去无忧无虑和如今与昔日欢乐的距离。这就是'风流'，颂扬爱人、剑客、饮者，张狂又极度敏感，极易落泪与忧郁。七言的传统与这种风格很合拍，这与五律诗匠称颂的控制正相对"①。我们没有真实的证据来说明杜牧比他的同时代人有更多与妓女的爱情故事或更嗜酒如狂，这些同代人中包括那些只是留给我们一张"严肃"脸孔的人。忧郁、风流、热衷风流韵事并洋洋自得，沉溺于极易被撩拨的感官，杜牧的风流韵事在轶事和传记中被评论。宇文氏认为，"这些评论和加以解释的轶事更像从他的诗歌的语调和声明而非从他实际行为的直接认识中得出"②。

宇文氏此一说法是公允的。杜牧所谓的青楼薄幸之名、绿叶成阴之慨的风流韵事大多与其诗作相关，如街吏平安报轶事③与《遣怀》，湖州十年之约轶事与《叹花》④。缪钺于《杜牧年谱》中指出，街吏平安之报"虽有夸饰，要之杜牧出身贵家，疏荡少检，不甘寂寞，颇好宴游，此亦其生平不良之癖习也"。《叹花》则"与杜牧行迹及史事颇有舛午，且于情理亦不合也"⑤。再则，杜牧虽有其"清狂"的一面，

---

① Stephen Owen, *The Late Tang*: *Chinese Poetry of the Mid-Ninth Century* (*827－860*), Cambridge and London: the Harvard University Asia Center, 2006, p. 294.

② Ibid., pp. 266－267.

③ "杜牧少登第，恃才喜酒色，初辟淮南牛僧孺幕，夜即游妓舍。厢虞候不敢禁，常以榜子申僧孺，僧孺不怪。逾年，因朔望起居，公留诸从事，从容谓牧曰：'风声妇人若有顾盼者，可取置之所居，不可夜中独游，或昏夜不虞奈何？'牧初拒讳，僧孺顾左右取一箧至，其间榜子百余，皆厢司所申，牧乃愧谢。"参见张金海《杜牧资料汇编》，中华书局2006年版，第34页。

④ 杜牧早年在宣城幕时，曾游湖州见一长得极美的十多岁少女，就与她母亲定下了十年之约，十年后他不来此少女再嫁。十四年后，杜牧果然当了湖州刺史，但那女子已嫁人生子。杜牧怅然写下《叹花》：自是寻春去校迟，不须惆怅怨芳时。狂风落尽深红色，绿叶成阴子满枝！本事见《唐阙史》卷上。

⑤ 缪钺：《杜牧年谱》，人民文学出版社1980年版，第33、81页。

但这也是当时一般士人的通病。如王定保的《唐摭言》中，就有这一类记载："裴思谦状元及第后，作红笺名纸十数，诣平康里（妓院所在地），因宿于里中。诘旦，赋诗曰：'银缸斜背解鸣珰，小语偷声贺玉郎。从此不知兰麝贵，夜来新惹桂枝香。'"① 杜甫甚至也写过"暂醉佳人锦瑟旁"那样的诗句。

换言之，与其说杜牧的浪荡子形象是一历史事实，不如说，杜牧只是在其诗歌中扮演了浪荡子的角色。

关于诗中的角色表演，宇文氏为我们区分了三种类型。处于两端的是两类：第一类，角色可能是纯粹的表演，诗人享受在诗中创造的自我形象；第二类，是角色是个人真实情况的结果或发自诗人天性的无意识反应。第三类为处于两者之间的诗性的角色表演，它能满足惯例的社会期待。如赞美朋友的歌妓的演唱或者在与朋友分离时表达对将来快乐的无望。诗人可能真的享受歌妓的表演并对友人的即将离去心情忧伤，但这类诗歌的惯例并不依赖诗人真实感受的真挚或强烈。此类预期的角色表演与情感反应的社会性一个标志是我们认识到诗人很难有相反的角色表演与情感反应。

角色之说可以看做前述个性诗学的另一种言说，亦可视为宇文氏对其非虚构诗学观点的调整。事实上，这一说法川合康三在其《中国的自传文学》中就已经提出。川合康三认为，宇文氏的中西诗歌现实性与虚构性之说是拘于中国古典文学与西欧近代文学的比较。西欧古典文学与中国古典文学其实有许多相通的地方，把西欧文学限定于诗和小说，因而短视地说文学＝虚构，这只是自因于西欧近代文学的看法。他以蒋寅的《角色诗综论——对一种文化心理的探讨》② 为例来说明中国学者与此相反的观点。蒋文认为西欧诗歌"在表达自己的感情时，他们大多是直抒胸臆，直接向读者倾吐内心感受"；"而表现他人的感情，则总是站在旁观者的立场上叙述"，"因此诗中的主角无论

---

① （五代）王定保：《唐摭言》，中华书局 1959 年版，第 40 页。

② 参见蒋寅《角色诗综论——对一种文化心理的探讨》，《文学遗产》1992年第 3 期。

是我、你、他，抒情主体终究是作者本人，是从他的观照感受出发的"。与之相对，中国诗歌中"一首抒情诗的抒情主体'我'可能不是作者本人而是一个虚构"。在川合康三看来，蒋寅的比较似乎是把西欧诗歌限于浪漫派以后的近代诗，把中国诗歌限于乐府诗那样的作者为他人代拟的诗歌。川合康三在蒋文的基础上，把角色诗的范围推而广之：中国诗歌不仅是乐府一类，一般的诗也有类似情况。看上去诗人像是在吟唱自己的现实，其实他充当的，却是一个已经定型了的角色。

川合康三认为，如果以梁代钟嵘《诗品》的序为据，自古以来能成为诗歌材料的就是出征、羁旅、别离、宴会。尽管诗人声称他写的是个人对现实的体验，但这种体验其实已被圈定在上述因袭的领地之内，其间产生的感想情绪，也就自然会照搬现成的套路。不单是乐府一类的"角色诗"，所有的诗人都以既定的场面作舞台，他们演唱的都是与其所在场面相适应的角色的声口。①

杜牧的问题在于他扮演的浪荡子的诗性自我形象过于成功，"越来越多的读者深信他在诗中创造的感官主义的角色"，而忘却他"同样乐于扮演被埋没的军事天才和政治家角色"②。

四　缺席之景与杜牧的田园诗

杜牧虽热心政治却并不拿它当真，这也是他指责李贺少"理"同时又为其吸引的原因所在。他在李贺集序中这样形容李贺的诗：

> 云烟绵联，不足为其态也；水之迢迢，不足为其情也；春之

---

① ［日］川合康三：《中国的自传文学》，蔡毅译，中央编译出版社 1998 年版，第 156 页。

② Stephen Owen，*The Late Tang*：*Chinese Poetry of the Mid-Ninth Century* (*827 — 860*)，Cambridge and London：the Harvard University Asia Center，2006，p. 267.

盎盎，不足为其和也；秋之明洁，不足为其格也；风樯阵马，不
足为其勇也；瓦棺篆鼎，不足为其古也；时花美女，不足为其色
也；荒国堕殿，梗莽邱垄，不足为其怨恨悲愁也；鲸吸鳌掷，牛
鬼蛇神，不足为其虚荒诞幻也。[1]

宇文氏认为，"杜牧的评价可能是负面的，但它是能够引起注意
的那种评价，并指出了诗中具有独特吸引力的可能的价值。这种价值
明显不同于但接近于五律诗歌巧匠的价值"[2]。换言之，在五律诗匠那
里，对"律"的服膺转而成了对"美"的追求，虽然这两种价值都同
属对形式的追求，但截然不同。李贺诗中体现了比现实世界更趋完美
的质素。

秦王饮酒

秦王骑虎游八极，剑光照空天自碧。

羲和敲日玻璃声，劫灰飞尽古今平。

龙头泻酒邀酒星，金槽琵琶夜枨枨。

洞庭雨脚来吹笙，酒酣喝月使倒行。

银云栉栉瑶殿明，宫门掌事报一更。

花楼玉凤声娇狞，海绡红文香浅清。

黄娥跌舞千年觥，仙人烛树蜡烟轻。

清琴醉眼泪泓泓。

宇文氏认为此诗为"中国诗史前所未见"。"碎片似的华丽的句子
的不连续，有效体现了秦始皇试图控制宇宙和时间的梦境、醉境和狂
境"，"不像杜牧《阿房宫赋》中的秦始皇，这里的形象任一角度都不

---

① 杜牧：《樊川文集》卷九，上海古籍出版社 1978 年版，第 149 页。

② Stephen Owen, *The Late Tang*：*Chinese Poetry of the Mid-Ninth Century*
（*827—860*），Cambridge and London：the Harvard University Asia Center，2006，
p.159.

连贯，而且不提供任何教训，不论是直接还是含蓄。这首诗不可能被看作应有的'理'的体现，它体现的正如杜牧所说的比现实更完美的世界：《秦王饮酒》因此甚至比历史上的秦王更加疯狂"①。

宇文氏指出，对李贺诗的上引田园牧歌式的描述更切合杜牧成熟时期的诗歌。②杜牧的诗歌世界亦如李贺的诗歌世界，存在比现实更完美的质素，只是略带怀旧与感伤，其可分为缺席之景同田园诗两类。837 年杜牧陪同其弟杜颛在扬州禅智寺治眼疾，写下了《题扬州禅智寺》：

> 雨过一蝉噪，飘萧松桂秋。
> 青苔满阶砌，白鸟故迟留。
> 暮霭生深树，斜阳下小楼。
> 谁知竹西路，歌吹是扬州。

最后一联与城市中心的距离体现了诗人现今与几年前在扬州极度享乐的距离。对扬州的唤起，实是一种"缺席之景"（a scene of absence），这种情形我们常在怀古诗中见到。如杜牧 842 年写于黄州的《齐安郡晚秋》：

> 柳岸风来影渐疏，使君家似野人居。
> 云容水态还堪赏，啸志歌怀亦自如。
> 雨暗残灯棋欲散，酒醒孤枕雁来初。
> 可怜赤壁争雄渡，唯有簑翁坐钓鱼。

倒数第二句是一"缺席之景"，意在唤起不再存在的事物。过去

---

① Stephen Owen, *The Late Tang*: *Chinese Poetry of the Mid-Ninth Century* (*827 − 860*)，Cambridge and London: the Harvard University Asia Center, 2006, p. 172.

② Ibid., p. 307.

的一场战役和燃烧的战船成为一幅想象的背景置于如今的一个渔翁之后。宇文氏认为这在晚唐诗中绝不新鲜，它几乎成了晚唐的一个诗学隐喻（a poetic trope）。[①] 自《题扬州禅智寺》起，"比早期扬州诗中远为广泛的，一种沉思的，并经常忧郁的距离感开始成为杜牧许多诗的特征"[②]。

另一种"缺席之景"为诗意地创造失落的、无法抵达的或者沉睡过的世界。杜牧 837 年到宣州赴任，他最好、最有名的诗可追溯至宣州这一时期。其中有《宣州开元寺南楼》：

> 小楼才受一床横，终日看山酒满倾。
> 可惜和风夜来雨，醉中虚度打窗声。

在指出以上诗歌中"缺席之景"的特点之后，宇文氏总结道："我们已看到五律诗匠们如何创造由标题或上下文所限的经验中不可能的场景。这里的缺席之景是超越了即时经验的诗意表达的另一种形式。从这两种诗意表达模式到创造从未在现实生活中经历的场景，即只存在于词句中的场景只有一步之遥，是为第三类缺席之景。"[③] 19世纪英国浪漫主义诗人华兹华斯在其《抒情歌谣集》1800 年版序言中说："（诗人）比别人更容易被不在眼前的事物所感动，仿佛这些事物都在他的面前似的，他有一种能力，能从自己心中唤起热情，这种热情与现实事件所激起的很不一样……他由于经常这样实践，就获得一种能力，能更敏捷地表达自己的思想和感情，特别是那样的一些思想和感情，它们的发生并非由于直接的外在刺激，而是出于他的选

---

① Stephen Owen, *The Late Tang*: *Chinese Poetry of the Mid-Ninth Century* (*827 - 860*), Cambridge and London: the Harvard University Asia Center, 2006, p. 2.

② Ibid., p. 282.

③ Stephen Owen, *The Late Tang*: *Chinese Poetry of the Mid-Ninth Century* (*827 - 860*), Cambridge and London: the Harvard University Asia Center, 2006, p. 285.

择，或者是他的心灵的构造。"① 宇文氏所谓的"缺席之景"与华氏所言的"不在眼前的事物"颇为接近，可以看做同是对诗人想象力的强调。华兹华斯此序言可谓英国浪漫主义诗歌的宣言，两次提出"诗是强烈情感的自然流露"，并以此为基础建立起关于诗的主题、语言、效果、价值的理论，这可以看做英国批评理论中模仿说为表现说取代的标志。宇文氏对杜牧诗中"缺席之景"的发掘，亦是服务于其中晚唐诗学转型的理论目标。所谓的三类"缺席之景"，实可以看成宇文氏为我们勾勒的盛唐至中晚唐诗歌由即时经验的感应走向创作的三种不同路径。摆脱了即时经验的，可以是五律诗匠来自于经验但与标题或上下文经验断裂的精致对句，或者是杜牧可能并不来自经验或者即使来自记忆的经验却已被诗意化的想象的世界，最纯粹的莫过于词句之景，只存在于词句之中的美而不真的场景。如果我们将此历时地看成由经验走向创作的演进过程，与西方文学史对照，大致相当于从17世纪新古典主义"三一律"的模仿到19世纪浪漫主义的想象和唯美主义反模仿、反道德，主张把艺术与现实分开的为艺术而艺术的形式演变过程。

第三类"缺席之景"即词句之景，见《独酌》：

> 长空碧杳杳，万古一飞鸟。
> 生前酒伴闲，愁醉闲多少。
> 烟深隋家寺，殷叶暗相照。
> 独佩一壶游，秋毫泰山小。

宇文氏将"万古一飞鸟"视为作者的透视。"如何理解万古一飞鸟的真实含义？它可能是无限期地凝视万里碧空一只鸟造成的印象，但并不一定存在一只真实的鸟。这是一种诗歌景象而非现实，正如调整视角可以令泰山比秋毫小，这种在杜牧世界的视角转换，在诗歌创

---

① 伍蠡甫、胡经之主编：《西方文艺理论名著选编》（中），北京大学出版社1986年版，第49页。

作中得以实现，令独酌的忧郁变得有趣。"①

宇文氏此处对"万古一飞鸟"的诠释颇为新奇，他对此句的疑惑可以视为西人固有的空间的分析性思维的表现，其实大可不必对此句作一番颇费周折的诠释，何不视之为诗人对人生、对时光的感慨，前人不乏先例。颜延之诗：万古陈往还。张协诗：人生瀛海内，忽如鸟过目。② 以此诗句为词句之景之证，似不能成立，于此亦能窥觑宇文氏对中国传统诗歌艺术虚实手法的未加区分及其非虚构诗学的片面性。此外，三类"缺席之景"的概括同样存在用以说明论点的诗例过少、论证不足的缺点。

除"缺席之景"之外，更符合李贺序中完美世界的是杜牧的田园诗。宇文氏独辟一节来谈论杜牧的田园诗，足见其对杜牧作为田园诗人这一形象的强调。宇文氏认为，较其他唐代的主要诗人，杜牧更是一位田园诗人，他表现了世界应是。田园成为失落的过往，而成为挽歌。在"表现世界应是"的脚注中，宇文氏说明他应用了席勒《素朴诗与感伤诗》中的定义③（即感伤诗人反映的是由现实提升的理想，④笔者注）。

席勒关于素朴诗与感伤诗的区分基于其对希腊人和近代人与自然关系的区分。在希腊时代，人与外在自然还处在统一体，所以能如鱼与水之相忘于江湖，人的内在自然也还没有分裂。近代人恰与希腊人相反，人与自然已由分裂而对立，成为主体与对象的关系，自然对于人已不是与人结成一体的直接现实，而是成了一种观念。

素朴诗人与感伤诗人的区别也就在于或则就是自然，或则追寻自

---

① Stephen Owen，*The Late Tang*：*Chinese Poetry of the Mid-Ninth Century* (*827 - 860*)，Cambridge and London：the Harvard University Asia Center，2006，p. 285.

② 冯集梧：《樊川诗集注》，上海古籍出版社 1978 年版，第 85 页。

③ Stephen Owen，*The Late Tang*：*Chinese Poetry of the Mid-Ninth Century* (*827 - 860*)，Cambridge and London：the Harvard University Asia Center，2006，p. 306.

④ 朱光潜：《西方美学史》，人民文学出版社 1964 年版，第 463 页。

然。这其实就是现实主义的模仿现实与浪漫主义的表现理想的分别。①

　　席勒的感伤诗分为讽刺诗与哀挽诗两类，杜牧的田园诗自然属后一种。哀挽诗是"把理想写成令人向往的对象"。"如当诗人拿自然和艺术对立，拿理想和现实对立，使得对自然和理想的描绘占优势，而这种描绘所生的快感也是占统治地位的情感，我就把他叫做哀挽的诗人。"哀挽诗也有两种："自然和理想或则是哀伤的对象，即自然是描绘为已经丧失去的，理想是描绘为尚未达到的；或则是欣喜的对象，即自然和理想都表现成为现实。前一种是狭义的哀挽的诗，后一种是最广义的牧歌性的诗。"② 宇文氏将杜牧与他诗中田园可能的关系分为三类：一是田园为一魔力空间，可见证却无法进入；二是置身于田园；三是田园存在于过去并失落。这三类划分可以看做沿袭了席勒哀挽诗的划分：前两类可视为席勒所谓的广义的牧歌性的诗；第三类则为狭义的哀挽的诗。宇文氏认为第一类鉴照了诗性田园本身。来看《商山麻涧》：

> 云光岚彩四面合，柔柔垂柳十余家。
> 雉飞鹿过芳草远，牛巷鸡埘春日斜。
> 秀眉老父对樽酒，茜袖女儿簪野花。
> 征车自念尘土计，惆怅溪边书细沙。

　　宇文氏将此与王维的《渭川田家》比较：

> 斜光照墟落，穷巷牛羊归。
> 野老念牧童，倚杖候荆扉。
> 雉雊麦苗秀，蚕眠桑叶稀。
> 田夫荷锄至，相见语依依。
> 即此羡闲逸，怅然歌式微。

---

① 朱光潜：《西方美学史》，人民文学出版社1964年版，第461—462页。
② 同上书，第466页。

王维的田园诗重点在他与被隔离在外的农社人们之间的关系。杜牧则天才地建构了这样的场景：一种明媚的空想围绕这个地方和随后不可阅知的书写。王维的田园是十足人性的，是将劳作与回赠转化入诗。杜牧的田园则为诗学并置塑形（白/红；男/女；老/少；酒/花），创造了一个田园的、永恒的、属于另一世界的场景。对此，宇文氏提供了三条理由来证明商山麻涧虽实有其地却是非人间的。一是首联定位的非人间性。游人为云光岚彩包围，小村隐藏于垂柳中，这种魔力封闭的世界令人置身于一个如唐传奇中的世界；二是含羞的小鹿如此接近居住区，是说明这是一个远离伤害的特殊之处的又一标志；三是诗中遇见的老人和年轻姑娘在唐诗中常常是仙人和仙女的乡村化身，这是此地非人间性的第三点理由。综上数端，这是一个和平与丰富的世界、一个隔离的世界。宇文氏认为此两首诗的区别最完美地体现了盛唐诗与晚唐诗的区别。①

而笔者以为，一则，这种人性与并置的区别在多大程度上体现了为田园的本质区别，而不是古体与律体形式上的区别，是须考虑的问题。

二则，杜牧的田园与王维的田园有无本质区别，王维诗中的田园是否就是十足人性的或者说现实主义的，尚须商榷。

我们来看《唐诗鉴赏辞典》中对王维诗的另一种解读：首先描写夕阳斜照村落的景象……接着，诗人一笔就落到归字上，描绘了牛羊徐徐归村的情景……柴门外，一位慈祥的老人挂着拐杖，正迎候着放牧归来的小孩……麦地里的野鸡叫得多动情啊，那是在呼唤自己的配偶呢；桑林里的桑叶已所剩无几，蚕儿开始吐丝作茧，营造自己的安乐窝，找到自己的归宿了。……《式微》是《诗经·邶风》中的一篇，诗中反复咏叹："式微，式微，胡不归？"……前面写了那么多归，实际上都是反衬，以人皆有所归，反衬自己独无所归；以人皆归得及时亲切惬意，反

① Stephen Owen, *The Late Tang*: *Chinese Poetry of the Mid-Ninth Century* (*827－860*), Cambridge and London: the Harvard University Asia Center, 2006, pp. 308－309.

衬自己归隐太迟以及自己混迹官场的孤单苦闷。……如果以为诗人的本意就在于完成那幅田家晚归图，那就失之于肤浅了。[①]《唐诗鉴赏辞典》显然并不认为王维笔下的田园是纯然写实的农社，同样是被美化了的田园。再看金圣叹的《贯华堂选批唐才子诗集》批杜牧诗曰："一，写四面；二，写中间；三写闲静；四，写丰乐，便较陶令《桃花源记》为烦矣。五、六，忽然写一父老樽酒、女儿衣袖，以深显自家形秽。'书细沙'者，无颜自明，而又不能含糊付之也。"[②] 由此看来，宇文氏为此诗所作的种种非现实主义的分析及并置的永恒的世界都不无道理，只是放在中国文化和杜牧生平的语境中，它体现的应是杜牧仕途受挫、人生失意之际对桃源理想的向往。在这点上，杜牧的田园似与王维的田园并无本质区别。

三则，既然在体现桃源理想上两个田园无本质区别，宇文氏以这两首诗为例证来区分盛唐诗与晚唐诗的非虚构与虚构、现实与理想就显得不太合适。

在《村行》中商山麻涧中的茜袖女儿似又出现，不过这次诗人不再为田园所疏远，而被邀入其间：

> 春半南阳西，柔桑过村坞。
> 娉娉垂柳风，点点回塘雨。
> 蓑唱牧牛儿，篱窥茜裙女。
> 半湿解征衫，主人馈鸡黍。

这首五律极有古朴自然之风，与王孟田园诗应属一系。对此，宇文氏同样提出了其非现实的两点理由：一是雨中的路人似乎并不担心为雨水淋湿，穿着蓑衣的牧牛儿自然不用担心，但我们担心女孩的茜裙会被淋湿，这是非现实的一种表现；二是旅途中诗人半湿的衣服并

① 萧涤非等：《唐诗鉴赏辞典》，上海辞书出版社1983年版，第139页。
② 朱碧莲：《杜牧选集》，上海古籍出版社1995年版，第74页。

不是"现实主义"的笔触而是一半已进入田园世界。[①] 言下之意，此诗中的田园仍属表现的理想而非模仿的现实。

宇文氏的分析应该说是切中肯綮的，只是我们需要对杜牧的田园诗表现的理想与席勒所谓感伤诗人表现的理想作一辨别。从以上列举的诗例看，固然杜牧对笔下的乡村田园有所美化，但他所表现的理想仍应是道家自然主义传统下的回归"混沌"的理想，而不是席勒笔下近代社会异化的感伤诗人所表现的希腊理想，虽然希腊理想与庄子的混沌理想都是一个人与自然尚未分裂的、鱼与水相忘于江湖的世界。

并非所有的田园诗都是乡村的，还有一种田园诗是描写失落的旧日时光，即上文已述的"忆旧游"或者说风流。请看《自宣州赴官入京，路逢裴坦判官归宣州，因题赠》：

> 敬亭山下百顷竹，中有诗人小谢城。
> 城高跨楼满金碧，下听一溪寒水声。
> 梅花落径香缭绕，雪白玉珑花下行。
> 萦风酒旆挂朱阁，半醉游人闻弄笙。
> 我初到此未三十，头脑钚利筋骨轻。
> 画堂檀板秋拍碎，一引有时联十觥。
> 老闲腰下丈二组，尘土高悬千载名。
> 重游鬓白事皆改，唯见东流春水平。
> 对酒不敢起，逢君还眼明。
> 云罍看人捧，波脸任他横。
> 一醉六十日，古来闻阮生。
> 是非离别际，始见醉中情。
> 今日送君话前事，高歌引剑还一倾。
> 江湖酒伴如相问，终老烟波不计程。

---

① Stephen Owen，*The Late Tang*：*Chinese Poetry of the Mid-Ninth Century* (*827－860*)，Cambridge and London：the Harvard University Asia Center，2006，p. 310.

　　宇文氏认为诗中的宣州已不再是诗人在年轻或成熟岁月中经历的宣州，而是一个永恒的宣州——永远是春天、饮酒、音乐和醉的世界。[①]

　　这种被诗意地重塑的过去的挽歌是杜牧经常使用的体裁：

念昔游

一

十载飘然绳检外，樽前自献自为酬。

秋山春雨闲吟处，倚遍江南寺寺楼。

三

李白题诗水西寺，古木回岩楼阁风。

半醒半醉游三日，红白花开山雨中。

　　两首诗中的田园都不是乡村而是记忆中风流的田园，同样是非现实主义的笔触，有两处可以说明：一是第一首末句，江南所有的寺庙不会为从最高楼眺望的诗人提供不同的景致，相反它们给旅行诗人的总是一个反复相同的江南景致；二是第三首尾联，杜牧独自漫游在一个山雨和红白花开的世界，即使诗人不是半醒半醉，这看上去都像一个沉醉的梦境。这是一个封闭的、沉醉的田园，无论是十年还是三天。它是一个诗人进入和离开的封闭的经验世界。[②] 它从不在经验中存在，它太美太诱人以至于从未真正存在。而这也正是杜牧对李贺诗的评价。将乡村的田园的纯朴与风流的田园的感官同作为美的王国予以追求，我们隐约感受到唯美主义灵肉统一和谐的美之天国的召唤。在王尔德的理想中，希腊理想与享乐主义可以并行不悖。这也就能理

---

　　① Stephen Owen, *The Late Tang*: *Chinese Poetry of the Mid-Ninth Century* (*827－860*), Cambridge and London: the Harvard University Asia Center, 2006, p. 311.

　　② Ibid., pp. 311－314.

解何以宇文氏会将风流作为别样的田园。杜牧风流的田园被记忆冲淡和美化的感官和欲望，与唯美主义强调享乐对象的形式和感官确有某种程度上的相近。

我们从宇文氏汲汲以求的非现实笔触，约略可察觉其用心之良苦，这是他从诗歌史角度为盛唐诗与中晚唐诗作出有机诗学与技巧诗学、非虚构与虚构二元对立的方法论的延续。只是杜牧的田园诗并不能为此作一个充足的例证，盛唐王维的田园诗与晚唐杜牧的田园诗并不存在本质的区别。这从另一方面也可以看出由于宇文氏对道家传统的忽略，因此对田园诗作出了非虚构误读。这尤其体现在他对陶潜田园诗的解读上：

> 我们所读的不是叫陶潜的农隐者，而是带着复杂性，有意扮演这农隐者以表现自我的陶潜。

> 陶潜不是他所声明的那样天真与坦诚。陶潜是数以百计的唐宋以及后来古典诗人的鼻祖——强烈的自我意识，为自己的价值与行为辩解，不顾一切地试图从内在价值准则的冲突中获得纯朴。……陶的"园田"不过是纯朴自我的形象得以安置的场景；外部世界消隐而去；自我成为诗的主题；自知与真实性成了问题。①

> 陶潜也许是把诗歌作为表达自己无心仕途性格的手段而充分利用的第一人……并不能当作是个体主义在当时占主导地位的标志。更准确地说，这是因为诗人之决定隐逸山林使他有必要作更多的自我解释和自我肯定。

> 《归园田居》诗之第一首，其中基本描述了他在返归真正的大自然之后与社会的疏远感……作出这样的生活抉择并不一定要求人们去吟诗填词，诗只是一种手段，它赋予这种抉择以价值，

---

① ［美］宇文所安：《自我的完整映象——自传诗》，载乐黛云、陈珏编选《北美中国古典文学研究名家十年文选》，江苏人民出版社1996年版，第123、118页。

把它们公布于众（虽然陶潜一定会声称他的抉择和诗作都是个人的私事）。陶潜通过一再吟颂自己返归田园的选择，替自己创造了一个自然生活的神话，他认为这种生活是与为人们更普遍地接受的出仕为宦的价值观相对立的。①

综上，宇文氏对陶潜田园诗的考察有几个重点：一是把陶潜田园诗放在非虚构诗歌传统和社会价值体系中考察，它表现出的是与出仕价值观对立的自我；二是将田园诗联系诗人的真实自我进行考察，得出诗人复杂的双重性格；三是对陶潜笔下的田园的真实性进行考察，认为其基本属写实的真实大自然。对陶潜如此亲和自然的《归园田居》作出"实地考察"般的分析，令国人难以接受。这种视角归因于宇文氏非虚构传统的理解，故他所探讨的也就在于陶潜实际上怎样而不是他创造出了一个怎样的文学世界。事实上，陶潜笔下的田园体现的是宇文氏忽略的道家自然主义的齐物经验和混沌理想。庄子的齐物论主张归向自然而与之亲和，作逍遥之游，与古代礼乐的文明取向恰恰相反。它在构造上拒斥儒家道德本质主义及其价值观的影响，表现为一个全新的精神形态——关于人的审美关注、潜在能力和自由创造的哲学。② 陶氏以亲身实践社会理想及田园诗的形式复兴了庄子的齐物经验。③

另外，以席勒的感伤诗人表现世界应是的概念给予杜牧的田园诗定位，可以看出继初盛唐诗研究应用中西诗歌传统非虚构/虚构对立策略之后，在中晚唐诗研究中宇文氏更多的是寻找中西两种文化传统的对应。但如同对立策略，对应策略如不回到中国本土语境中考察，可能会流于简单化和表面化，从而如张万民的《见山是山？见水是

---

① ［美］宇文所安：《中国传统中的诗歌》，载罗溥洛编《美国学者论中国文化》，中国广播电视出版社1994年版，第286—287页。

② 张节末：《中国诗学中的大传统与小传统——以中古诗歌运动中比兴的历史命运为例》，《文艺研究》2006年第6期。

③ 同上书，第23页。

水？——海外学者比较诗学研究的三种形态》一文所说，将会出现两种可能：一是将西方的文学理论作为权威标准，用来剪裁东方的对应物；二是只是表面上的相似，给研究对象贴上对应的标签只会掩盖中国文学的特性。①

第三节　李商隐的隐秘诗与隐秘诗学

对李商隐诗歌与诗学的研究是《晚唐诗》书中浓墨重彩之处，有五章的内容，占去全书篇幅的三分之一。与国内学者将李商隐诗三分为无题诗、咏史诗、咏物诗不同，宇文所安未取无题诗这一提法，而代之以隐秘诗（the hemetic poems），将李诗四分为隐秘诗、咏史诗、咏物诗和应景诗，而其中又以隐秘诗为李商隐所独创，即后来读者定义他独特风格的类型，是研究的重中之重。宇文氏对隐秘诗大致的界定是，在通常意义上费解，至少在公共传播范围不被理解的诗。它暗示隐秘含义的同时又加以隐藏。有时这一处境的象征是清楚的（如《昨日》象征正月十五我们相聚，然后不得不分离），其他时候则只能从断片中猜测这种处境，这些断片之间的意义又常会相互取消。② 之所以舍弃无题诗这一范畴，笔者推测，盖由于除十四首无题诗③外还存在一些被研究者称为类似无题、准无题或广义无题的诗（如以开始二字为题者），以及有提供情境的题目而意旨神秘的诗（如《重过圣

① 张万民：《见山是山？见水是水？——海外学者比较诗学研究的三种形态》，《文艺理论研究》2008 年第 1 期。

② Stephen Owen，*The Late Tang：Chinese Poetry of the Mid-Ninth Century*（*827－860*），Cambridge and London：the Harvard University Asia Center，2006，p. 357.

③ 指《无题》（八岁偷照镜）、《无题》（照梁初有情）、《无题二首》（昨夜星辰；闻道阊门）、《无题四首》（来是空言；飒飒东风；含情春晼晚；何处哀筝）、《无题》（近知名阿侯）、《无题》（白道萦回）十四首，参见刘学锴《李商隐诗歌研究》，安徽大学出版社 1998 年版，第 33 页。

女祠》），取读者接受角度来为这一类诗歌概括似更为合理。另一方面
如果考虑到无题诗的缺题仅仅是编辑失误，对大量诗则产生历史误
读。① 显然现代学者更愿视"无题"为一个种类的诗而不是编辑对无
题诗的处理。② 相比较而言，隐秘诗更能概括此类诗的特点。但由于
宇文氏未提供详细的隐秘诗归属，反过来也在一定程度上造成了这一
概念的模糊。

一　象征及诠释传统

　　李商隐的复杂在于对其诗歌的诠释比对任何其他诗人的诗歌的诠
释都更为纷繁芜杂，可谓众说纷纭，莫衷一是。尤其是对《锦瑟》、
《无题》及类无题诗的诠释。这些诗无论是从诗题还是从诗面中都看
不出具体的人、事、创作背景，无法考察因何人何事而作。它们的意
蕴大都非常虚泛，多为无端的怅惘之情和似梦非梦的模糊心态。刘学
锴分析，造成李商隐研究的这一现象的原因主要在于我们对文学象征
的探讨不足：一是中国文学史的写实传统远远超过象征传统，象征文
学并不发达，对象征的研究一直比较薄弱。"六义"中虽有比、兴，
但由于汉儒将之与美刺直接联系，所以历代诗论家多从比、兴的政治
道德功用着眼而较少从艺术本身着眼，这也造成李商隐那些极富象征
色彩的诗的特征、意义及价值不被人所认识和重视。二是西方象征派
作品的象征形象所暗示的往往是抽象的思想，而李商隐诗歌的象征形
象所表现的往往是一种朦胧的情思、意绪，这就增加了解读的困难与

---

　　① 宇文氏举李商隐《饮席戏赠同舍》诗为证，如果无题，这首诗将毫无希
望地晦涩，而当提供一个情境这首诗变得相当平庸。参见 Stephen Owen，*The
Late Tang：Chinese Poetry of the Mid-Ninth Century*（827－860），Cambridge and
London：the Harvard University Asia Center，2006，p. 402.

　　② Stephen Owen，*The Late Tang：Chinese Poetry of the Mid-Ninth Century*
（827－860），Cambridge and London：the Harvard University Asia Center，2006，
p. 402.

歧解的纷纷。①

宇文氏将理解李商隐诗的关键判定为象征语言（广义上包括各种比喻：隐喻、转喻和提喻）及诗歌整体作为符号指涉的更大问题，②似是对上述李商隐研究亟待解决的象征问题作出的回应。但两人各有侧重。刘学锴侧重象征的文学解读，以弥补李商隐研究现状存在的不足。宇文氏所言却并非仅仅局限于文学的象征而倾向于一种广义的象征。在质疑隐射诠释的有效性上两位学者可谓殊途同归，他们的分歧在于对李商隐隐秘诗中的象征现象做出何种归属。这其实是一个象征③与寓意之间的对立问题。

我们不妨引用浪漫派及歌德关于象征与寓意区别的概括：

关于象征，我们又遇到了浪漫派提出的形形色色的特征：它是能生产的、不及物的、有理据的；它实现了对立面的融合；它的内容是无法用理性把握的：它表达的是不可言传的内容。相反，寓意显然是已经完成的，它及物、任意、又是纯粹的指意和理性的表达。除了这些固定的说法外，歌德还补充了几点具体的意见。两类指意转移的差别不在于它们的逻辑形式（象征和寓意都是特殊来指一般），而在于产生和接受的过程不同，它们正是这两个过程的终点或起点：象征是无意识产生的，并引起了无限的解释活动；寓意是有意的，并且不用"它物"就可以理解。象征的解释作为典型的表象也是属于个人的。最后，还有一点形态上的差别（因而也是特

---

① 刘学锴：《李商隐诗歌研究》，安徽大学出版社1998年版，第226页。

② Stephen Owen，*The Late Tang：Chinese Poetry of the Mid-Ninth Century*（*827－860*），Cambridge and London：the Harvard University Asia Center，2006，p. 340.

③ 关于象征，英语"象征"（symbol）又译"符号"，其希腊文原义指信物，即"把一块木板分成两半，双方各执其一，以示友爱"。在中国"象征"概念语出《汉书·艺文志》："杂占者，纪百事之象，候善恶之征。"对后世的文学理论影响比较大的是王弼《周易略例·明象章》中的"触类可为其象，含义可为其征"。

别有趣的），即指示活动的直接和间接性。①

浪漫派区别象征与寓意的用意，实质是以象征为浪漫主义美学进行概括。以上种种对象征特点的概括尤其是直接性、不可言传性、有限产生无限，非常适用于对李商隐诗的解读。刘学锴以概括李商隐诗歌中的象征现象的所谓"中国特色的象征"盖应在浪漫派象征的文学中而非象征派所暗示的抽象的思想中找寻共鸣和亲缘。不过，虽相近，李商隐诗中的象征现象又与浪漫派所言的象征不尽相同。它的蕴涵虽难以穷尽，却不会让我们进入理论的、本质的范围之中。此外，自《诗大序》以来的汉儒解诗传统不可能不对李商隐的创作产生影响，何况李商隐又确曾有"为芳草以怨王孙，借美人以喻君子"（《谢河东公和诗启》）、"楚雨含情俱有托"（《梓州罢吟寄同舍》）、"非关宋玉有微辞，只是襄王梦觉迟；一自《高唐》赋成后，楚天云雨俱堪疑"（《有感》）之类的告白，在李商隐诗中又时常能见到生平的指涉。由此，李商隐诗的象征现象就变得复杂起来。当然此处的"寓意"基于中西差异也应作一限定，它的使用主要基于余宝琳对《诗经》的传统诠释是"情境化"（contextualization）诠释而不是"讽寓化"（allegorization）诠释的理解。② 如果说刘氏视文学象征为诠释李商隐隐秘诗的关键，那么宇文氏基于非虚构传统的理解对李商隐隐秘诗象征现象的处理总体上仍是寓意的，不过呈现为一种新的形态。

如宇文氏所言，欧洲传统中象征语言及其意义是广义上言此意彼的"诗歌"的关键标志。而在中国，传统象征语言及指涉只是一个来源，而非普遍的、比例较高的联系形式，③ 多见于咏史、咏物诗类及

---

① ［法］托多罗夫：《象征理论》，王国卿译，商务印书馆 2004 年版，第 263 页。

② 参见余宝琳《讽喻与〈诗经〉》，载莫砺锋编《神女之探寻——英美学者论中国古典诗歌》，上海古籍出版社 1994 年版，第 1—27 页。

③ Stephen Owen, *The Late Tang: Chinese Poetry of the Mid-Ninth Century* (*827—860*), Cambridge and London: the Harvard University Asia Center, 2006, p. 340.

题为《咏怀》、《感遇》的这类作品。

基于"象征问题易本质化和误解"①，宇文氏机智地将象征问题限定在同时代诗歌语境中进行考察。"九世纪最纯粹的诗歌，与五律贾岛传统相关，倾向于在一个广义的指涉上不象征（咏物诗除外，咏物常指涉人的状况）。"9世纪语境中复杂的象征有两种基本使用情况：

一是骈文，这是一种学问的标志，设定了一个人群，能领会别人无法理解的语言。文化指涉（暗示）是一紧密相关的现象。李商隐在他那个时代被认为是大骈文家；

二是假定存在直接表达的障碍。这可发生在不同层面：

1. 礼节上的隐晦。直接寻求晋升的支持或抱怨对方不予理睬在九世纪中国如同其它文化和时代一样会被视为愚蠢的行为。这种场合要求礼节的仪式，在九世纪中国，象征是这种礼节的一部分。有时资助者与被资助者关系比作男女关系，寻求宠幸与抱怨受到忽略。这种社会官僚的性别化并不流行，只从属于特定标准。

2. 对皇帝和高官的批评同样需要象征或某种含蓄的表达形式。元和新乐府诗人逾越这一法则对社会流弊直接予以攻击（包括特别注明他们攻击的对象）。象征的隐射一般是政治讽刺。问题在于如此间接，有时意味着将批评隐藏于可被认作无关痛痒的和不批评的言论中。李商隐关于甘露之变的诗歌创作是含蓄和象征的，但他绝不模棱两可。

3. 需要象征的三分之一的特殊重要场合是男女之间的激情。说不清这种象征语言是男性之间不同权力关系的性别象征的漫长历史遗产，还是由男女交流的社会禁忌发展而来。作为在中唐得到发展的精英浪漫文化——主要在男人社区也包括女人——写给

---

① Stephen Owen，*The Late Tang*：*Chinese Poetry of the Mid-Ninth Century*（*827－860*），Cambridge and London：the Harvard University Asia Center，2006，p. 340.

女性的诗，男女之间的酬赠，以及在歌中的表演在某种程度上倾向于象征化。比较温庭筠词与敦煌曲子词是区别精英的浪漫文化的极好标志。

　　4. 道教的高度象征语言是隐秘的、象征的表达的特例，激发起精英社区的隐秘知识。李商隐年轻时学过道教，在他的一些作品中留下鲜明印迹。他常如曹唐所做综合道教故事与艳情暗示。注家从不将诗歌诠释为简单的道教的（后来的评注传统亦对道教持敌意并不拿它当回事），除了对有清楚道教指涉的应景诗如致道士的诗。一般道教诗的象征指涉有两个主要框架，即内廷与男女关系。通过将宫廷妇女的偷情转化为道教的尼姑所为，这样的诠释可综合两种指涉。但另一种意义上，道教的故事常以超语言发挥作用，它的清楚的指涉隐藏在一般知识之后。①

　　在作了如此划分之后，宇文氏又在此基础上区分了重复的象征（易于识别的密码）与原创并且在某种程度上绝对私密的象征。温庭筠的诗属于前一种，当一个年轻人在这类诗中浸淫的时间久了，他便能很快解开诗的常规密码，李商隐的诗无疑属于后一种。②

　　宇文氏并未对李商隐诗歌中的象征现象作出明确归属，骈文自不在诗歌的讨论范围之内。再看第二种直接表达的障碍中的四种情况。从第一条"这种社会官僚的性别化并不流行，只从属于特定标准"的表述看，宇文氏显然对这种屈骚传统的政治影射并不认同。第二条从李商隐政治讽刺诗的创作实际看，其也绝不在隐秘诗的范围之内。于是剩下第三条和第四条，相对温庭筠词中关于男女情事的重复象征，宇文氏显然更倾向于以超语言发挥作用的第四类道教的高度象征语言来概括李商隐诗歌中的象征现象。这也是书中单列一章《道教：以曹

---

　　① Stephen Owen，*The Late Tang*：*Chinese Poetry of the Mid-Ninth Century* (*827－860*)，Cambridge and London：the Harvard University Asia Center，2006，pp. 340－342.

　　② Ibid.

唐诗为例》为后面李商隐诗的介绍设立背景的缘由所在。比较李商隐
《重过圣女祠》与曹唐相类题材的诗，宇文氏认为，"李商隐诗在文体
上比曹唐诗更稠密，尽管它不提供一个可以与一个熟悉的传说故事相
联系的标题，它仍可粗略地归为'同一类'诗"①。只不过李商隐诗是
对曹唐游仙诗的极端转换，应用道教的故事又破坏了它的完整性。可
见，相对于把李商隐的许多隐秘诗说成是"风人之绪音，屈宋之遗
响"，宇文氏宁愿将李商隐诗中的象征现象放在艳情诗和道教游仙诗
传统去讨论。

　　以上种种联系虽有区别，但总的来说都强调象征的指涉性或者
说寓意性。他早年在《透明度：解读唐代抒情诗》一文中指出过，
即使在显然是虚构的诗如乐府中，"趋于非虚构解读的冲动还是引
出了'时事讽喻'这一思路：诠释者们试图透过诗歌文本找出孕育
于诗中的历史背景，将诗的虚构视为因某些真实经验中的危险而导
致的有意的隐晦"②。中国传统诗歌中的虚构诗与西方诗歌的虚构区
别也就在于："虚构被解释成有意的隐藏，掩饰一种过于危险或者
有害以致不可能在一般的诗中出现的经验。这种读诗的模式是典型
的寓意式，表层的文本只是一层面纱，由其下隐藏的历史主体
（historical body）赋形。虚构过程既不神圣亦不娱乐、自然，更不
由真理的隐匿所要求，恰恰相反，这种虚构过程是痛苦、恐惧和禁
忌的防御面具。"③ 可见，宇文氏对中国传统诗中的虚构与象征作了
同样寓意的处理。我们可以粗略地将上段对中国虚构诗的描述理解
为中国传统诗歌象征现象存在的情况。所谓防御面具之说，与直接
表达的障碍基本一致，只不过后者的分类更为具体、更为强调9世

---

　　① Stephen Owen, *The Late Tang：Chinese Poetry of the Mid-Ninth Century*
（*827－860*），Cambridge and London：the Harvard University Asia Center，2006，
p. 332.

　　② ［美］宇文所安：《透明度：解读唐代抒情诗》，载［美］倪豪士编《美
国学者论唐代文学》，上海古籍出版社1994年版，第216页。

　　③ Stephen Owen, *Traditional Chinese Poetry and Poetics：Omen of the
World*，Madison：University of Wisconsin Press，1985，p. 53.

纪的同时代历史语境。宇文氏的高明处是一再强调读诗的角度，从而回避了作者创作意图的复杂性。

对中国传统诗歌的象征现象作出寓意的或非虚构的解读，即索隐比附，起源于汉儒解《诗》，由于倡比、兴作诗，又以此解诗，故索隐之风在诗歌诠释史上源远流长。此风炽盛的时代莫过于清代。清人的实证功夫被当做传统的正宗嫡传、不容置疑的释古典范。尤其在李商隐诗歌的诠释中，这种索隐之风发展到了登峰造极的程度。这种索隐有两个方面：一是索诗歌意旨之隐；二是索诗歌本事之隐，包括政治本事和爱情本事两种。宇文氏以南宋张戒的《岁寒堂诗话》"世但见其诗喜说妇人，而不知为世鉴戒"为李商隐诗歌象征诠释的始作俑者。但细查其内容，却多是为李氏咏史诗而作，[①]"无疑为开脱李商隐艳情诗为某种严肃性的一种尝试"[②] 这样的论断是不确切的。据刘学锴的考证，明初杨基虽最早倡《无题》皆寓臣不忘君之意说，然无具体诠释，"从清初吴乔在其《西昆发微》中首倡《无题》'托为男妇怨慕之辞，而无一言直陈本意'，以为均属寓意令狐之作以来，中经程梦星、冯浩，至民初张采田《玉溪生年谱会笺》，索隐比附之风达于极致"[③]。这同样适合于对隐秘诗的象征诠释描述。

"自南宋张戒开始对李商隐诗象征的诠释，其作为'无一言经国，无纤意奖善，惟逞章句'的'锦工'形象，李涪的这一反面评价仍由宋持续到元。到十七世纪中期的诗话传统，诗人的这一形象才有效地沉匿，而将李商隐作为一个严肃的有政治作为的诗人。如果有论者持艳情之论而非政治影射，指的也是爱情故事而非修辞表演或偶尔的艳

---

① 所引诗歌为《茂陵》、《景阳井》、《思贤顿》、《送崔珏往西川》，除最后一首其余均为咏史之作。

② Stephen Owen, *The Late Tang：Chinese Poetry of the Mid-Ninth Century* (*827－860*)，Cambridge and London：the Harvard University Asia Center, 2006, p. 338.

③ 刘学锴：《李商隐诗歌研究》，安徽大学出版社 1998 年版，第 222 页。

情角色表演。"① 宇文氏这一总结与刘学锴对李商隐诗歌索隐现象的概括趋于一致："李商隐无题诸诗的诠释研究，在整个清代至民初，寄托说占优势，但当寄托说发展到顶点成为索隐猜谜时，就出现相反方面的摆动——爱情说的勃兴。……五四自苏雪林《李商隐恋爱事迹考》和朱偰《李商隐诗新诠》。尽管用的方法也是一种近似索隐猜谜的方法，但索的是爱情本事的隐而非政治之隐。"②

二　隐秘诗学：游戏于新旧诗学之间

对李商隐隐秘诗的索隐之风，除却讽喻传统的因素之外，还在于李商隐诗暗示了一些假定存在但隐藏的自传语境。

宇文氏说过，杜牧虽不模仿李贺，但在细节上受李贺诗的影响，而李商隐则是真正得李贺精髓的诗人。杜牧指责李贺少"理"的"教训"为9世纪30年代诗人从两方面继承：一是最简单层面，李贺绚丽的词汇被重又织入以"理"为基础的传统诗歌；二是"教训"的更复杂层面可能仅由李商隐全部掌握：通过打乱传统诗歌秩序，诗歌可用来描绘迷失的状态而不是简单指涉。③ 正如前面已述的李商隐发现"诗后面的人物"不是杜牧序中提到的屈原，那个怀才不遇或为政治、社会而苦恼的人物，他发现李贺或许寻找的是：完全沉浸在他的艺术中的"诗人"的形象。宇文氏认为，李商隐不仅吸收了"李贺的教训"，而且比李贺所做更为极致。这样做时，他超越了"艺术"的诗学——这是李商隐对李贺创作的描述——进入了一个有假定生平指涉

---

① Stephen Owen, *The Late Tang*：*Chinese Poetry of the Mid-Ninth Century* (*827—860*), Cambridge and London：the Harvard University Asia Center, 2006, p. 339.

② 刘学锴：《李商隐诗歌研究》，安徽大学出版社1998年版，第217页。

③ Stephen Owen, *The Late Tang*：*Chinese Poetry of the Mid-Ninth Century* (*827—860*), Cambridge and London：the Harvard University Asia Center, 2006, p. 172.

的诗学。① 重构他诗歌中的自传背景在成形于 17 世纪中期的评注传统开始变得十分急切。

药转

郁金堂北画楼东，换骨神方上药通。
露气暗连青桂苑，风声偏猎紫兰丛。
长筹未必输孙皓，香枣何劳问石崇。
忆事怀人兼得句，翠衾归卧绣帘中。

这首诗历来的解释多有分歧。何焯的《辑评》曰："此自是登厕诗。"对于这首特别的诗，注家发挥了不可思议的创造力：从"女侠如红线之类隐青衣中为厕婢者"（姚培谦）到"诗人夜起如厕，有所怅望而作"（程梦星）到得到颇多赞成的解释：颇似咏闺人之私产者（冯浩）。宇文氏对此诗的重视在于第七句的生平指涉。他认为注家解释虽各有千秋但都集中于一个事实，即诗中涉及厕所。也就是关注第三联。这两个关于孙皓和香枣的典故都与厕所有关。但这首诗关键在第七句，"这一句宣布前面所指一个人和一件事，但只有李商隐或其它一两个人知晓。这将作为隐秘和排外的影射提升到了一个全新高度"②。

宇文氏认为第七句的出现否定了这首诗是私人信件的可能，因为接收者就是有关的那个人并知悉所谓何事。这一句假定了一个读者群，对他们来说这一句是有意义的信息。假设了他们可能不知道前面句子指涉一个人、一件事也假定他们不会知道什么人、什么事。总之，这一句表示了保持隐藏的隐秘信息的存在。最后宇文氏对这种有生平指涉又不知如何解开秘密的诗学总结为隐秘的诗学（a poetics of

---

① Stephen Owen，*The Late Tang*：*Chinese Poetry of the Mid-Ninth Century* (*827－860*)，Cambridge and London：the Harvard University Asia Center，2006，p. 549.

② Ibid.，p. 344.

the clandestine)。①

就生平指涉而言，这种诗学区别于李贺、贾岛的纯粹诗学，后者创造了一个词句中的世界。但隐秘诗学又不同于生平指涉的诗学，它是后者有趣的变形。诗人可以游戏生平指涉，宣称它的存在但同时加以隐藏，以此制造一种完全不同的诗歌类型。②

在李商隐的妻子死后，有人有意为他续弦，他在信中婉言拒绝，"至于南国妖姬，业台妙妓，虽有涉于篇什，实不接于风流"。宇文氏由此推断，"不管这是不是真实的声明，它在九世纪诗学中有重要意义。它第一次承认读者可能从他的诗中推断他的性格。也可理解或已被理解为，对一首艳情诗的隐射诠释的证明——通过扭曲上下文的分析以支持一个存在的诠释传统的一个经典案例。简单来看，这篇声明是诗人宣布他有关这一主题的创作并不来自直接的个人经验"。但问题在于，"如将此声明同《药转》的第七句（忆事怀人兼得句）一起读，就会发现李商隐如何玩着一双面游戏：一面宣称与个人经历隐秘相关；另一面又拒绝个人经历的指涉"③。

这一特点在宇文氏的《诗歌及其历史背景》一文已有揭示："诗人在某种程度上曾经考虑过他的诗会如何被圈子外的人所理解，他不愿他们知道，但愿他们猜测；不想被他们考证出来，只想让他们认识到隐饰的作用，去推测他隐饰的动机。这便是李商隐无题诗的意味深长之处；诗题不是被忽略了而是被涂抹了。抹拭诗题的作用是迫使读者去关注当时环境的一种手段。"④

隐秘诗学的边界状态，简单来说，即虚构与非虚构诗学之间，既非现实亦非诞幻的诗学。在《世界的征兆：中国抒情诗的意义》中宇

---

① Stephen Owen，*The Late Tang：Chinese Poetry of the Mid-Ninth Century*（*827—860*），Cambridge and London：the Harvard University Asia Center，2006，p. 345.

② Ibid.，p. 349.

③ Ibid.，pp. 352—353.

④ ［美］宇文所安：《诗歌及其历史背景》，陈磊译，《文艺理论研究》1993年第1期。

文氏曾举李商隐的《正月崇让宅》为例，说明"如梦似幻的诗歌处于现实与非现实的边界，既忠诚于虚构的诗歌领域亦忠诚于非虚构的有指涉的领域"。这种双重忠诚通过以"我梦见"、"我想象"、"在我看来似乎"这类陈述来构建。① 可见彼时宇文氏并不反感李商隐诗的隐射诠释。当然此处的《药转》并非表达如梦似幻的情绪，作者于此找到的是更能说明生平指涉的证据，而不是简单以介于现实与非现实之间的梦幻作为说辞。

这种归纳如果说是侧面总结的话，川合康三对李商隐恋爱诗的爱的形态的分析则为正面总结。他有这样一个结论：李商隐的恋爱诗通常摒弃与日常生活相联系的事物，而总在非日常性的氛围中歌唱，这就使他落在一个现实与非现实间邈远的空间里。与韩偓的艳诗相比，后者具有一种以观照的态度眺望男女之事的模式化的审美意识，以致诗中弥漫着慵倦而甜美的单调情绪，让人感到无聊。而李商隐爱的形态则不是被模式化的观念，其价值不如说是朦胧、模糊和不确定性。正因如此，对于被现实与非现实交错的混沌世界所迷惑的他来说，恋爱才能成为题材。这种恋爱诗最终不足为恋爱的赞歌，反倒被痛苦压抑的阴影所掩盖。再与李白、李贺的游仙诗相比，后者完全脱离了现实，具有从天界俯视现实的视点，而义山的幻想诗则相反，视点离不开现实。对他来说，爱的观念即使是与现实对立的，作为完全独立于现实的价值观念也还没有定型，因此更接近齐梁和李贺艳诗的特征。②

川合关于模式化与朦胧的审美意识可与宇文氏重复的象征与原创的象征相配，川合将李商隐置于李贺与韩偓之间与宇文氏将李商隐的生平指涉区别于李贺诗的纯粹性相仿，角度不同，现实与非现实之间的结论相同。

---

① Stephen Owen，*Traditional Chinese Poetry and Poetics*：*Omen of the World*，Madison：University of Wisconsin Press，1985. p. 52.

② 蒋寅：《终南山的变容·译后记》，上海古籍出版社 2007 年版，第388 页。

三　对诠释传统的颠覆

宇文氏对隐秘诗学的概括及对隐秘诗特点的归纳，是为与一般的应景诗相区别，进而对李商隐诗歌诠释传统存在的生平影射与政治影射予以抨击。

他首先对生平影射发难："在李商隐的诗集中确有一些有常规生平标志的诗——地名、官名、季节——这些允许精确的编年，但是论家常致力于在既有生平指涉的意义（literal）又有象征意义的其它诗中找寻这类标志，以将它们与生平相连提供诗歌语境。作为这一过程的结果我们有了关于这个诗人的奇异的传记，反过来为大量诗歌编年。对这类诗的编年明显分歧的研究激起对这一过程的不信任远超过对某一首诗编年结论的怀疑。那些似不可信、似合理、可能的、很可能的和可证实的全部混合在一起。建构诗歌的历史背景同样存在这一可信度问题。"①

对这种诗史互证的循环与重复，在其《诗歌及其历史背景》中已有论述。"通过别人的历史描述来设计我们的描述。而在诠释文本的过程中，我们又设计这样的描述来满足文本的需求。然后，根据历史描述从上下文关系来诠释文本。我想提醒读者不要忽视这个过程本身是循环和重复的。可事实刚好相反，诗歌真正的历史背景只能是整体性的，有其内在的自律性，而大多数的构成要素在历史描述的过程中从略了。"②

如果说在《诗歌及其历史背景》中主要立足于亚里士多德历史的个别性与诗的普遍性之间的区别，强调文本的自足性。此处则作了区

---

① Stephen Owen，*The Late Tang*：*Chinese Poetry of the Mid-Ninth Century*（*827－860*），Cambridge and London：the Harvard University Asia Center，2006，p. 350.

② ［美］宇文所安：《诗歌及其历史背景》，陈磊译，《文艺理论研究》1993年第 1 期。

别对待，对于应景诗一类以诗史互证对其进行历史编年及历史描述是可行的，如僭越到隐秘诗的领域，则将引起可信度问题。

对此生平指涉的诠释传统嘲弄的一个绝佳案例是《夜雨寄北》：

> 君问归期未有期，巴山夜雨涨秋池。
> 何当共剪西窗烛，却话巴山夜雨时。

早期的诠释是将此诗看做李商隐寄给妻子之作，洪迈《万首唐人绝句》题作《夜雨寄内》是一明证。这一解释很吸引人也十分合理，但学者发现李商隐妻于李商隐入川前卒。为保留这首著名诗歌的古老而又令人满意的解读，学者们设定了一次更早的游历。清冯浩的《玉谿生诗集笺注》、近人张采田的《玉谿生年谱会笺》均系大中二年巴蜀之游。按冯谱，义山系先自桂返洛，然后出游江汉巴蜀，于深秋略顿巴巫之境。张笺谓桂管归途先至巴蜀寻杜悰，不果而中途折回，由荆南赴洛，而后归京。岑仲勉的《玉谿生年谱会笺平质》已力辨所谓巴蜀之游并不存在。杨柳先生为补救冯、张之明显缺失，又提出："大中二年，义山北返途次淹留荆巴，其入蜀地区未超越长江沿岸夔、峡一带，时间为夏秋之交，不出两月。"《李商隐诗歌集解》认为考证此诗作年，关键有以下三点：一为诗题作《夜雨寄北》抑或作《夜雨寄内》。关于此点，义山诗集诸旧本（除姜本[①]外）均作《夜雨寄北》，连冯氏恃以为证之《万首绝句》现在最早刊本亦作《夜雨寄北》，证明"寄内"之异文不足凭。二为诗中"巴山"所指。商隐在东川幕所撰之《唐梓州慧义精舍南禅院四证堂碑铭》"掩霭巴山，繁华蜀国"及《为崔从事福寄尚书彭城公启》"潼水千波，巴山万嶂"之文，证明"巴山"泛指东川一带之山，且为其梓幕诗文之习用语。三为诗中所抒写之羁愁究竟是长期留滞、归期无日之情绪，抑或是在变动不定之旅途中产生之愁绪。关于此点，诗之首句"君问归期未有期"实已明显透露出系长期留滞、归期未有期之浓重羁愁。此点若联

---

① 明姜道生刻《唐三家集》之《李商隐诗集》（七卷，分体），简称姜本。

系其梓幕期间的一系列诗句（如"万里忆归元亮井，三年从事亚夫营"、"江海三年客"、"三年苦雾巴江水"、"三年已制思乡泪，更入新年恐不禁"、"岂关无景物，自是有乡愁"、"定定住天涯"）便可看出此种羁愁乡思乃是李商隐留滞梓幕数年后最强烈浓重之情绪。综上数端，此诗作于羁滞梓幕期间应属无疑。①

由这一教训，宇文氏得出，"生平，常被认为是解读李商隐诗的独立的、客观的背景，极易成为用来确认已成立的、充满吸引力的或似合理的诗歌解读的结构。同样的情况也适用于历史背景"②。

其次，是对将明显的艳情解作政治影射的反驳。所谓政治影射，源自离骚传统，或是诗人表达被资助人青睐的愿望和抱怨被冷落，或作为政治讽刺指向皇帝和当权者。吴乔《西昆发微》云："《无题》诗十六篇，托为男女怨慕之辞，而无一言直陈本意，不亦《风》《骚》之极致哉！……《无题》诗于六义为比，自有次第。《阿侯》，望绹之速化也；《紫府仙人》，羡之也；《老女》，自伤也；《心有灵犀》，谓绹必相引也；《闻道阊门》，幸绹之不念旧隙也；《白道萦回》，讶绹舍我而擢人也。然犹未怨。《相见时难》、《来是空言》，怨矣，而未绝望；《凤尾香罗》、《重帏深下》，绝望矣，而犹未怒。至《九日》，而怒焉。《无题》自此绝矣。"③ 其将《无题》诸篇都解作对令狐绹的希望、欣羡、怨思、绝望、愤怒之情，并将《无题》诗按上述对令狐感情的发展过程排成次序。另外还将《曲池》、《可叹》、《富平少侯》、《蜀桐》一类从题面到诗面都看不出与令狐有关的诗也解成为令狐而作。刘学锴认为此书是首创义山《无题》寓托朋友遇合说的专著，也是首开义山诗研究穿凿附会之风的著作，对后来冯浩、张采田直至今人均有深远影响。④ 因与令狐二世的

---

① 刘学锴、余恕诚：《李商隐诗歌集解》第三册，中华书局 2004 年版，第 1361 页。

② Stephen Owen, *The Late Tang*: *Chinese Poetry of the Mid-Ninth Century* (827 – 860), Cambridge and London: the Harvard University Asia Center, 2006, p. 352.

③ 刘学锴等：《李商隐资料汇编》，中华书局 2001 年版，第 265 页。

④ 刘学锴：《李商隐诗歌研究》，安徽大学出版社 1998 年版，第 122 页。

关系确为商隐一生中经历的大事，吴氏此说并非毫无道理。宇文氏的看法是，"我们猜测李商隐对令狐绹的冷落感到受伤与不适。但我们不能说一首女性抱怨冷落的诗指涉的就是这一处境。一些诗的确看似合理或可能，但绝无确证。对一首诗作此处境的解释这一事实不意味着这是真的或也许这样，而仅仅是可能发生的——比红线之类藏身为一厕婢来得更真实，但仅此而已"①。宇文氏提出三条理由：一是唐代诗人在写给资助人的诗中很少这样做。二是唐代诗人在有些场合会自比为弃妇，在等待中忧愁和孤独，有时但很少情况下会自比为新娘。另外，没有写给资助人的诗会有暗示亲密行为的秘密、双方被禁的激情的场景，呈这样一首诗给资助人会显得古怪。三是李商隐寻求资助的诗有时会有艳情诗因素，但将许多艳情诗解作影射与资助人的关系反映了赋予这些诗可敬的"严肃性"的企图。②

宇文氏的策略是不去寻找旧问题的答案，而集中于诗歌本身如何产生这些问题并拒绝可能的答案。也就是说不去判断指涉的特别构架——艳情亦或政治的——并为这首诗编排一个故事，而是仔细检查这首诗如何在指涉某一隐秘事件的同时又封堵这一轻易的联系。以《河阳诗》——李商隐最为晦涩的诗之一为例：

> 黄河摇溶天上来，玉楼影近中天台。
> 龙头泻酒客寿杯，主人浅笑红玫瑰。
> 梓泽东来七十里，长沟复堑埋云子。
> 可惜秋眸一脔光，汉陵走马黄尘起。
> 南浦老鱼腥古涎，真珠密字芙蓉篇。
> 湘中寄到梦不到，衰容自去抛凉天。
> 忆得蛟丝裁小棹，蛱蝶飞回木棉薄。

---

① Stephen Owen，*The Late Tang*：*Chinese Poetry of the Mid-Ninth Century* (*827－860*)，Cambridge and London：the Harvard University Asia Center，2006，p. 352.

② Ibid.，p. 363.

绿绣笙囊不见人，一口红霞夜深嚼。

幽兰泣露新香死，画图浅缥松溪水。

楚丝微觉竹枝高，半曲新词写縣纸。

巴陵夜市红守宫，后房点臂斑斑红。

堤南渴雁自飞久，芦花一夜吹西风。

晓帘串断蜻蜓翼，罗屏但有空青色。

玉湾不钓三千年，莲房暗被蛟龙惜。

湿银注镜井口平，鸾钗映月寒铮铮。

不知桂树在何处，仙人不下双金茎。

百尺相风插重屋，侧近嫣红伴柔绿。

百劳不识对月郎，湘竹千条为一束。

虽然引出各注家的诠释在宇文氏看来无多益处，但考虑到宇文氏在解读此诗时大多有所针对，故仍列出主要的几家诠释：

朱鹤龄《李义山诗集笺注》曰：

悼其妻王氏也。茂元（李商隐岳父）尝为河阳节度使，故以名篇。龙头寿客，浅笑玫瑰，序主人情礼之隆也。"梓泽"四句言茂元之女之亡也。"南浦"四句，托言浦中老鱼寄书，徒有衰凉之感。"忆得"四句，言追想其生平存时，蛟丝木棉，被服甚丽，今笙囊尚存，其人安在？红霞夜嚼，无聊之况亦可想见矣。"幽兰"四句，言兰香萎，而惟见浅缥之画图，楚弄新词，言徽未沫，深可痛也。"巴陵"四句，言感念亡者，遂绝后房之嬖，渴雁芦花，皆增凄怆矣。"晓帘"四句，言帘屏相对，虚室堪怜，玉湾莲房，蛟龙尚尔知惜，况有情耶？"湿银"以下，徘徊旧阁，明镜鸾钗，俨然在目，而幽明异路，仿佛难求，惟有对相风，伴花鸟，挥泪无穷而已。①

---

① 刘学锴、余恕诚：《李商隐诗歌集解》第四册，中华书局 2004 年版，第 1833—1834 页。

除朱鹤龄外还有姚培谦、程梦星等人，早期的注家几乎都将河阳与王茂元节度之河阳联系，而持悼亡之说。对此冯浩有三点反驳：一是义山之婚不在镇河阳时；二是举父之官迹以称其女不太适宜；三是与《燕台诗》等其他诗相类不似为妻所作。

冯浩《玉谿生诗集笺注》曰：

> 首二点地。三四追叙初会之欢。"梓泽"二句言被人取来。"可惜"二句言其遂有远行也。其行当赴湖湘，故"南浦"四句紧叙湘中寄书之事，其寄当在义山赴湘之先矣。"忆得"八句想见其在湘中之情事。"巴陵"二句言其徒充后房，未尝专宠。"堤南"二句言我方来此，不料其人又将他往也。"晓帘"以下十二句则其人已去，帘屏犹在，遥忆银镜鸾钗，光寒色冷，徒令我见彼美之旧居，对月光而零泪矣。①

冯注后成为现代学者诠释的蓝本，不过被稍做修改。

刘学锴、余恕诚的《李商隐诗歌集解》（以下简称《集解》）注：

> 此诗确系悼亡者，然并非悼亡妻王氏，乃伤悼昔日相识于河阳，后曾流落湘中为人后房、怨思而亡故者。起四句，追忆昔日河阳相识。……"梓泽"四句，言己自洛阳东来，沿途长沟复堑所埋者皆古来如云女子之香骨。彼秋眸似水之绝世美人，今走马汉陵已不可寻，惟见黄尘扬起而已。盖以暗示往昔浅笑红玫瑰之玉楼中人，今已埋香地下，亦可见于开首四句，系重来旧地之追忆。"南浦"四句，追忆当年伤别后，己密寄鱼书；然书虽到湘中，而魂梦则不能到，故其人憔悴之容颜远

---

① 刘学锴、余恕诚：《李商隐诗歌集解》第四册，中华书局 2004 年版，第 1836—1837 页。

去而长抛此北方萧瑟之凉天也。"忆得"四句回想昔日欢聚情景：蛟丝裁衣，木棉绣蝶，房中除一双情侣外，所见唯常共同把玩之绿绣笙囊，时则烂嚼红绒而唾。"幽兰"四句，谓其人流落湘中后，竟如幽兰泣露，新香乍发而旋即夭亡，今日念及，惟画图、调丝、作诗以寄己之哀思耳。"巴陵"四句，又回叙彼置后房之寂寞，己欲再见之而不得之情。"渴雁"自喻，"芦花一夜吹西风"，喻阻隔重重不得前往。"晓帘"以下，均此次东来梓泽重访其人故居所见所感。[①]

周振甫《李商隐选集》注：

　　这首诗同《燕台诗》写的，当是一事。大概写《燕台诗》后，意犹未尽，再写此诗，两诗可以互相补充。如《燕台诗》在题目上点明这位女子被府主取去，这诗里对这点就不谈了。《燕台诗》不说这位女子在何处，这诗里写明在河阳。《燕台诗》没有写这位女子的才艺，这诗里写她会绣蛱蝶，会画兰花，会弹瑟，会唱竹枝词，会谱曲，会写一手小楷，像珍珠那样可贵，信写得像芙蓉出水那样美好。《燕台诗》写女方被取走后，"夜半行郎"，男方就去找她，对这次相会写得很细致，这诗里就不写了。《燕台诗》含蓄地写她的被弃，这诗点明"巴陵夜市红守官，后房点臂斑斑红"。两诗又可互相印证，这诗写"真珠密字芙蓉篇"是"湘中寄到"，《燕台诗》也说"双珰丁丁联尺素，内记湘川相识处"。这诗里点明的"对月郎"，即《燕台诗》里的"夜半行郎"。这诗的"仙人不下双金茎"，即燕台诗里的"桃叶桃根双姊妹"。[②]

_____

① 刘学锴、余恕诚：《李商隐诗歌集解》第四册，中华书局 2004 年版，第 1839 页。

② 周振甫：《李商隐选集》，江苏教育出版社 2005 年版，第 139 页。

　　宇文氏对周氏此番议论颇不以为然，尤其是对他的"在一首诗中提过，就不必在其它诗中提及"论点有所怀疑。①

　　如《李商隐诗歌集解》所言："此诗之难解，不仅在文字之晦涩，更在叙次之交错跳跃。其结构不依事件之自然进程，而依作者之联想，故读之每有若断若续之感。"② 总的来说，此诗争论的焦点在于悼念的是妻子还是恋人。基本形成两说：一为悼亡妻；二为悼伊人之夭亡。《李商隐诗歌集解》持第二种说法，比冯注更为全面，取消了义山湘湖之行，将"梓泽"四句及"晓帘"十二句都解作梓泽的故地重游，颇能自圆其说。

　　宇文氏在行文中的反驳主要有五处：

　　一驳《李商隐诗歌集解》的恋人之说。"忆得"四句的理解是关键。《李商隐诗歌集解》按："前二桌上刺绣，后二夜间情事。'一口红霞夜深嚼'疑即李煜《一斛珠》'绣床斜凭娇无那，烂嚼红茸，笑向檀郎唾'中之'烂嚼红茸'。"③

　　宇文氏的疑问是此处李煜词中的女主人明显不是在刺绣而是烂醉。她唱了歌喝了酒，啐了一口情人。李煜词中的艳情暗示与"一口红霞"难以相通。虽然不能圆满解释这一形象，但我们不妨退一步观察，这无疑是一幅诗人自称个人记忆中的家庭生活场景。④

　　二驳悼亡说。"长沟复堑埋云子"朱注及《李商隐诗歌集解》都作如云之女子，喻伤妻或是伤伊之亡。宇文氏更为认同纪昀经验主义的认识，"云母亦称云子，古有以云母葬者"。另，朱注"绿绣笙囊不

　　① Stephen Owen, *The Late Tang*：*Chinese Poetry of the Mid-Ninth Century*（*827－860*），Cambridge and London：the Harvard University Asia Center，2006，p. 368.

　　② 刘学锴、余恕诚：《李商隐诗歌集解》第四册，中华书局 2004 年版，第1839 页。

　　③ 同上书，第 1831—1832 页。

　　④ Stephen Owen, *The Late Tang*：*Chinese Poetry of the Mid-Ninth Century*（*827－860*），Cambridge and London：the Harvard University Asia Center，2006，p. 375.

见人"及各家注"鸾钗映月寒铮铮"为伤悼遗物，宇文氏认为前一句不排除另一种可能，即笙囊拟人化地不见这个女子，因她不再吹笙而只是做针线活。后一句从"铮铮"可知有人佩戴鸾钗及女子的存在。①此解笔者不敢苟同，"铮铮"应是观者的主观心理感受，并非是物理声响。

三驳置某人后房之臆测。以上注家除朱注外无一例外将"巴陵"二句解为女子被充某人后房之寂寞，宇文氏推断注家此一臆测缘自这位女子从易接近到难以接近之故。他提出的反证是，存在青年才俊与一位妙妓生活一段时间又迫于经济或仕途离开的另一种可能（如《李娃传》）。②

四驳湘湖之行说。冯浩以"堤南渴雁自飞久，芦花一夜吹西风"一联"言我方来此，不料其人又将他往也"。将诗人自比为渴雁，宇文氏基本上认可，但其余则为过度诠释。理由是李商隐尽管 848 年到过此地，但他是北归而非南行。③ 笔者认为，以此为反证还须推敲。因大中二年既有南行又有北归，都经湘湖。"（大中二年）正月，自江陵归桂林。途经湘阴黄陵时，与已内徙之刘贲晤别，作《赠刘司户贲》诗。回桂林后曾客游昭州。二月郑亚贬循州，商隐于三四月间离桂北归。五月至潭州……约六月下旬抵达江陵。"④

五驳湘中秋季访故。最后一联中的"百劳"应为晚春标志，百劳叫时晚春结束。这样一来，论者湘中秋季访故之解与此处晚春场景相抵触，宇文氏同情地认为，"当注家试图为最后一阕作解时，我们发现他们的诠释变得更为一般化和强迫。他们明显感到他们早已'获

---

① Stephen Owen, *The Late Tang*: *Chinese Poetry of the Mid-Ninth Century* (*827 − 860*), Cambridge and London: the Harvard University Asia Center, 2006, pp. 372, 374, 378.

② Ibid., p. 375.

③ Ibid., p. 377.

④ 刘学锴、余恕诚：《李商隐诗歌集解》第五册，中华书局 2004 年版，第 2345 页。

得'了整个故事,对后面部分只需解为诗人伤心的模糊表述"①。如宇文氏所言,注家对最后部分的诠释的确显得笼统而不精细,一般都以"晓帘"十二句统称,笔者以为,个中原因可能是叙事性内容不多,三阕都是抒发故地重游的悲悼情绪。宇文氏作为反证的"百劳"倒可能非实指,而取"东飞伯劳西飞燕"劳燕分飞之义。这样以"百劳"为晚春之证显得还不够有力。

宇文氏认为,许多诗都涉及一套不同的事实可能性的常规处境,可从先期阅读经验中推导出。由于中国诗歌语言缺少时态、代词的标志和明确的从句,读者对其他标志就十分敏感,借此在事实可能性范围内"定位"一句或一联。但《河阳诗》背后并不存在这种常规处境。清代和现代评论家应用这种常规程序去建构一种非标准的上下文一致的剧情以使句子有意义和连贯,难免有牵强附会的嫌疑。宇文氏自己的诠释遵守程序,不做臆测,也就是只观察文本如何在制造小的连贯、暗示一些潜在的剧情的同时,又拒绝我们得逞。它写的是私情,一旦解密,就会失去。②

以地名命名的诗常引发我们关于此地的知识,河阳却不是这样一个地方。与冯浩相同,宇文氏对河阳的处理也是将之作为诗歌地名,而非王茂元总署。不过,宇文氏更为明确地将此河阳与李贺的《河阳歌》相连。这首诗虽然短,却是李贺最晦涩的诗篇:

> 染罗衣,秋蓝难著色。
> 不是无心人,为作台邛客。
> 花烧中潭城,颜郎身已老。
> 惜许两少年,抽心似春草。
> 今日见银牌,今夜鸣玉晏。

---

① Stephen Owen, *The Late Tang: Chinese Poetry of the Mid-Ninth Century* (*827 - 860*), Cambridge and London: the Harvard University Asia Center, 2006, p. 379.

② Ibid. , p. 369.

　　　　　　牛头高一尺，隔坐应相见。

　　　　　　月从东方来，酒从东方转。

　　　　　　舣船饫口红，蜜炬千枝烂。

　　这两首诗有一共同的线索：一次夜宴，诗人遇到他朝思暮想的人。《河阳诗》第一阕的第一句和第三句分别化用李白的《将进酒》与李贺的《秦王饮酒》，两首早期的宴饮诗都颂美了醉境，如李贺《河阳歌》末句所唱。假定这个题目暗示了隐含于诗歌中的个人经历，第一阕这种可轻易识别的极度艺术化的结构暗示了精心的诗意建构，在紧随其后的数阕中却变得远不够清晰。①

　　《河阳诗》每一阕有一独立的韵并自成单元。第二阕作为一首绝句并名之为《绿珠》，对任何注家都不成问题。如果李商隐诗的确关乎河阳此地，石崇和绿珠的故事将是定义这一地的故事之一。但这一浅显解读在下一阕中不可能持续，它似乎指涉更私密的经历。②

　　第三阕中的鱼确实暗示信，但如何理解老鱼腥古涎，注家很快将鱼与信相连，但却忽略了它不受欢迎的方面，即对李贺"老鱼跳波蛟龙舞"、"邪鳞顽甲滑腥涎"的继承。这一阕还是冯注的关键，即女子被带入湘湖之据，但在宇文氏看来，如不凭借过度的巧智，它与上一阕的《绿珠》篇一样难以顺利过渡到下一阕。③

　　第四阕不难联系到家庭生活和他的妻子，这与上一阕"真珠密字"的私下书信往来和"巴陵"四句的"红守宫"暗示他们关系的不正当不相符合。总之，李商隐应用了已定的诗学符号指涉相互矛盾的情境。在宇文氏看来，这不像是一个单一的故事而是几出戏目，包

---

　　①　Stephen Owen，*The Late Tang：Chinese Poetry of the Mid-Ninth Century*（*827－860*），Cambridge and London：the Harvard University Asia Center，2006，p. 371.

　　②　Ibid.，p. 372.

　　③　Ibid.，p. 373.

括："宴会相见"、"秘字传书"、"遗物思人"、"家庭乐趣"、"故地重游，伊人已逝"，唯独"后房点臂斑斑红"作为一种潜在的成人行为的标记，暗示了一般主题不能涵盖的自传层面。[1]

"晓帘"一阕用宇文氏的话来说是，"形象充满暗示，奇丽和令人费解"，我们甚至无法理解"晓帘串断蜻蜓翼"的表层意思。他的解释似比原文更为离奇："我们拥有罗屏的空青色，又陷入玉湾的不透明，在湾上有莲房湾下有蛟龙"[2]，宇文氏因此认为这一阕充满暗示的内部关系延续至下一阕，但它们都逃避固定的叙事，最终没有提供将碎片整合的任何东西。

宇文氏指出，"至少保留这一可能性，即李商隐是进行诗歌创作而不是设置谜语。……这种谜式的语言以一种相对易解的方式出现于宋词和温庭筠的许多乐府中，只是李商隐隐秘诗中那些处境不在通常意义上连贯。……诗歌的谋篇过程，游戏着诠释习惯，将读者推至近乎领悟的边缘又将他们推回原地。诗歌建立了一种模糊过程，诗人常告诉我们这是激情和记忆的混淆或困惑"[3]。

宇文氏对《河阳诗》的分析印证了《隐秘诗》一章前言中的话："找出李商隐诗歌后面的生平，不仅无效而且无关。……我们不可能在任一指定文本中区分不同的写作动机，只能观察文本所作。"[4] 这显然是新批评反对"意图谬误"的观点。从文学存在自身内部规律而言，固然有一定的道理，但同时可能也说明，宇文氏"一定要把文学从历史条件中抽出，是表现了我们文化的病症之一——害怕历史"[5]。

---

① Stephen Owen，*The Late Tang*：*Chinese Poetry of the Mid-Ninth Century* (*827—860*)，Cambridge and London：the Harvard University Asia Center，2006，p. 375.

② Ibid. ，p. 378.

③ Ibid. ，p. 379.

④ Ibid. ，pp. 357—358.

⑤ 赵毅衡：《新批评：一种独特的形式主义文论》，中国社会科学出版社1986年版，第92页。

四　隐秘诗学的结构图式

前面已提到《药转》的尾联即第七句（忆事怀人兼得句）的关键，通过对其他隐秘诗结尾的考察，宇文氏发现，李商隐隐秘诗与晚唐五律诗的结构相仿，中间对句与尾联之间形成一种框架效果：精致的诗意对句被镶嵌于散漫有时浅俗的框架中。"虽然李商隐从未滑入在形式结构上的悬殊，许多隐秘诗中，他的确游戏尾联在文体上的不同。隐秘诗的前面部分是一系列暗示的，形式上完美、晦涩的句子，而尾联却有所表示，有一定信息含量并相对直接。诗人作出判断、总结或劝诫，并常带有使隐藏在前面对句中的内涵焕发生机的紧张。"① 如《碧城》第三首的结尾："武皇内传分明在，莫道人间总不知"，及《一片》的结尾："人间桑海朝朝变，莫遣佳期更后期"。当然也存在诗前面部分不难结尾又回到某种私密感的例子，如《无题》：

> 相见时难别亦难，东风无力百花残。
> 春蚕到死丝方尽，蜡炬成灰泪始干。
> 晓镜但愁云鬓改，夜吟应觉月光寒。
> 蓬山此去无多路，青鸟殷勤为探看。

结句不由上句而来，看上去它的确随第一句而来。这种框架结构在《锦瑟》中表现得最为明显：

> 锦瑟无端五十弦，一弦一柱思华年。
> 庄生晓梦迷蝴蝶，望帝春心托杜鹃。
> 沧海月明珠有泪，蓝田日暖玉生烟。

---

① Stephen Owen, *The Late Tang：Chinese Poetry of the Mid-Ninth Century* (*827－860*), Cambridge and London：the Harvard University Asia Center，2006，pp. 389－390.

此情可待成追忆，只是当时已惘然。

中间对句因它们的构架而变得有活力，宇文氏认为此诗堪称结构的典范。王蒙也对李商隐诗的结构有类似的结论，指出"李商隐许多诗头尾比较平实，中间对句最美。为了解释方便，只要头尾四句连读即可，要美化必须有中间四句。李商隐这一类无题诗，结构上不是我们习惯的线性结构"①。虽然此诗和其他优秀诗篇中，首联与尾联同样有效力，但宇文氏却并不像一般的注家那样关注锦瑟与首联，而仍将目光投向尾联。

不同于《李商隐诗歌集解》对尾联清晰的含义界定，宇文氏认为几个词的语气不同可导致尾联的种种不确定性。"第七句中的'可'有两种含义：可能或应该。它可以是疑问'可以等吗'或别的句式。'当时'一般指过去，也可以指当下，如果译成'只是现在我已惘然'这首诗将呈现一种完全不同的语气。'只是'可表强调，有时也有'现在'的意味。简言之，结句的情感反应看似直接却开启了多种可能性，每一种都会改变含义。多数情况下因上下文很清楚，这样的句子就非常明白，但这里上下文同样是一种惘然之境。唯一明确的是'当时'（过去或现在）与（过往情感将成为或可能成为'追忆'的）相对的将来之间的距离。"②依此说，尾联的解读存在四种可能，即：一是此情岂待成追忆？那时就已是惘然。二是此情岂待成追忆？现在已是惘然。三是此情应该成为追忆，只是那时已是惘然。四是此情应该成为追忆，现在就已是惘然。宇文氏取最后一种，即将"可"译为"应该"（shoud），"当时"译为"现在"（at the moment）。这与《李商隐诗歌集解》和众多注家的第一种译法截然不同。程抱一在对中国

---

① 王蒙：《说"无端"》，载安徽师范大学中国讲学研究中心编《中国诗学研究》第 2 辑，上海古籍出版社 2003 年版，第 11 页。

② Stephen Owen, *The Late Tang*：*Chinese Poetry of the Mid-Ninth Century* (*827 - 860*)，Cambridge and London：the Harvard University Asia Center，2006，p. 395.

诗歌语言研究时亦同样注意到此联在时间表述上，现在与过去混合以及梦幻与现实相交融的暧昧状态："诗人同时置身于经历这段爱情的时刻（第一句）和他认为在记忆中重新找回这段爱情的时刻（第二句），而他正思量，这段爱情是否真的发生过。"① 只是程氏并未对此从诗歌惯例的情感反应位置的结构角度加以分析并展开。

　　对尾联多种意义可能性的挖掘可能是宇文氏贡献的一个新的突破口，值得一提的是，注家虽有悼亡、自伤等种种说法，对最后一联的注疏却相对一致，大多取第一种，未纠结于"可"与"当时"词汇的歧义。在《李商隐诗歌集解》中，笔者发现只有汪师韩对尾联的译法与宇文氏的相似，曰："'追忆'谓后世之人追忆也。'可待'者，犹云必传于后无疑也。'当时'指现在言。'惘然'，无所适从也。言后世之传虽可自信，而即今沦落为可叹耳。"② 词汇的解释虽一致，意义却完全相左。宇文氏的发现无疑将拓宽诗意。通过对"当时"的过去与现在的双重解释，虽然宇文氏认为将此诗作为李商隐诗集总序的观点③过于离

---

　　①　［法］程抱一：《中国诗画语言研究》，涂卫群译，江苏人民出版社 2006 年版，第 42 页。

　　②　刘学锴、余恕诚：《李商隐诗歌集解》第三册，中华书局，第 1592 页。

　　③　《锦瑟》一诗，宋、金时期就列卷首，程湘衡认为这首诗具有自序作用，所以把它列首。钱锺书《谈艺录》亦用程湘衡说。"《锦瑟》之冠全集，倘非偶然，则略比自序之开宗明义。'锦瑟'喻诗，犹'玉琴'喻诗，如杜少陵《西阁》第一首：'朱绂犹纱帽，新诗近玉琴。'锦瑟、玉琴，正堪俪偶。义山诗数言锦瑟。……前两句言景光虽逝，篇什犹留，毕世心力，平生欢戚，'清和适怨'，开卷历历，所谓'夫君自有恨，聊借此中传'。三、四句言作诗之法也。心之所思，情之所感，寓言假物，譬喻拟象；如庄生逸兴之见形于飞蝶，望帝沉哀之结体为啼鹃，均词出比方，无取质言。举事寓意，故曰'托'；深文隐旨，故曰'迷'。李仲蒙谓'索物以托情'，即其法尔。五、六句言诗成之风格或境界，犹司空表圣之形容诗品也。……'日暖玉生烟'与'月明珠有泪'，此物此志，言不同常玉之冷、常珠之凝。喻诗虽琢磨光致，而须真情流露，生气蓬勃，异于雕绘汩性灵、工巧伤气韵之作。……七、八句乃与首二句呼应作结，言前尘回首，怅触万端，顾当年行乐之时，即忆沉世事无常，抟沙转烛，黯然于好梦易醒，盛筵必散。即'当时已惘然'也"。参见周振甫《李商隐选集》，江苏教育出版社 2005 年版，第 64—65 页。

谱，他仍承认这首诗的确"以一种记忆和独特的方式在经历与诗之间建立一种关系"①。《锦瑟》不再仅仅是一首追忆的诗作，而是顺利地成为李商隐秘诗学结构的"图式"。"颔联中的庄生梦蝶虽无色情，唐诗中的蝴蝶却有，特别是与'迷'相连。""望帝与大臣之妻不正当的私情暗示了性背叛与遗憾，考虑到在李商隐诗中直接指涉私通和秘密的语言，不能放弃望帝典的这一方面。"② 从第六句"蓝田日暖玉生烟"这一诗家之景（戴叔伦）下行成为"此情"，宇文氏指出这里暗含了一种诗学，从对记忆的诗意表现轻易过渡到即时情感。"这是一种朦胧诗学（a poetics of blurriness），表达的朦胧与即时的惘然相对应。无论即时属现在的激情还是稠密的记忆。这种诗学精确地描述了李商隐的许多名诗，正如烟雾使物体与连贯的背景相分离并使它们显得朦胧和隔离，这种诗学也将句中的景象脱离了背景，无论它是可表达的空间背景还是一叙事背景。它们成为碎片，四处飘浮，隐含了一个整体并从这种暗含的整体中抽取它们的张力。最后，李商隐宣称只是当时已惘然。诗歌复制了它描述的惘然状态。"③ 笔者以为，如联系首联"思华年"，单纯将"当时"解作"现在"颇为牵强，虽借此可以涵盖一些指涉私通的隐秘诗，如《可叹》、《碧城》等，但以此来诠释《锦瑟》，诗味将大减。笔者更为赞同这种情感是无望的精神爱恋，如程抱一的精到分析：尾联含有三个带竖心旁的字（情、忆、惘，笔者注），它们应答着在诗的其余部分中唯一的"心"字——第四句诗中的"春心"。它们的出现似乎意味着，这场艳遇是内心的。④

---

① Stephen Owen，*The Late Tang*：*Chinese Poetry of the Mid-Ninth Century* (*827－860*)，Cambridge and London：the Harvard University Asia Center，2006，p. 397.

② Ibid.，p. 396.

③ Ibid.，pp. 396－397.

④ ［法］程抱一：《中国诗画语言研究》，涂卫群译，江苏人民出版社 2006 年版，第 108 页。

结语　宇文所安唐诗研究的启示

德国汉学家顾彬在接受记者采访时，曾对宇文所安有如此评价：

> 斯蒂芬·欧文排第一，他是唯一可以和欧洲人一样思考的美
> 国汉学家，唯一一个，连他的英文也不是一个美国人的英文。他
> 的新思想特别多，他会开拓一个新的方向。不管哪个国家，包括
> 德国、美国在内的汉学家，我们只能够数一数一只苍蝇有多少
> 脚。他是真正的汉学家，他在天上，我在地上。①

姑且不管这里有多少言过其实的成分，阅读宇文所安的唐诗研究
著作，确有让人恢复对传统的惊喜的疗效。上文的评价，尤其是对他
新思想及开拓新方向的评价，用在其唐代诗歌史建构与诗学发明上是
恰如其分的，也许正如宇文所安所希望的那样，他的唐代诗歌史与诗
学建构"在中国传统里提供了另一种没有被意识到的可能性"②。在
《初唐诗》与《盛唐诗》中，宇文所安运用新批评派的内部文学史观
对宫廷诗时代风格标准和惯例进行的研究，对大量文本的爬梳，结构
主义方法对宫廷诗三部式"语法"的概括，及非虚构诗学的预设对初
盛唐诗歌演进规律的演绎，使这两部 20 世纪七八十年代的著作尽管

---

① 王寅：《如果美国人懂一点唐诗……——专访宇文所安》，《南方周末》
2007 年 4 月 5 日第 28 版。

② 张宏生：《"对传统加以再创造，同时又不让它失真"——访哈佛大学东
亚语言与文明系斯蒂芬·欧文教授》，《文学遗产》1998 年第 1 期。

由于时代因素存在各种局限，其历史叙述的方法及对文学史采取的视角仍然不无有效之处。随后，在其基于对历史方法的局限性认识出版的《中国"中世纪"的终结：中唐文学文化论集》中，中国"中世纪"终结比较视野的引入，带来的现代性视阈与文学文化立场，及打破历史框架和文体分野限制的共时处理，使此书成为文学史研究的一种尝试。这部由主题相关的一系列论文连缀而成的著作可能并不算文学史的严肃思考。宇文氏带着对文学史研究历史主义方法的新的思考于近期写就的《晚唐诗》，虽与《中国"中世纪"的终结：中唐文学文化论集》在文本与主题上有部分重叠，但它与《初唐诗》、《盛唐诗》一样，是一部文学史。采取的是一个新的角度与新的语境，即将晚唐诗的讨论始终"放在同时代诗歌语境与手抄本文化问题之中"。然而这种对文学史文本的不确定性、流动性及历史主义对历史的可能简化的思考，并不适合于叙事型文学史书写，而是具体研究中的一个非常实用的原则，即虽然我们不能对过去作出"客观"的叙述，却能对过去作出一个"比较好"的叙述。"这样一个叙述应该讲述我们现在拥有的文本是怎么来的；应该包括那些我们知道曾经重要但是已经流失的文本；应该告诉我们某些文本在什么时候怎么样以及为什么被认为是重要的；应该告诉我们文本和文学记载是如何被后人的口味与利益所塑造的。"①《晚唐诗》的书写实践并未将手抄本文化问题与诗歌文本研究两者完美融合，也许这种对文学史的新思考的更大价值在于提出新的历史主义问题，而不是解决问题。

虽然在方法论上的不断创新，可能会带来学术立场的不坚定之嫌及可能存在前后思想的自相矛盾，如在《中国"中世纪"的终结：中唐文学文化论集》与《晚唐诗》中对姚贾诗人群的诗歌创作特征描述采取的表现论与模仿论的前后不一致，但从宇文氏的整个唐代诗歌史建构和诗学发明中，我们仍然可以找出其一以贯之的唐代诗歌史与诗学思考，即，以中唐为分界线将唐代诗歌史划分为初盛唐与中晚唐两个阶段，盛唐最为典型地代表了中国诗歌传统，即非虚构传统，诗歌

---

① ［美］宇文所安：《史中有史》（上），《读书》2008 年第 5 期。

是对真实世界的真实经验的记录，是不与日常生活相分离的艺术，初盛唐诗歌的演进正是诗歌的非虚构化或者说情境化历程。中唐才出现与日常生活相分离的西方意义上的艺术，诗歌领域实现自足并出现职业诗人群体。诗歌不再是对经验的透明显现而成为一项可制作的技巧艺术。这其中伴随的诗思方式"类"，也经由中国传统的"类型呼应"向西方意义上的类比的意志行为转变。"盛唐诗歌的诗联，以其根植于宇宙法则的修辞基础，似乎强化了自然秩序。对仗及其他诗歌语言的传统规范乃是二元论的宇宙观和自然科学的文学呈示。然而中唐及晚唐诗人却倾向于寻求和构筑'奇'，精致的，不能再缩减的个体局部，基于机智或神秘之上的类比。"①

　　但正如前文所述，宇文所安对"类"理解上的儒家道德主义取向和偏颇，对庄、玄、禅非主流文化对诗歌审美经验影响的边缘化或忽略，加之其取用的西方阐释技巧的分析对中国传统诗歌的时有隔膜，其审理出的唐代诗歌史与诗学从经验向创作的发展走向不可避免地带有隐蔽的西学色彩。

　　宇文所安并非对自己的研究没有省视，他说：

　　　　我生活在一间没有窗的黑暗房间之中，你则从一隐闭的耳筒中聆听。有人从隔邻的房间通过墙上的小洞向我说话。我不能确定那声音后面的存在。我不停说话去引他回应，但那声音却在喜欢的时候才间续出现。我知道我听见的可能只是自己的狂想，但当声音来到的时候，我发觉它是属于某人的；他有着其自己身份及想讲的话。我明白我不是在说那些话，但正如我所曾讲过的，我感到我可能会被骗。可是，在旁聆听的你却不会被骗。②

―――――――――

　　①　［美］宇文所安：《中国"中世纪"的终结：中唐文学文化论集》，陈引驰、陈磊译，生活·读书·新知三联书店 2006 年版，第 40 页。

　　②　Stephen Owen，*Traditional Chinese Poetry and Poetics：Omen of the World*，Madison：University of Wisconsin Press，1985，p. 11.

　　公允地说，在与传统的关系上，我们并不比西方学者有更多的优越性。但正如朱耀伟所言，"旁听的人所听到的不单是从隔邻的房间（中国传统）而来的，而是可能从另一间隐闭房间（西方传统）的更强大声音而来"①。虽然宇文所安一向以直面事实本身的客观研究态度自居，"不是从别人的研究成果开始，而是从一个问题的起点开始，每一个繁复的步骤都要搞清楚"②，但是拆碎七宝楼台之后，我们发现宇文所安的唐代诗歌史与诗学立论的基础依然是西方的理论。也许用他常提到的食廊比喻可对此作一很好的说明："被选来代表国家烹调的食品既不能太家常，也不能太富有异国情调：它们必须处于一个令人感到舒适的'差异'边缘地带之中。它们必须具有足以被食客辨认出来的和本土食物的不同，这样才能对其发源地的烹调具有代表性；但是它们也必须能够为国际口味所接受。如果我们用一个比喻来描述的话，购物中心食廊里面的不同国家的食品风格必须是'具有可译性的烹调风格'。"③与此相类，优秀翻译家和学术经纪人介绍大学生接触的外国文学，"它们不能太有普遍性，也不能太异国情调：它们必须处于一个让读者感到舒适的差异之边缘"。对这种舒适的差异，宇文所安辩解说，"我们不畏艰难地尝试介绍那些在本文化中被赞扬的作品，尽管我们可能在介绍过程中给予这些作品略微不同的味道。这些不同是非常重要的"。"这不是美国和欧洲独有的具有地方性的问题；中国也喜欢概括和简化西方，也会忽略其历史和地区性差异，西方成为只存在于中国文化版图之上的一个想象物。"④

---

　　①　朱耀伟：《后东方主义：中西文化批评论述策略》，台北骆驼出版社 1994 年版，第 183 页。

　　②　王寅：《如果美国人懂一点唐诗……——专访宇文所安》，《南方周末》2007 年 4 月 5 日第 28 版。

　　③　［美］宇文所安：《他山的石头记：宇文所安自选集》，田晓菲译，江苏人民出版社 2006 年版，第 284 页。

　　④　［美］宇文所安：《进与退：世界诗歌的问题与可能性》，洪越译，载洪子诚编《新诗评论》2006 年第 1 辑总第 3 辑，北京大学出版社 2006 年版，第 134 页。

　　正如宇文所安所言，在全球化时代中，未来的传统文化不应再像现在一样仅仅是地方化的国有化的文化遗产，而应被作为普遍性的共同分享的财富。文化传统如魔术师的盒子，给出越多得到就越多。在未来的一百年里，国家文学和国家文化的时代会逐渐成为过去。这意味着古老的文本和文化产物会被不同地诠释，而这些不同的诠释也许与现在被称为传统的诠释方式完全不相吻合，甚至好像不可接受。这种现象已经在欧洲的传统里面发生了，而如果文化过去要在一个不断演变的传统之中保持活力的话，这也是必要的。如果诠释走得太远，不能响应现代的兴趣，那么，保守的冲动会纠正它；这样，保守的冲动会一直保持活力，因为它在不断接受挑战。①

　　可见，宇文氏对自己的唐诗研究可能存在的简化和概括并非没有清醒的认识，但他更强调一种脱离传统诠释方式的阅读自由和外在于传统的研究角度，以及这种新的诠释为原有的传统研究带来的活力。正如他所说的，"莎士比亚的研究最早不是从英国，而是从德国开始的，所以有时候，文学是要离开自己的故乡然后再回去才能重新活起来"②。

　　在全球化的今天，我们不可能再固守传统，但问题是，如何在民族化对传统的僵化与全球化对传统的折中之间应对。这其实是一个在比较语境中如何发明中国传统的问题。我们固然要对传统加以再创造，用新的解读和诠释激活传统，但更重要的是，不能让传统失其真。这就涉及该如何处置西方方法和西方话语。如张节末所言，比较者若是只能操持一种话语，那么比较就难免落入同语反复的困境。同语反复，其实是借助一方文化之强势将比较的语境消解了；同语所反复者，却只是强势文化的浅表，绝无深度，而且因为弱势文化被屏蔽，也就无法探到弱势文化的本质并创造使之显豁的契机。比较的意

　　①　［美］宇文所安：《他山的石头记：宇文所安自选集》，田晓菲译，江苏人民出版社 2006 年版，第 293 页。

　　②　王寅：《如果美国人懂一点唐诗……——专访宇文所安》，《南方周末》2007 年 4 月 5 日第 28 版。

义在于相互发明而不是互相阐释。发明的语境认可比较双方各自保持自己的存在品格，不容混淆或取代，而且发明的成功甚至以保证各自品格的纯粹性为条件；而阐释的语境则可能相反，它是以强化一方的品格，消解、弱化另一方的品格为条件。中国的话语及其问题可以在比较语境中以西方的方法来加以分析，但前提是不能将中国问题转为西方问题。这种关系有些类似于考古，考古的目的即在于发明中国问题并致力于保持中国文化的完整性，避免其被肢解。① 因此，对海外中国文学传统的研究，有目的的吸收借鉴，借别人的眼光重建和发明自己的传统，解决中国的问题，才是当务之急。

---

① 张节末：《纯粹中国美学话语：何以可能》，《思想战线》2007 年第 2 期。

参 考 文 献

宇文所安著书：

1. Stephen Owen，*The Poetry of Meng Chiao and Han Yü*，New Haven and London：Yale University Press，1975.（宇文所安：《韩愈和孟郊的诗歌》，孟欣欣译，天津教育出版社 2004 年版）

2. Stephen Owen，*The Poetry of the Early Tang*，New Haven：Yale University Press，1977.（宇文所安：《初唐诗》，贾晋华译，生活·读书·新知三联书店 2004 年修订版）

3. Stephen Owen，*The Great Age of Chinese Poetry：The High Tang*，New Haven and London：Yale University Press，1981.（宇文所安：《盛唐诗》，贾晋华译，生活·读书·新知三联书店 2004 年修订版）

4. Stephen Owen，*Traditional Chinese Poetry and Poetics：Omen of the World*，Madison：University of Wisconsin Press，1985.

5. Stephen Owen，*Remembrances：The Experience of the Past in Classical Chinese Literature*，Cambridge，Mass：Harvard University Press，1986.（宇文所安：《追忆：中国古典文学中的往事再现》，郑学勤译，生活·读书·新知三联书店 2004 年版）

6. Stephen Owen，*Mi-Lou：Poetry and the Labyrinth of Desire*，Cambridge，Mass：Harvard University Press，1989.（宇文所安：《迷楼：诗与欲望的迷宫》，程章灿译，生活·读书·新知三联书店 2003 年版）

7. Stephen Owen，*Readings in Chinese Literary Thought*，Cam-

bridge，Mass：Council of East Asian Studies，Harvard University，1992.（宇文所安：《中国文论：英译与评论》，王柏华、陶庆梅译，上海社会科学院出版社 2003 年版）

8. Stephen Owen，*The End of the Chinese "Middle Ages"：Essays in Mid-Tang Literary Culture*，Standford：Standford University Press，1996.（宇文所安：《中国"中世纪"的终结：中唐文学文化论集》，陈引驰、陈磊译，生活·读书·新知三联书店 2006 年版）

9. Stephen Owen，*An Anthology of Chinese Literature：Beginnings to 1911*，New York：W. W. Norton，1996.

10. 宇文所安：《他山的石头记：宇文所安自选集》，田晓菲译，江苏人民出版社 2006 年版。

11. Stephen Owen，*The Making of Early Chinese Classical Poetry*，Cambridge and London：the Harvard University Asia Center，2006.

12. Stephen Owen，*The Late Tang：Chinese Poetry of the Mid-Ninth Century（827－860）*，Cambridge and London：the Harvard University Asia Center，2006.

宇文所安编著：

1. Stephen Owen，*The Vitality of the Lyric Voice：Shih Poetry from the Late Han to Tang*，Princeton，New Jersey：Princeton University Press，1986.

2. Stephen Owen，*China Section of New Edition of Norton Anthology of World Masterpieces：Expanded Edition*，New York：W. W. Norton，1995.

3. Stephen Owen，*Ways with Words：Writing about Reading Texts from Early China*，Berkeley Los Angeles London：California University Press，2000.

4. Stephen Owen，*Cambridge History of Chinese Literature*，with Kang-i Sun Chang，in process.

宇文所安有关论文：

1. Stephen Owen, "Hsieh Hui-lien's 'Snow Fu': A Structural Study", *Journal of the American Oriental Society*, Vol. 94, No. 1 (Jan. - Mar. , 1974), pp. 14—23.

2. Stephen Owen, Reviewed work (s): *Chinese Theories of Literature* by James J. Y. Liu, *MLN*, Vol. 90, No. 6, Comparative Literature: Translation: Theory and Practice (Dec. , 1975), pp. 986—990.

3. Stephen Owen, Reviewed work (s): *Chinese Poetry: Major Modes and Genres* by Wai-lim Yip, *The Journal of Asian Studies*, Vol. 37, No. 1 (Nov. , 1977), pp. 100—102.

4. Stephen Owen, "General Principles for a History of Chinese Literature", with David R. Knechtges, *Chinese Literature: Essays, Articles, Reviews (CLEAR)*, Vol. 1 (Jan. , 1979), pp. 49—53.

5. Stephen Owen, "Deadwood: The Barren Tree from Yü Hsin to Han Yü", *Chinese Literature: Essays, Articles, Reviews (CLEAR)*, Vol. 1, No. 2 (Jul. , 1979), pp. 157—179.

6. Stephen Owen, "A Defense", *Chinese Literature: Essays, Articles, Reviews (CLEAR)*, Vol. 1, No. 2 (Jul. , 1979), pp. 257—261.

7. Stephen Owen, "A Monologue of the Senses", *Yale French Studies*, No. 61, Towards a Theory of Description (1981), pp. 244—260.

8. Stephen Owen, "The Historicity of Understanding", *Tamkang Review* Vol. 14 (1983—1984), pp. 435—457.

9. Stephen Owen, "The Self's Perfect Mirror: Poetry and Autobiography", in Stephen Owen and Lin Shuen-fu ed. , *The Vitality of the Lyric Voice*, Princeton: Princeton University Press, 1986. (《自我的完整映象——自传诗》，载乐黛云、陈珏编选《北美中国古典文学研究名家十年文选》，江苏人民出版社 1996 年版，第 110—137 页)

10. Stephen Owen, "Ruined Estates: Literary History and the Poetry of Eden", *Chinese Literature: Essays, Articles, Reviews (CLEAR)*,

Vol. 10，No. 1/2（Jul.，1988），pp. 21—41.

11. Stephen Owen，"Place：Meditation on the Past at Chin-ling"，*Harvard Journal of Asiatic Studies*，Vol. 50，No. 2（Dec.，1990），pp. 417—457.（《地：金陵怀古》，乐黛云、陈珏编选《北美中国古典文学研究名家十年文选》，江苏人民出版社 1996 年版，第 138—169 页）

12. Stephen Owen，"Poetry and Its Historical Ground"，*Chinese Literature：Essays，Articles，Reviews*（*CLEAR*），Vol. 12（Dec.，1990），pp. 107—118.（《诗歌及其历史背景》，陈磊译，《文艺理论研究》1993 年第 1 期）

13. Stephen Owen，"World Poetry"，A Review of Bei Dao's *The August Sleepwalker*，translated by Bonnie McDougall，*New Republic*，November 1990.（《什么是世界诗歌》，洪越译，田晓菲校，载洪子诚编《新诗评论》2006 年第 1 辑总第 3 辑，北京大学出版社 2006 年版，第 117—128 页）

14. Stephen Owen，"Meaning the Words：The Genuine as a Value in the Tradition of the Song Lyric"，in Pauline Yu，ed.，*Voices of the Song Lyric in China*，Berkeley：University of California Press，1994.（《情投字合：词的传统里作为一种价值的真》，乐黛云、陈珏编选《北美中国古典文学研究名家十年文选》，江苏人民出版社 1996 年版，第 170—212 页）

15. Stephen Owen，"The Formation of The Tang Estate Poem"，*Harvard Journal of Asiatic Studies*，Vol. 55，No. 1（Jun.，1995），pp. 39—59.（《唐代别业诗的形成》（上）、（下），陈磊译，《古典文学知识》1997 年第 6 期，1998 年第 1 期）

16. Stephen Owen，"Master and Man"，*New Republic*，May 5，1997.

17. Stephen Owen，"Absorption and The Time of Performance"，《文学，情性，义理——中国文学的多层面探讨》，"国立"台湾大学中文系 1996 年版，第 1—31 页。

18. Stephen Owen，"Salvaging Poetry：The Poetic in The Qing"，in Theodore Huters，R. Bin Wong，and Pauline Yu，eds.，*Culture and State in Chinese History*，Stanford：Stanford University Press，1997.（《拯救诗歌：有清一代的"诗意"》，秋水译，《比较文学与世界文学》第1辑，2004年，第68—90页）

19. Stephen Owen，"Stepping Forward and Back：Issues and Possibilities for 'World Poetry'"，*Modern Philology*，Vol. 100，No. 4，Toward World Literature：A Special Centennial Issue（May，2003），pp. 532—548.（《进与退：世界诗歌的问题与可能性》，洪越译，田晓菲校，《新诗评论》2006年第1辑总第3辑，北京大学出版社2006年版，第129—145页）

20. Shang Wei，"Prisoner and Creator：The Self-Image of the Poet in Han Yü and Meng Jiao"，*Chinese Literature：Essays，Articles，Reviews*（CLEAR），Vol. 16（Dec.，1994），pp. 19—40.

21. Xiaoshan Yang，"Having it Both Ways：Manors and Manners in Bai Juyi's Poetry"，*Harvard Journal of Asiatic Studies*，Vol. 56，No. 1（Jun.，1996），pp. 123—149.

22. 宇文所安：《史中有史》（上）、（下），《读书》2008年第5期，第6期。

23. Michael A. Fuller，Reviewed work（s）：*Metamorphosis of the Private Sphere：Gardens and Objects in Tang-Song Poetry* by Xiaoshan Yang，*Journal of the American Oriental Society*，Vol. 124，No. 1（Jan.-Mar.，2004），pp. 165—167.

国外宇文所安著作书评：

1. James J. Y. Liu，Reviewed work（s）：*The Poetry of Meng Chiao and Han Yü* by Stephen Owen，*Harvard Journal of Asiatic Studies*，Vol. 36（1976），pp. 294—297.

2. Edward H. Schafer，Reviewed work（s）：*The Poetry of Meng Chiao and Han Yü* by Stephen Owen，*The Journal of Asian Studies*，

Vol. 36, No. 1 (Nov. , 1976), pp. 139—140.

3. J. D. Schmidt, Reviewed work (s): *The Poetry of Meng Chiao and Han Yü* by Stephen Owen, *Pacific Affairs*, Vol. 50, No. 2 (Summer, 1977), pp. 302—303.

4. W. L. Idema, Reviewed work (s): *The Poetry of Meng Chiao and Han Yü* by Stephen Owen, *T'oung Pao*, Second Series, Vol. 63, Livr. 4/5 (1977), pp. 336—338.

5. Joseph Roe Allen, Reviewed work (s): *The Poetry of Meng Chiao and Han Yü* by Stephen Owen, *Journal of the American Oriental Society*, Vol. 98, No. 4 (Oct. -Dec. , 1978), pp. 534—535.

6. Sanders, Reviewed work (s): *The Poetry of Meng Chiao and Han Yü* by Stephen Owen, *Bulletin of the School of Oriental and African Studies*, *University of London*, Vol. 40, No. 1 (1977), pp. 184—185.

7. James J. Y. Liu, Reviewed work (s): *The Poetry of the Early T'ang* by Stephen Owen, *The Journal of Asian Studies*, Vol. 38, No. 1 (Nov. , 1978), pp. 168—169.

8. Jan W. Walls, Reviewed work (s): *The Poetry of The Early T'ang* by Stephen Owen, *Harvard Journal of Asiatic Studies*, Vol. 38, No. 2 (Dec. , 1978), pp. 502—505.

9. Paul W. Kroll, Reviewed work (s): *The Poetry of the Early T'ang* by Stephen Owen, *Chinese Literature: Essays, Articles, Reviews (CLEAR)*, Vol. 1 (Jan. , 1979), pp. 120—128.

10. Michael S. Duke, Reviewed work (s): *The Poetry of Meng Chiao and Han Yü* by Stephen Owen, *Chinese Literature: Essays, Articles, Reviews (CLEAR)*, Vol. 1, No. 2 (Jul. , 1979), pp. 281—284.

11. Daniel Bryant, Reviewed work (s): *The Poetry of the Early T'ang* by Stephen Owen, *Pacific Affairs*, Vol. 51, No. 4 (Winter, 1978—1979), pp. 652—654.

12. Sanders, Reviewed work (s): *The Poetry of the Early T'ang*

by Stephen Owen, *Bulletin of the School of Oriental and African Studies*, *University of London*, Vol. 42, No. 2, In Honour of Thomas Burrow (1979), p. 394.

13. A. M. Birrell, Reviewed work (s): *The Great Age of Chinese Poetry: The High T'ang* by Stephen Owen, *Bulletin of the School of Oriental and African Studies*, *University of London*, Vol. 44, No. 3 (1981), pp. 613—615.

14. Richard John Lynn, Reviewed work (s): *The Great Age of Chinese Poetry*, by Stephen Owen, *Pacific Affairs*, Vol. 55, No. 2 (Summer, 1982), pp. 286—288.

15. James J. Y. Liu, Reviewed work (s): *The Great Age of Chinese Poetry: The High T'ang* by Stephen Owen, *Chinese Literature: Essays, Articles, Reviews (CLEAR)*, Vol. 4, No. 1 (Jan. , 1982), pp. 94—104.

16. Kenneth J. De Woskin, Reviewed work (s): *The Poetry of the Early Tang* by Stephen Owen, *Journal of the American Oriental Society*, Vol. 103, No. 2 (Apr. -Jun. , 1983), pp. 457—458.

17. Anthony C. Yu, Review: The Golden Age of Chinese Poetry—A Review Article, Reviewed work (s): *The Great Age of Chinese Poetry: The High T'ang* by Stephen Owen, *The Journal of Asian Studies*, Vol. 42, No. 3 (May, 1983), pp. 599—606.

18. Yves Hervouet, Reviewed work (s): *The Great Age of Chinese Poetry. The High T'ang* by Stephen Owen, *T'oung Pao*, Second Series, Vol. 69, Livr. 1/3 (1983), pp. 122—125.

19. Joseph Roe Allen, III, Review: Babble beyond Babble, Reviewed work (s): *Traditional Chinese Poetry and Poetics: Omen of the World* by Stephen Owen, *Chinese Literature: Essays, Articles, Reviews (CLEAR)*, Vol. 7, No. 1/2 (Jul. , 1985), pp. 143—150.

20. James J. Y. Liu, Reviewed work (s): *Traditional Chinese Poetry and Poetics: Omen of the World* by Stephen Owen, *The Journal of*

Asian Studies, Vol. 45, No. 3 (May, 1986), pp. 579—580.

21. Pauline Yu, Reviewed work (s): *Traditional Chinese Poetry and Poetics: Omen of The World* by Stephen Owen, *Harvard Journal of Asiatic Studies*, Vol. 47, No. 1 (Jun. , 1987), pp. 350—357.

22. James M. Hargett, Reviewed work (s): *The Vitality of the Lyric Voice: Shih Poetry from the Late Han to the T'ang* by Shih C. Ho; Shuen-fu Lin; Stephen Owen, *Chinese Literature: Essays, Articles, Reviews (CLEAR)*, Vol. 9, No. 1/2 (Jul. , 1987), pp. 141—145.

23. Richard John Lynn, Reviewed work (s): *Remembrances: The Experience of the Past in Classical Chinese Literature* by Stephen Owen, *The Journal of Asian Studies*, Vol. 46, No. 3 (Aug. , 1987), pp. 650—651.

24. W. L. Idema, Reviewed work (s): *The Vitality of the Lyric Voice, Shih Poetry from the Late Han to the T'ang* by Shuen-fu Lin; Stephen Owen, *T'oung Pao*, Second Series, Vol. 74, Livr. 4/5 (1988), pp. 314—317.

25. Martin Backstrom, Reviewed work (s): *Mi-lou: Poetry and the Labyrinth of Desire* by Stephen Owen, *Chinese Literature: Essays, Articles, Reviews (CLEAR)*, Vol. 11 (Dec. , 1989), pp. 146—149.

26. D. E. Pollard, Reviewed work (s): *Remembrances: The Experience of the Past in Classical Chinese Literature* by Stephen Owen, *Bulletin of the School of Oriental and African Studies, University of London*, Vol. 52, No. 1 (1989), pp. 181—182.

27. Andrew Lo, Reviewed work (s): *The Vitality of the Lyric Voice: Shih Poetry from the Late Han to the T'ang* by Shuen-Fu Lin; Stephen Owen, *Bulletin of the School of Oriental and African Studies, University of London*, Vol. 52, No. 1 (1989), pp. 178—179.

28. Pauline Yu, Reviewed work (s): *Mi-Lou: Poetry and the Labyrinth of Desire* by Stephen Owen, *The Journal of Asian Studies*, Vol. 49, No. 1 (Feb. , 1990), pp. 129—130.

29. D. E. Pollard, Reviewed work (s): *Readings in Chinese Literary Thought* by Stephen Owen, *The China Quarterly*, No. 137 (Mar. , 1994), pp. 279－280.

30. Bernhard Fuehrer, Reviewed work (s): *An Anthology of Chinese Literature: Beginnings to 1911* by Stephen Owen, *The China Quarterly*, No. 150, Special Issue: Reappraising Republic China (Jun. , 1997), pp. 470－471.

31. William Dolby, Reviewed work (s): *An Anthology of Chinese Literature: Beginnings to 1911* by Stephen Owen, *Bulletin of the School of Oriental and African Studies, University of London*, Vol. 60, No. 3 (1997), pp. 588－589.

32. Josephine Chiu-Duke, Reviewed work (s): *The End of the Chinese "Middle Ages": Essays in Mid-Tang Literary Culture* by Stephen Owen, *The Journal of Asian Studies*, Vol. 56, No. 1 (Feb. , 1997), pp. 183－185.

33. Joseph R. Allen, Reviewed work (s): *The End of the Chinese "Middle Ages": Essays in Mid-Tang Literary Culture* by Stephen Owen, *Chinese Literature: Essays, Articles, Reviews* (CLEAR), Vol. 19 (Dec. , 1997), pp. 139－142.

34. William H. Nienhauser, Jr. , Reviewed work (s): *The End of the Chinese "Middle Ages": Essays in Mid-Tang Literary Culture* by Stephen Owen, *Harvard Journal of Asiatic Studies*, Vol. 58, No. 1 (Jun. , 1998), pp. 287－310.

35. Deirdre Sabina Knight, Reviewed work (s): *Ways with Words: Writing about Reading Texts from Early China* by Pauline Yu; Peter Bol; Stephen Owen; Willard Peterson, *The Journal of Asian Studies*, Vol. 60, No. 3 (Aug. , 2001), pp. 856－858.

36. T. H. Barrett, Reviewed work (s): *Ways with Words: Writing about Reading Texts from Early China* by Pauline Yu; Peter Bol; Stephen Owen; Willard Peterson, *Bulletin of the School of Ori-*

ental and African Studies，*University of London*，Vol. 65，No. 2 (2002)，pp. 448－450.

国内研究论文：

1. 文敏：《不同文化的眼睛》，《读书》1993 年第 7 期。

2. 何向阳：《重现的时光——读斯蒂芬·欧文〈追忆〉》，《中国图书评论》1994 年第 6 期。

3. 程铁妞：《试论斯蒂芬·欧文之中国古典文学研究》，《汉学研究》第一集，北京中国和平出版社 1996 年版。

4. 陈引驰：《诗史的构筑与方法论的自觉——宇文所安唐诗研究的启示》，《中国比较文学》1996 年第 1 期。

5. 张宏生：《"对传统加以再创造，同时又不让它失真"——访哈佛大学东亚语言与文明系斯蒂芬·欧文教授》，《文学遗产》1998 年第 1 期。

6. 莫砺锋：书评《初唐诗》和《盛唐诗》，《唐研究》第二卷，北京大学出版社 1996 年版。

7. 刘健明：书评《中国"中世纪的终结"：中唐文学文化论集》，《唐研究》第三卷，北京大学出版社 1997 年版。

8. 程亚林：《屡将歌罢扇，回拂影中尘》，《读书》2003 年第 3 期。

9. 胡晓明：《远行回家的中国经典》，《文汇报》2003 年 3 月 14 日。

10. 陈引驰、赵颖之：《与"观念史"对峙："思想文本的本来面目"——宇文所安〈中国文论〉评》，《社会科学》2003 年第 4 期。

11. 《美国汉学：英译文论返销中国》，《社会科学报》2003 年 4 月 3 日。

12. 葛红兵：《中国文论的跨文化解读——评宇文所安中国文论英译与评论》，《文汇读书周报》2003 年 5 月。

13. 李特夫、李国林：《辨义·表达·风格——〈诗大序〉宇译本分析》，《广东外语外贸大学学报》2004 年第 1 期。

14. 张静、陆德元：《潜心钻研公正评介卓然独立自成一家——读哈佛大学教授宇文所安元明清诗选与待麟集书评》，《昌吉学院学报》2004 年第 4 期。

15. 程亚林：《入而能出疑而求新——简析宇文所安研究中国古诗的四篇论文》，《国际汉学》第 11 辑，大象出版社 2004 年版。

16. 张卫东：《宇文所安：从中国文论到汉语诗学》，《华文文学》2005 年第 3 期。

17. 蒋寅：《在宇文所安之后，如何写唐诗史》，《读书》2005 年第 4 期。

18. 曹蕾：《诗歌：煽起欲望又压制欲望的语言游戏——从〈插曲牧女之歌〉看斯蒂芬·欧文的诗歌观》，《南京晓庄学院院报》2005 年第 7 期。

19. 俞平：《他山之石可以攻玉——对宇文所安他山的石头记中几个问题的看法》，《船山学刊》2005 年第 7 期。

20. 张煜：《漫游〈迷楼〉》，《中国比较文学》2005 年第 3 期。

21. 文化研究网站赛伯文荟第 24 期，http：//www.clustudies.com/html/saibowenhui/diershisiqi/，2005 年 11 月 20 日宇文所安专题文章：

张慧瑜：《第二十四期编者的话：他山之石：宇文所安理解中国文学的方法》

齧缺：《我在思考未来诗歌的一种形态——宇文所安访谈录》

长夜行：《变动的文学史》

田晓菲：《漫谈北美中国古典文学研究新动向》

李俊：《和宇文所安一起读唐诗》

江原：《中国古典诗论在西方》

朱耀伟：《评》

22. 任真：《宇文所安对〈诗大序〉解读的两个问题》，《文艺理论与批评》2006 年第 6 期。

23. 李清良：《一位西方学者的中西阐释学比较》，《北京大学学报》（哲学社会科学版）2006 年第 7 期。

24. 史冬冬：《论宇文所安中国诗学研究中的"非虚构传统"》，《中国文学研究》2007 年第 1 期。

25. 谢文娟：《宇文所安的中国文学研究及其意义》，《社会科学评论》2007 年第 1 期。

26. 成玮：《推敲"自我"——读宇文所安〈中国"中世纪"的终结〉》，《中文自学指导》2007 年第 3 期。

27. 赵雪梅：《跨文化语境下解读的悖离——宇文所安对〈二十四诗品·自然〉的误读》，《船山学刊》2007 年第 2 期。

28. 王寅：《如果美国人懂一点唐诗⋯⋯——专访宇文所安》，《南方周末》2007 年 4 月 5 日。

29. 张志国：《诗歌史叙述：凸现与隐蔽——宇文所安的唐诗史写作及反思》，《江汉大学学报》（人文科学版）2008 年第 2 期。

30. 徐承：《结构主义读诗法及其技术问题：以宇文所安唐诗研究为个案的讨论》，《浙江学刊》2008 年第 3 期。

硕士论文：

1. 黎亮：《西方视野下的中国文论——宇文所安中国文论英译与评论》，硕士学位论文，华东师范大学，2004 年。

2. 史冬冬：《他山之石——论宇文所安对中国古代文论研究中的"非虚构传统"问题》，硕士学位论文，四川大学，2005 年。

3. 倪书华：《中国文论文本的跨文化阐释》，硕士学位论文，汕头大学，2005 年。

4. 席珍彦：《宇文所安中国古典文学英译述评》，硕士学位论文，四川大学，2005 年。

5. 付晓妮：《论宇文所安对中国文学的解读与思考》，硕士学位论文，华东师范大学，2007 年。

其他主要参考文献：

1. ［美］M. H. 艾布拉姆斯：《镜与灯：浪漫主义文论及批评传统》，郦稚牛等译，北京大学出版社 2004 年版。

2．［古希腊］柏拉图：《理想国》，郭斌和、张竹明译，商务印书馆1986年版。

3．［古希腊］柏拉图：《文艺对话集》，朱光潜译，人民文学出版社1963年版。

4．［美］包弼德：《斯文：唐宋思想的转型》，刘宁译，江苏人民出版社2000年版。

5．［日］遍照金刚：《文镜秘府论》，人民文学出版社1975年版。

6．［俄］波利亚科夫：《结构——符号学文艺学：方法论体系和论争》，文化艺术出版社1994年版。

7．查屏球：《"三元说"与中唐枢纽论的学术因缘》，《复旦学报》（社会科学版）2000年第2期。

8．陈伯君校注：《阮籍集校注》，中华书局1987年版。

9．（清）陈衍：《石遗室诗话》，辽宁教育出版社1998年版。

10．陈寅恪：《论韩愈》，《历史研究》1954年第2期。

11．陈寅恪：《元白诗笺证稿》，上海古籍出版社1978年版。

12．陈治国：《李贺研究资料》，北京师范大学出版社1983年版。

13．［法］程抱一：《中国诗画语言研究》，涂卫群译，江苏人民出版社2006年版。

14．［日］川合康三：《中国的自传文学》，蔡毅译，中央编译出版社1998年版。

15．［日］川合康三：《终南山的变容——中唐文学论集》，刘维治等译，上海古籍出版社2007年版。

16．崔富章注译：《新译嵇中散集》，三民书局1998年版。

17．［英］崔瑞德：《剑桥中国隋唐史》，中国社会科学出版社1990年版。

18．（清）董诰等编：《全唐文》，上海古籍出版社1990年版。

19．（唐）杜牧：《樊川文集》，上海古籍出版社1978年版。

20．方闻：《为什么中国绘画是历史》，《清华大学学报》（哲学社会科学版）2005年第4期。

21．（清）冯集梧：《樊川诗集注》，上海古籍出版社1978年版。

22.〔法〕弗朗索瓦·于连：《迂回与进入》，杜小真译，生活·读书·新知三联书店 2003 年版。

23. 傅璇琮：《唐才子传校笺》，中华书局 1995 年版。

24. 傅璇琮等编撰：《唐人选唐诗新编》，陕西人民教育出版社 1996 年版。

25. 葛晓音：《论初盛唐诗歌的革新特征》，《中国社会科学》1985 年第 2 期。

26. 郭庆藩撰：《庄子集释》，中华书局 2004 年版。

27. 郭绍虞主编：《中国历代文论选》，上海古籍出版社 2001 年版。

28.〔德〕哈贝马斯：《现代性的哲学话语》，曹卫东等译，译林出版社 2004 年版。

29.（清）何文焕辑：《历代诗话》，中华书局 1980 年版。

30.〔古罗马〕贺拉斯：《诗艺》，杨周翰译，人民文学出版社 1997 年版。

31.〔德〕黑格尔：《美学》，朱光潜译，商务印书馆 1979 年版。

32. 胡中行：《略论贾岛在唐诗发展中的地位》，《复旦学报》（社会科学版）1983 年第 3 期。

33.〔日〕吉川幸次郎：《中国诗史》，章培恒等译，安徽文艺出版社 1986 年版。

34. 贾晋华：《唐代集会总集与诗人群研究》，北京大学出版社 2001 年版。

35. 蒋寅：《20 世纪海外唐代文学研究一瞥》，《求索》2001 年第 5 期。

36. 蒋寅：《角色诗综论——对一种文化心理的探讨》，《文学遗产》1992 年第 3 期。

37.〔德〕卡西尔：《启蒙哲学》，顾伟铭译，山东人民出版社 1988 年版。

38.〔德〕康德：《判断力批判》，宗白华译，商务印书馆 1964 年版。

39. ［英］拉曼·塞尔登：《文学批评理论：从柏拉图到现在》，刘象愚等译，北京大学出版社 2000 年版。

40. 乐黛云、陈珏编选：《北美中国古典文学研究名家十年文选》，江苏人民出版社 1996 年版。

41. 乐黛云、陈珏编选：《欧洲中国古典文学研究名家十年文选》，江苏人民出版社 1998 年版。

42. ［英］雷蒙·威廉斯：《关键词：文化与社会的词汇》，刘建基译，生活·读书·新知三联书店 2005 年版。

43. 李达三、罗钢主编：《中外比较文学的里程碑》，人民文学出版社 1997 年版。

44. 李嘉言：《长江集新校》，上海古籍出版社 1979 年版。

45. ［英］李约瑟：《中国科学技术史》，何兆武等译，科学出版社 1990 年版。

46. 李壮鹰：《诗式校注》，人民文学出版社 2003 年版。

47. 刘俊文主编：《日本学者研究中国史论著选译》，黄约瑟译，中华书局 1992 年版。

48. 刘若愚：《中国文学理论》，江苏教育出版社 2006 年版。

49. （后晋）刘昫撰：《旧唐书》，中华书局 1975 年版。

50. 刘学锴、余恕诚：《李商隐诗歌集解》，中华书局 2004 年版。

51. 刘学锴：《李商隐诗歌研究》，安徽大学出版社 1998 年版。

52. 刘学锴等：《李商隐资料汇编》，中华书局 2001 年版。

53. 刘永翔、李露蕾编：《胡云翼重写文学史》，华东师范大学出版社 2004 年版。

54. 逯钦立辑校：《先秦汉魏晋南北朝诗》，中华书局 1983 年版。

55. ［美］罗溥洛编：《美国学者论中国文化》，中国广播电视出版社 1994 年版。

56. 罗宗强：《隋唐五代文学思想史》，上海古籍出版社 1986 年版。

57. 缪钺：《杜牧年谱》，人民文学出版社 1980 年版。

58. 莫砺锋编译：《神女之探寻——英美学者论中国古典诗歌》，

上海古籍出版社 1994 年版。

59. 〔美〕倪豪士：《美国学者论唐代文学》，上海古籍出版社 1994 年版。

60. （宋）欧阳修、宋祁撰：《新唐书》，中华书局 1975 年版。

61. （清）彭定求等编：《全唐诗》，中华书局 1960 年版。

62. 齐文榜：《贾岛集校注》，人民文学出版社 2001 年版。

63. 齐文榜：《贾岛研究》，人民文学出版社 2007 年版。

64. 钱婉约：《内藤湖南研究》，中华书局 2004 年版。

65. 钱锺书：《七缀集》，生活·读书·新知三联书店 2002 年版。

66. 钱锺书：《写在人生边上　人生边上的边上　石语》，生活·读书·新知三联书店 2002 年版。

67. 钱锺书：《管锥编》，中华书局 1979 年版。

68. 钱锺书：《谈艺录》，中华书局 1984 年版。

69. 尚定：《走向盛唐》，《中国社会科学》1994 年第 7 期。

70. （宋）司马光：《资治通鉴》，中华书局 1997 年版。

71. （宋）宋敏求编：《唐大诏令集》，中华书局 2008 年版。

72. 孙昌武：《禅思与诗情》，中华书局 2006 年版。

73. 〔法〕托多罗夫：《象征理论》，王国卿译，商务印书馆 2004 年版。

74. （宋）王谠：《唐语林》，古典文学出版社 1957 年版。

75. （五代）王定保：《唐摭言》，中华书局 1959 年版。

76. （清）王夫之：《古诗评选》，张国星校点，文化艺术出版社 1997 年版。

77. （清）王夫之：《姜斋诗话》，舒芜校点，人民文学出版社 1961 年版。

78. （清）王夫之：《唐诗评选》，王学太校点，文化艺术出版社 1997 年版。

79. 王景霓：《杜牧及其作品》，时代文艺出版社 1985 年版。

80. 王西平、张田：《杜牧评传》，陕西人民出版社 1987 年版。

81. 王晓路：《西方汉学界的中国文论研究》，巴蜀书社 2003

年版。

82. 王瑶：《中古文学史论》，北京大学出版社 1986 年版。

83. 王云五编：《刘宾客文集附补遗》卷十九，商务印书馆 1937 年版。

84. ［美］韦勒克、［美］沃伦：《文学理论》，刘象愚等译，江苏教育出版社 2005 年版。

85. 闻一多：《唐诗杂论》，上海古籍出版社 1998 年版。

86. 伍蠡甫、胡经之主编：《西方文艺理论名著选编》，北京大学出版社 1986 年版。

87. 萧驰：《佛法与诗境》，中华书局 2005 年版。

88. 萧驰：《普遍主义，还是历史主义？——对时下中国传统诗学研究四观念的再思考》，《文艺研究》2006 年第 6 期。

89. 萧驰：《抒情传统与中国思想——王夫之诗学发微》，上海古籍出版社 2003 年版。

90. 萧涤非等：《唐诗鉴赏辞典》，上海辞书出版社 1983 年版。

91. 徐复观：《徐复观文集》，李维武编，湖北人民出版社 2002 年版。

92. （清）徐松撰，孟二冬补正：《登科记考补正（中）》，北京燕山出版社 2003 年版。

93. ［古希腊］亚理斯多德：《诗学》，罗念生译，人民文学出版社 1997 年版。

94. 杨伯峻译注：《论语译注》，中华书局 1980 年版。

95. 杨伯峻译注：《孟子译注》，中华书局 1960 年版。

96. 叶嘉莹：《杜甫秋兴八首集说》，河北教育出版社 1997 年版。

97. 叶朗：《中国美学史大纲》，上海人民出版社 1985 年版。

98. 叶维廉：《道家美学与西方文化》，北京大学出版社 2002 年版。

99. 叶维廉：《中国诗学》，生活·读书·新知三联书店 1992 年版。

100. （清）叶燮：《己畦文集》卷八，《丛书集成续编》第 124

册，上海书店 1994 年版。

101. 印顺：《中国禅宗史》，南昌：江西人民出版社 2007 年版。

102. 游国恩等主编：《中国文学史》，人民文学出版社 1963 年版。

103. ［法］郁白：《悲秋：古诗论情》，叶潇、金志刚译，广西师范大学出版社 2004 年版。

104. 袁行霈主编：《中国文学史》，高等教育出版社 1999 年版。

105. （宋）赞宁：《宋高僧传》，中华书局 1987 年版。

106. 张节末：《比兴、物感与刹那直观——先秦至唐诗思方式的演变》，《社会科学战线》2002 年第 4 期。

107. 张节末：《纯粹中国美学话语：何以可能》，《思想战线》2007 年第 2 期。

108. 张节末：《意境的古代发生与近现代理论展开》，《学术月刊》2005 年第 7 期。

109. 张节末：《中国诗学的大传统与小传统——以中古诗歌运动中比兴的历史命运为例》，《文艺研究》2006 年第 6 期。

110. 张节末、徐承：《作为审美游戏的杜甫夔州七律——以中古诗歌律化运动为背景》，《学术月刊》2009 年第 9 期。

111. 张节末：《禅宗美学》，浙江人民出版社 1999 年版。

112. 张节末：《嵇康美学》，浙江人民出版社 1994 年版。

113. 张金海：《杜牧资料汇编》，中华书局 2006 年版。

114. 张万民：《见山是山？见水是水？——海外学者比较诗学研究的三种形态》，《文艺理论研究》2008 年第 1 期。

115. 章培恒：《中国中世文学研究论集》，上海古籍出版社 2006 年版。

116. 赵毅衡：《新批评：一种独特的形式主义文论》，中国社会科学出版社 1986 年版。

117. 赵毅衡编：《"新批评"文集》，中国社会科学出版社 1988 年版。

118. 赵毅衡编选：《符号学文学论文集》，百花文艺出版社 2004

年版。

119. 中国社会科学院语言研究所编辑室编：《现代汉语词典》，商务印书馆 1983 年版。

120. 周发祥：《西方文论与中国文学》，江苏教育出版社 1997 年版。

121. 周振甫：《李商隐选集》，江苏教育出版社 2005 年版。

122. 周振甫：《文心雕龙今译》，中华书局 1986 年版。

123. 周振甫译注：《诗经译注》，中华书局 2002 年版。

124. 周振甫译注：《周易译注》，中华书局 1991 年版。

125. 朱碧莲：《杜牧诗文选注》，上海古籍出版社 1982 年版。

126. 朱碧莲：《杜牧选集》，上海古籍出版社 1995 年版。

127. 朱光潜：《西方美学史》，人民文学出版社 1964 年版。

128. 朱耀伟：《当代西方批评论述的中国图像》，中国人民大学出版社 2006 年版。

129. 朱耀伟：《后东方主义：中西文化批评论述策略》，台北骆驼出版社 1994 年版。